京派作家论

北平精神与京派作家的学院品格

On Beijing School Writers: Peiping Spirit and The Academic Character of Beijing School Writers

李　蕾　著

人　民　出　版　社

国家社科基金后期资助项目
出版说明

后期资助项目是国家社科基金设立的一类重要项目，旨在鼓励广大社科研究者潜心治学，支持基础研究多出优秀成果。它是经过严格评审，从接近完成的科研成果中遴选立项的。为扩大后期资助项目的影响，更好地推动学术发展，促进成果转化，全国哲学社会科学工作办公室按照“统一设计、统一标识、统一版式、形成系列”的总体要求，组织出版国家社科基金后期资助项目成果。

全国哲学社会科学工作办公室

自　　序

与京派作家的相聚和凝视仿佛是远隔时间之海的必然。北平之于京派作家，北京之于我大有不可尽言，却言之不尽的意味。当年放弃了一所985高校的教职，决然来京求学，辗转在京不知不觉已近20载。不分南人、北人，不居东方、西方，北京（平）在中国近、现、当代文化史上承载了最复杂、最多元也最难以解读的历史文化信息，这种穿越历史的召唤伟力荡荡，不绝回响。

在现代商业出版渐臻成熟的20世纪二三十年代，在北京退而为北平的年代，一大批作家从中国其他城市、从彼时文化中心的欧洲纷纷而来，栖居于北平，他们不喜高歌，不善急言，他们沉静，他们低唱，他们精心挑选东西文化朴拙的食粮慢火烘焙，意图酿出一道浸润时间之后方解滋味的陈酒。今天，当我展开一部部旧作，清晰感觉到一种巨大的磁力，召唤我也剪除浮躁，聆听那些浅吟背后的力量。

北京（平）无疑是一个混合了磁极与容器功能的空间实体，她能够“将各种新兴力量聚拢在一起，强化它们之间的作用，从而使总的成就提高到新水平”（刘易斯·芒福德），她涵养了现当代文学中冠之以京的两种鲜明的文学流派，京派文学和京味儿文学。而两者当中又属京派文学对中国现当代思想史、文化史影响深远。

对于20世纪中国文学来说，京派文学的发生、发展和传播经历了一个富有意味的曲线。在20世纪二三十年代，中国的城市形态影响了作家群体的迁徙聚合，形成南北之分、京海之别。地缘文化对现代文学的影响渐深。迁都之后，文化城、大学城成为北平新的城市特征，学院文化成为北平城市精神的标签。1928年始，新的城市形态不断强化，渐渐聚集了一批作家选择乡土北平、学院北平作为生存和写作的城市。乡土北平深度契合了京派作家群体精神还乡的心理结构，正是在这里他们开始了民族文化重建之旅。大学文化给予了京派作家迥异于海派作家的身份归属，影响并结构了其文化身份、文学观念和美学形态，使其在写作姿态、聚合形态以及文学实践上都体现出鲜明的学院品格。地缘文化和学院文化共同影响了京派作家在20世纪30年代文学场域中的姿态，即对商业和意识形态写作的淡漠和排斥，以及对文学本体、审美价值的极度聚焦。可以说，地缘文化、学院文化不仅仅是京派作家文学生产和传播的外缘背景，更参与了京派作家文学品格的内在建构，最终使其成为20世纪诸多文学流派中不可替代的结构性一元。

本书包括导论、结语以及四章正文。

导论部分首先对大学文化与新文学的关系研究进行了细致的梳理，确定了作者选定的研究范围在20世纪大学文化与文学这个总命题之中的坐标。论文同时引入了北京（平）地缘文化的视角，将高等教育与北京（平）地缘文化作为一对互相影响的概念联合考察，探求其与新文学，尤其是京派文学之间的深层关联。接着，作者对京派文学研究中有关学院文化进行了梳理，由此提出了学院品格这一深化京派文学研究的新向度。

第一章“北平文化生态与京派作家的栖居”，从时间范围和地缘文化两个视角，想象性还原了京派文学圈生成前后的文化生态。1928年，北京失去了国都的政治地位成为了边城北平，城市原有的大量文化资源随着新文学中心的南下而转移，古城北平成为了一所大学城，大学文化成为了这个城市精神的结构性元素。在1928—1937年近十年的历史中，北平地区文学写作的消长与高等教育的起伏具有很强的同步性，这一定程度上印证了北平高等教育对京派作家群体写作的影响。本书从京海对比的视野出发，从城市形态、文化资源规模、作家生存状态等史料出发，论证作为边城的北平是以怎样的文化资源和聚合力孕育了新的文学形式，又是以怎样的城市品格参与了新文学发展期文学形态的建构。

第二章“大学文化与京派文学圈的生成”集中从高等教育的内部环境论述其对京派作家学院品格形成的影响。首先是北平大学校长们的治校观念，与当时南方高校甚至国民政府极力主张发展实业和工科教育不同，北平的大学不约而同地采取了“通才教育”的观念，加之当时西方自由主义教育观念的引入以及北平沉潜的研究风气，北平的大学涵养着一股沉静的学风。在文学院系内部，周作人在燕京大学开始尝试将新文学引入大学课堂，其后清华大学最先将“新文学”引入到大学讲坛上，新文学在学院文化中逐渐获得了合法性。彼时，北平诸大学的文学院系在课程设置上，尤其重视对学生写作实践的培养和西方文学观念的引介，其中象征主义、英美新批评几乎在流行之时就被新鲜带入北平大学课堂，这种不避古今、兼蓄中外的文学观念一方面影响了沈从文、朱光潜等京派作家的写作形态和主张，同时对卞之琳等学院成长起来的新生代作家产生重要导引作用，京派文学圈由此形成。

第三章“京派作家的学院品格”分别从文化身份、写作姿态、聚合形态和文体观念等方面论证了京派作家深蕴的学院品格。京派作家异于同时代作家的一个根本特征就是学院文化身份，不同的文化身份不仅形成了其与海派作家和左翼作家不同的生存状态，更影响了其文学写作的观念和姿态。在具体聚合形态上，师生因缘和文学沙龙也颇具特色，在讲坛上，京派的作家以知识传递的学院方式近乎自觉地形成了一个观念相近的写作圈，而在圈子形成之后，他们又以读诗会、"太太的客厅"、"聚餐会"等形式不断丰富自我的存在，这种文学聚合形态也带有独特的学院印记。

第四章"京派作家的多文体探索"从文体学的角度，解读了沈从文、废名、卞之琳、林徽因、李健吾等作家的多类作品。经过东西方文学的多重浸润和滋养，京派作家果敢地站在世界文学的场域中启动对小说、散文、诗歌、戏剧的实验和探索，具有自觉的文体意识和"和谐、静穆"的美学主张，在小说、诗歌、散文等文体实践中，他们显示出可贵的文体意识，并以积极的文体实验建构了新文学第二个十年的美学路径，在北京（平）城与人的互动关系中，启动了别样的"想象模式"，从传统与现代、乡村与城市、野性与文明的多重文化冲突中，作出自己的文化选择，以文学的道德力量和美学力量介入民族救亡的历史进程。

"结语"部分主要论述了京派学院品格的分化和延续。在北平陷落后，京派作家分化，居留北平作家的写作汇入了沦陷区文学的支流。重新组合的部分京派作家在西南联合大学一定程度上接续了前期京派作家的写作观念，其在1945年之后力图重振京派的旗鼓，但离开了地缘文化和学院文化的烘焙，京派作家韶光不再。

时间悄然，倏忽间划过百年。对于京派文学的解读和研究仍是进行时。虽然不能一直聚焦京派作家，但相信我会不停回望，不断关注。比如有关京派作家、平津文学场域和文学生产的深层关联等等。限于自身学养，本书呈现的仅仅是一点研究心得，且感性之言颇多，也请诸位专家同仁多提宝贵意见，让我视域愈宽，思考弥深。

李蕾于边陲图们

2022年8月

目　　录

导　论

京派文学在中国现代文学、当代文学是一个曾经被低估,又不断再认知的流派。历史钩沉,20 世纪 80 年代以来,对京派作家群体的研究不再拘泥于历史学、政治学和社会学的视角,而是更多从文化学、美学等角度对其写作和接受过程进行再发掘、再整理、再归类、再解读和再定位。

1989 年,严家炎先生较早在《中国现代小说流派史》中对京派作家进行了认定①,时隔一年,吴福辉先生将京派、海派并置在研究视野中,精心编选《京派小说选》,并在该书序言中对京派作家群体进行了界定,“这里所谓的‘京派’与一九三三年鲁迅、沈从文、苏汶那场著名的‘京派与海派’论争中使用的概念不同,仅指二十年代末期以后,当时北方中国确实存在过的一个不小的作家群,除了没有正式结社以外,其他的文学流派的特征,无不显露且发展完备”②。也正是在这部序言中,京派作家群体的地缘文化背景和学院特色被同时提及,即“京派可以导源于文学研究会滞留北方,始终没有加入‘左联’的分子。逐渐地,清华、北大、燕京大学的师生合成了一个松散的群体,先后出版了带有初步流派意识的《骆驼草》《文学月刊》《学文月刊》《水星》等刊物。特别以 1933 年沈从文执掌主编天津《人公报 · 文艺副刊》为这个流派确立的标志。‘京派’新人萧乾加入编辑事务,一直延续到抗战前,使这个副刊成为北方文坛之重镇和‘京派’文学的发祥地。”③在两位学者的影响下,更多的研究者开始关注京派作家研究,并开始从京派海派比较的视野,西方文化的影响分析、文化诗学等角度不断聚焦、解读、阐释京派文学。

随着文化地理学、城市空间理论等研究方法不断进入视野,想象性还原成为现代文学领域研究的新视角。现有的文学史对文学“时间的维度”的研究已臻成熟,而“空间的问题相对地被忽略了”④。尤其 20 世纪 30 年代,

---

① 严先生指出京派作家是新文学中心南移到上海以后,30 年代继续活动于北平的作家群所形成的一个特定的文学流派。见《中国现代小说流派史》,人民文学出版社 1989 年版,第 205 页。

② 吴福辉:《乡村中国的文学形态》,《中国现代文学研究丛刊》1987 年第 6 期。

③ 吴福辉:《乡村中国的文学形态》,《中国现代文学研究丛刊》1987 年第 6 期。

④ 杨义:《重绘中国文学地图的方法论问题》,《社会科学战线》2007 年第 1 期。

深受文化古城风气吸引并栖居于此的京派作家，如何重新建构了北平城与人的双向关系，“尽取当时诸文人之作品，考定时间先后，空间离合，”①是当下京派文学研究深化和拓展的一个重要维度。

北京作为中国近、现、当代史的重要见证者，承载了不胜枚举的历史文化信息。近现代文学史、文化史、学术史怎能绕过北京？“北京集中了全国第一流的国立大学和教会大学，是现代中国知识生产和学术生产网络的枢纽，具有适合温和的自由知识分子生长的、以国家稳定的知识体制为背景的文化空间。”②地缘文化和学院文化的双重视角在北京城市的北平时代更有意味。作为现代高等教育的发源地，学院气质是现代北京（平）城市精神的重要一维。在诸多城市属性中，大学城或者说文化城是其底色之一。而恰恰是在迁都之后，北平的其他城市功能都被剥离，独独剩下了文化城、大学城的属性，并被众多栖居者不断丰富和强化。北平由此开始增添了“文化古城”的城市标签。彼时，国民政府并没有力图把北平改造为一个现代化的工业城市，却用发现传统和扶植教育的方式赋予北平以“文化”象征，让其成为中华民族的“文化中心”。1933 年 6 月，傅斯年在致丁文江的信中指出：“‘北平为中国文化中心’一说，是非且不论，北平之有学术空气，他处无之，乃是实在。”③在 1933 年出版的《北平学术机关指南》中，“前言”赫然强调其文化中心的地位，“北平一市，学术机关甲于全国，其原因固由于历代都会所在，实亦文化之中心”④。

不仅如此，与新文学发生密切相关的大学文化或说学院文化也是京派作家群体的另一鲜明印记，大学对于现代知识分子具有多重丰赡的意义。1917 年，蔡元培先生入职北大，中国现代史方有了“知识分子精英的活动空间的位移，即从皇宫转向北京大学，也是活动领域的转移，由高层政治转向民间教育”⑤。这种从“庙堂”到“广场”的活动地域和心理迁移为现代作家群体的写作独立提供了新的可能。20 世纪 30 年代，京派文学几乎是最丰腴、最精美的一种文学形态，⑥追根溯源，学院身份是这个群体“对文学启蒙

① 陈寅恪：《陈寅恪集·元白诗笺证稿》，生活·读书·新知三联书店 2001 年版，第 9 页。

② 许纪霖等：《近代中国知识分子的公共交往》，上海人民出版社 2008 年版，第 10 页。

③ 桑兵：《抗战时期国民党对北平文教界的组织活动》，《中国文化》第 24 期。

④ 李文琦编：《北平学术机关指南·弁言》，北平图书馆协会 1933 年版。

⑤ 钱理群：《现当代文学与大学教育关系的历史考察》，《中国现代文学研究丛刊》1999 年第 1 期。

⑥ 王富仁：《河流·湖泊·海湾——革命文学、京派文学、海派文学略说》，《中国现代文学研究丛刊》2009 年第 5 期。

性的坚守”①迥异于同时代其他地缘和文化身份作家的重要原因之一。历史的“真实性”让人不由地继续追索，如何厘清在北平时期“集中在大学空间里的时代精英知识分子的学术思想、文化追求、精神风貌等对文学发展的影响与作用”，进而探求“其对学院培养的作家的直接影响”，以及“通过各种途径（特别是现代传播媒介）对社会文化、文学的间接影响”，这是研究京派文学在地缘文化视角之外必须复合的另一维度。

由此而观，在京派研究中引入地缘文化和学院文化的复合视角，从北平城市形态和学院文化影响的双重视野出发，通过对北平时代城市功能、文化定位、作家生态以及北平大学课程设置、学科规训、校园期刊等展开研究，将京派作家群体的归趋、聚合、文学生产、师生传承、文学传播等事实性和文本性的细节重置到地缘文化和学院文化交织的语境中，是否可以通过想象性还原打开京派文学研究的新视域？进而努力探究在20世纪30年代多元文学形态共存的历史场域中，京派作家聚合形态、文学生产、文体观念、美学主张形成的成因，这是作者力图尝试和呈现的。

一、大学文化视域下现代文学研究

作为中国现当代文学中受地域和学院文学影响尤深的京派文学，大学文化或者说学院文化身份是必须引入的考察视角。现代大学作为一个现代公共空间，在中国现代文学的发生和发展过程中起到了不可替代的结构性作用。在现代大学及其观念的浸润下，20世纪中国文学经历了怎样的渐变和分化？具体到20世纪二三十年代京派文学的发生期，北京成为北平之后，北平其丰厚的高等教育资源和学院作家的身份对京派作家的聚集、文学观念的生成、创作旨趣的影响是否有着深刻的关联？深入下去，京派文学所具有的迥异于左翼文学、海派文学的静穆、和谐的文学品格又是在哪些因素的影响下渐进形成并不断赓续的？寻求有关这些问题的答案都需要我们向历史回溯，在城市、大学与文学的多重格局中还原丰富的历史图景。

新文学发生后，现代作家开始具有了多种文化身份的可能。现代作家群体与三层文化空间领域，即现代教育体系、现代意识形态制度思想体系、现代文化知识（报刊出版的）传媒体系有着密切关系，此时更要叠加城市空间及城市自身美学的视角，即空间领域并非孤立的地理、体制、载体、知识概念，而是作家活动主体与精神主体积极参与立体交叉的“场域”空间，或曰

① 钱理群：《现当代文学与大学教育关系的历史考察》，《中国现代文学研究丛刊》1999年第1期。

建构性的共同体空间形态。由此视角可以推进文学群体聚散、排他对立，以及团体组合的缘由之考察。①

考察现代文学与高等教育的互动关系在现代文学研究领域并不是新近浮出水面的方法。作为与现代文学发生、发展密切相关的出版文化、政治文化和教育文化的一种，现代意义的大学首先为脱离了与封建政体依附关系的知识分子作家提供了安身立命、著书立说的平台，使得现代文学作家甫一登上文学战场就具备了获取自由精神品格的可能。同样，现代大学以其独特的知识生产体系哺育了兼为新文学创作主体和接受主体的固定人群——大学学生，一批批兼具中学、西学知识体系的独特知识接受者和传播者为现代文学的渐进发展提供了持久的人力资源。更为重要的是，在中国现代社会潮涌不息的变动中，现代大学酿制的学院精神和文化通过多种传播方式在现代文学的发生期影响了新文学与新文化的建构；在现代文学的发展期以京派为代表丰富了现代文学的表现形态；在成熟期以西南联合大学和延安鲁艺两种样本共同促进了现代文学的繁荣，几乎与新文化同步蜕变的大学在不同的时期丰富了现代文学的表现形态。

有关现代文学与高等教育的关系研究目前正处于以个案研究为主的阶段，从整体上宏观审视现代高等教育与大学关系的当属钱理群为《二十世纪中国文学与大学文化》丛书所做的“序言”，“序言”以“现当代文学与大学教育关系的历史考察”为题，从大学文化这个概念入手，集中分析了大学的三派文化势力及大学文学的构成和具体表现样态，更为重要的是文章深入探讨了大学文化内在的精神要素及其对文学创作和发展的作用。“序言”同时将20世纪中国文学与大学文化的总课题进行细化，选取了若干个20世纪文学与大学文化紧密联系的关节点，如“五四运动时期的北京大学”“二十年代的东南大学”“二三十年代的清华大学”“抗战时期的西南联合大学”“抗战敌后根据地的鲁迅艺术学院”“七十年代末与八十年代初的北京大学”等②，试图通过“小题大做”的方式，借助最能凸显大学文化与文学互动关系的个案研究，在还原历史材料和细密的分析基础上，最终整理勾连出20世纪文学与大学紧密而复杂的关系群落，这种对高等教育与新文学关系的全景式描述是指引研究者进行个案研究的重要参照系。

在具体的个案研究中，研究者或从某一个大学与特定时期的现代文学

---

① 杨洪承：《公共空间与文学社群关系》，《文学评论》2011年第6期。

② 钱理群：《现当代文学与大学教育关系的历史考察——“二十世纪中国文学与大学文化”丛书序》，载黄延复著：《二三十年代清华校园文化》，广西师范大学出版社2000年版，第3页。

创作关系考察着眼,细部清理高等教育与一定历史时期内的文学姻连:如对北京大学与五四新文学发生的关系研究,东南大学与"学衡派"的关系研究,女子师范大学与现代中国女性文学发生学的关系研究,南开大学与中国现代戏剧发生、发展关系研究,清华大学校园文学研究,西南联合大学与中国现代诗歌关系研究、与鲁艺文学创作关系研究,等等;或是从文学教育与文学发展的关系进行关系论述,代表性著作有陈平原《新文学与新教育——从京师大学堂到北京大学》、罗岗《"校园内外"和"课堂上下"——论中国现代文学与现代教育的内在关联》、沈卫威《新文学进课堂与中国现代文学的确立》等,几篇论述共同注意到了文学教育对现代文学产生、发展乃至学科确立所起到的结构性作用。陈平原的论文着重从对于现代文学发生具有资源性作用的北京大学国文学科的变迁开始考察,以大学国文系(文学系)的课程设置为切入点对历史场域中的文学流变进行研究和梳理,深刻关注到了大学教育(主要是文学教育)在文学生产中的作用。如果说陈平原的文学与教育关系研究主要侧重的是现代文学发生期前后文学教育对新文学生成的催生作用,罗岗的著作则是延续这个思路探求新文学生成之后,作为一种新的文学制度,现代文学如何通过大学的文学课堂完成"知识共同体"的建构,进而实现现代文学的自我形象的确立这样一个复杂而有意味的过程。沈卫威的《新文学进课堂与中国现代文学的确立》与罗岗的文章互文性很强。这篇文章更多地关注现代文学作为一门学科在大学的确立过程。作者以各个大学的史料个案为研究起点,从文学系课程结构、学者作家的辩论文章等角度论述中文系由于现代文学学科的进入其教育功能发生的转向,以及由此带来的培养新作家的功能,在这样的前提之下新文学与新文学教育二者之间生成了一种微妙的互动关系:一方面,现代文学的发生及社会影响的逐渐扩大使得新文学进入大学课堂成为必要和可能;同时新文学进入大学文学系课程谱系之后又为现代文学学科确立及其身份建构起到了促进作用。

另外有关现代文学与高等教育的关系研究还涉及留学教育与现代文学发生学研究(如周晓明《多源与多元——从中国留学族到新月派》、郑春《留学背景与中国现代文学》、李怡《"日本体验"与中国现代文学的发生》等),这些研究成果充分估量和评价了异域高等教育及其文化背景对现代文学发生的影响,以及具有留学背景的现代作家在文学实践中所具有的独特文化视野和文学品格。

当下,对大学文化与现代文学的研究还大多将视野投放在大学与现代文学的局部影响关系阶段,研究者尚未将地域研究、历史研究、比较研究与大学或者说学院身份相结合，这种单向度的研究方式由于视野的限定性，容易遮蔽文学研究与教育丰富复杂的历史原生形态，尤其是缺少高等教育与地缘文化结合的双维度研究。由此，本书引进了地缘文化与高等教育结合的观念和视角，努力考究 1928—1937 年北平城市形态、大学文化对京派文学的影响，在多重考察的视野下为进一步推进地缘文化、教育文化与现代文学的关系研究，尤其是为北京（平）、高等教育与京派文学的关系研究提供新的可能。以 1928—1937 年北平、高等教育与京派文学的多重关联为视角，从具体的史实和文学现象出发，在立体的观照下从细部发掘京派文学与北平、北平的大学之间精微的关系，这对于京派文学的研究以及 20 世纪文学与大学的关系研究都是一种推进。

二、北京（平）高等教育与新文学

在已有的现代文学研究中，还鲜有人将高等教育与地缘文化结合起来，在两者共同的视野下考察其与文学发展的关联。北京（平）是中国现代史中一个著名的"大学城"，北京（平）高等教育与文学关系的考察，和整个现代文学与高等教育关系的研究具有很大的重叠性，这从一个角度说明了北京（平）的高等教育在现代文学的发展、流变中承担了无可替代的作用，由此可以发现梳理和研究现代文学发展史时引进北京（平）城市教育研究综合视角的必要性。那么北京（平）的高等教育诸多元素在现代新文学发展中究竟承担了怎样的角色？在现代文学发展史中，不同历史语境中的北京（平）高等教育对新文学的发生、发展及内在格局的影响又有哪些？

在北京（平）高等教育与新文学关系的纵向历史脉络中，有关北京高等教育与新文学发生关系的研究已经相对成熟，集中体现为探讨北京大学与现代文学发生的关系研究以及北京女子高等师范学校与现代女性文学的发生关系研究。

1898 年设立的京师大学堂是我国近代国立大学之发轫，北京也由此兼为学府城。新式的大学将当时西方最新的思想观念引介到国内，大学云集的北京遂成为当时中国接受西方思想文化的前沿。作为封建王朝的都城，北京又恰恰是封建文化的城市载体，由此北京无疑成为了新旧文化、中西思想激荡的中心，最能容纳西方现代观念的现代学府也就自然成为了新旧文化短兵相接的第一战场。北京的大学及其背后的现代高等教育体制一面为中国新文学的发生提前配置了诸多资源，其中最为重要的是培育了众多的具有新式思想的年轻受众，这些新文学、新文化的接收者在新式教育和现代出版传媒的知识场域中不断成长，慢慢成为了新文学发展壮大的接续力量。

北京大学，这所百年中国高等教育的见证者，在中国现代文学的发生过程中具有不可替代的重要地位，这不仅仅表现为北大积聚了一批新文学创作的干将、培养了新文学创作的年轻作家，而更在于"造就了一个时代的文化精神，而文化首府的北平可能受惠最深"①。1898 年，京师大学堂由戊戌变法应运而生，但此时的学堂"从教育制度以及教学内容和方法来看，实质上仍然处于由封建的大学、国子学向近代大学转变和过渡的阶段"②。1912 年京师大学堂更名为北京大学。正如众多研究者指出的，真正让北京大学实现转型，开一代风气的是自蔡元培入主北大开始。值得一提的是，在此之前北京大学的风气转变已有先声，民国初年任北京大学教务长的姚永概、汪凤藻等人均为桐城古文派的核心力量，这在相当程度上影响了北京大学文科的风气。之后章太炎等学者陆续进入北京大学，并逐渐主导了北大的学风，这种学风的变化"甚至在当时被视为北京大学的一种新旧之争"③，章太炎学派取代了桐城古文派这种转变，是新文化运动中北大文科彻底转向的重要铺垫。

对于北上之后的《新青年》对新文化运动的影响，一些学者已经给予相当的关注和研究。五四新文化运动发生前，蔡元培入主北京大学，"并确立了中西文化会通的教育观"，④这种教育观在之后得到了具体的贯彻和实施。首先，蔡元培力主弘扬学术，针对当时京师大学堂的积习流弊提出了"所谓大学者，非仅为多数学生按时授课，造成一毕业生之资格而已也，实以为共同研究学术之机关"⑤的观点。在具体校改措施上，蔡元培于"1917 年增设中国史学门，外国文学除原有的英文门外，1918 年增设了法国文学和德国文学两门……1920 年，预科俄文班毕业，于是又增设俄国文学系。"⑥同时明确提出"大学者，囊括大典网罗众家之学府也"⑦的主张，敞开北大胸襟，容纳古今中外各种思想和学派，兼容并包，广蓄人才。政策出台后不久，一批日后成为新文学、新文化运动健将的知识分子汇集北京大学，促成了现代中国知识分子新的社会移动和价值选择，这种社会空间的转移为新文化运动中的作家提供了文学生产和传播的平台，为不久后在北京上

① 萧超然：《北京大学校史 1898—1948》（增订本），北京大学出版社 1988 年版，第 1 页。
② 杨东平：《城市季风——北京和上海的文化精神》，新星出版社 2006 年版，第 100 页。
③ 陈万雄：《五四新文化的源流》，生活·读书·新知三联书店 1997 年版，第 27 页。
④ 陈方竞：《"校"与"刊"结合的北京大学透视》，《中国现代文学研究丛刊》2002 年第 2 期。
⑤ 蔡元培：《就任北京大学校长之演说》，《东方杂志》第 14 卷 1917 年第 4 号。
⑥ 梁柱：《蔡元培与北京大学（修订本）》，北京大学出版社 1996 年版，第 52 页。
⑦ 蔡元培：《北京大学月刊发刊词》，《北京大学月刊》1919 年第 1 卷第 1 号。

演的新文化运动培育了“中国独立的民间知识分子的自由集合体，在‘兼容并包’的广阔、自由的精神空间里，创造出全新的‘校园文化’，即以‘科学与民主’、‘个体精神自由与独立’、‘重新估定价值’的怀疑主义精神与‘囊括大典，网罗众家’的宽容、博大胸怀为核心的新的世界观，新思维，新伦理，新方法，新学术，从而为新的时代变革提供了新的文化理想，新的价值体系，新的想象力与新的创造力”①。

而与新文化运动、文学革命最为相关的则是蔡元培对北大文科的人事改革及其背后的观念变更，“北大学术思想转变的中心是文科，而文科的中国文学系又是新旧文学冲突之焦点”②。基于此，蔡元培进行了文科的系列改革，据蔡元培回忆：“教学上整顿，自文科始。旧派教员中为沈尹默、沈兼士、钱玄同诸君，本已启革新的端绪；自陈独秀君来任学长，胡适之、刘半农、周豫才、周岂明诸君来任教员，而文学革命、思想自由的风气，遂大流行。”③大批支持新文化运动的现代作家、学者进驻北大文科，为新文学的倡导和传播提供了坚固的宣讲台。值得一提的是，大学的功用还在于为当时的学者提供了传播先进思想和观念的崭新平台，如新文学作家的代表之一胡适，设若单单凭借其白话文运动的“八不”主张和新文学草创时期的浅尝之作，是很难击败根基深厚的旧文化体制的，而恰恰是因为其担当了北京大学最年轻的教授，并且有机会在课堂上讲授“中国哲学史”课程，通过北京大学师生姻连把北大国学程度最深且具有领导力量的几个学生如傅斯年、顾颉刚等从旧派教授的“阵营”中争取过来，进而在北京大学这个全国最高的学府机关让新文化立住了脚跟。1919 年 2 月，随着《中国哲学史大纲》（上卷）以“北京大学丛书”的名头由上海商务印书馆出版，胡适更是借助了北京大学的学术号召力将新文化的火种播撒到了全国。在这样的教员全体变动之下，北大尤其是文学院在新文化运动中的作用日益发挥出来，“自 1917 年起，北大改革最大的是文科，这三个系的性质已经有了明显的区别。……这三个系新聘请来的进步教授也最多”，正是如此，“北大是新文化运动的领导中心，文学院实居领导地位”。④ 五四前夕北大文科的人事改革，使北大

① 钱理群：《现当代文学与大学教育关系的历史考察——“二十世纪中国文学与大学文化”丛书序》，载黄延复著：《二三十年代清华校园文化》，广西师范大学出版社 2000 年版，第 3 页。

② 杨亮功：《早期三十年的教学生活》，（台湾）传记文学出版社 1980 年版，第 13 页。

③ 蔡元培：《自写年谱（三）手稿》，蔡怀新藏，转引自陈万雄：《五四新文化的源流》，生活·读书·新知三联书店 1997 年版，第 29 页。

④ 《五四运动与北京大学》，载中国社科院近代史研究所编：《五四运动回忆录》，中国社会科学出版社 1979 年版，第 219 页。

的文学院成为了新旧文学与文化冲突的最前沿，由此北大尤其是其文学院在之后不久的新文化运动中担当了不可代替和复制的角色。

知识分子在现代大学中的身份切换是大学与文学关系研究的另一个关键，其中尤其以新文化运动中的北京大学学者为肇先。已有学者注意到了五四新文学的干将更多地具有学者身份（多为北京大学的教授），并且认识到"文学革命主要是'大学文化'即学府中的学者发的难，而非作家本身的文学创作引发的文学变革"①。并且区分了新文学作家和学者两种身份及相应著述的异同，为更加清晰地理清五四新文化运动发生在首善之区的北京大学找到了重要的根据。

地缘文化也是新文学发生学研究不可忽视的视角。"北京大学倡导的那种博大精深、民主自由、不拘一格、兼容并蓄的文化新风，是五四精神与古都文化相结合的典范。"②新的高等教育体制与北京地缘文化的契合共同成为新文学在北京发生的重要因素，与北京高校对新文学的强烈支持态度不同，对新文学持有排斥和否定态度的"学衡派"在北京无法形成与新文化运动对峙的力量，而只能选择东南大学作为"昌明国粹，融化新知"的栖居地，这种学者的文学、文化选择和学府的地缘文化之间深层的关联本身就是新文学发生、发展中的重要现象，研究和挖掘北京（平）高等教育与新文学发展之间的内在关联就是对这种复杂关系的探索。

综上所述，在五四新文学发生的历史嬗变时期，以北京大学为主体的北京高校担当了重要的角色，"从清末至'五四'，在西学东渐背景下，教育体制较之政体的先行变革、各类新式学校的大量涌现、京师大学堂向北京大学的衍变以及蔡元培所开创的中西文化会通的学术化取向等，都为新文学发生营造了变革性的思想文化氛围，同时又为新文学提供了大量的作者与读者……使'校'与'刊'结合的北京大学成为五四新文化（文学）倡导中心"③。

北京女子高等师范学校与中国现代女作家的产生是现代文学发生期北京高等教育与新文学发生学研究的又一重要现象，"中国女子高等教育的诞生与现代女性文学的发生不仅同步，而且关系相当密切"④，与中国的新文学发生地在北京高校惊人地相似，中国的现代女性作家及女性文学也是

① 陈方竞：《五四新文学与"大学文化"关系透视》，《文艺争鸣》2004年第3期。

② 杨东平：《城市季风——北京和上海的文化精神》，新星出版社2006年版，第100页。

③ 陈方竞：《五四新文学与"大学文化"关系透视》，《文艺争鸣》2004年第3期。

④ 王翠艳：《女高师校园文学活动与现代女性文学的发生》，《中国现代文学研究丛刊》2005年第5期。

产生在新文化的中心北京，也是依托在“中国第一所国人自办的女子高等学府（同时也是当时唯一的一所国立女子高等学府）”①，“当时在国内接受高等教育的知识女性有近三分之一就读于该校”②。北京女子高等师范学校成立于1919年，正是北京独有的这种女性校园空间的确立为中国现代女子文学提供哺育的苗圃，“与新文化运动之前的主流文化语境对女性的创作行为多有限制不同，在女高师的校园文化环境中，学生对于文学的参与活动是受到鼓励的”③，校园中启蒙思想的盛行、注重培养写作的国文教育以及诸多启蒙知识分子构成的师资团队，诸多因素为现代女性作家及女性文学诞生提供了最大的可能。女学生群体一旦初步形成即通过自组文艺社团、进军新文学主流刊物等方式使女性文学合法化，大学及其依傍的高等教育制度是现代女性文学产生的文化土壤，现代女性文学正是由于高等教育制度的初步确立完成了“由家庭到校园的变迁”，④大学校园环境不仅为“具有主体意识的‘新女性’的诞生准备了条件，也为‘新女性’与‘新文学’的结合提供了契机”⑤。

以北京大学及北京女子高等师范学校为代表的北京高等教育，在现代文学及女性文学发生机制中的作用不可忽视。在现代教育观念的影响下，一批受现代思想影响的作家跻身大学校园，获取了大学教师的新身份，身兼作家和学者双重文化角色的五四干将一面通过现代传媒继续将新的观念播散到社会人群；一面依托大学讲坛和校园期刊、各项活动，既培养了一批新的学生作家，也不断建构和丰富现代大学的校园文化和教育理念，初步形成了学院作家的文学品格，为此后的新文学发展提供了一个可能的方向。

在现代文学的第一个十年里，由于北京处于中国的政治和文化中心，以北京大学为主的北京高校在现代文学的发生期为现代作家职业提供了商业写作之外的另一种可能，作家在获取了学院派的身份之后，这种气质的初步渗入又影响了作家写作的文学观念，使他们的创作带有明显的学院特征。第一个十年的北京高校确立的现代大学教育首先在一定程度上影响了文科

① 王翠艳：《女高师校园文学活动与现代女性文学的发生》，《中国现代文学研究丛刊》2005年第5期。

② 陈东原：《中国妇女生活史》，商务印书馆1928年版，第390—393页。

③ 王翠艳：《女高师校园文学活动与现代女性文学的发生》，《中国现代文学研究丛刊》2005年第5期。

④ 王翠艳：《女子高等教育与中国现代女性文学的发生——以北京女子高等师范为中心》，北京师范大学2005年博士论文，第43页。

⑤ 王翠艳：《女子高等教育与中国现代女性文学的发生——以北京女子高等师范为中心》，北京师范大学2005年博士论文，第43页。

教育的初步方向。1928 年，北京更名北平并失去政治中心的角色后，大批作家汇聚北平大学校园，学院作家群体成为京派作家的结构性力量，北平、现代大学与文学的紧密联系呈现更为紧密的姻连关系。

如果说在 1917—1927 年北京的大学教育参与和建构了新文学的发生，那么随着现代大学教育体制的逐渐确立，中国现代大学教育与现代文学都进入了一个“定型化和建立规范的时期”①，此时，北平城市文化、大学文化与新文学的关系研究方面还未见深入、全面的著述，现有的研究成果首先集中在某个高校的校园文学专论，比较突出的是清华大学的校园文学研究，其中主要以张玲霞和黄延复的研究成果为主。

张玲霞的专著《清华校园文学论稿：1911—1949》中的部分内容首先谈到了 1925—1937 年清华早期校园文学的一般创作情况，论著分总论（包括文学社团、文学周刊和文艺论争三个方面）、创作论、作家论三个部分，总论部分中的文学社团和文学专刊两章以社团活动和刊物实体勾连文学的流脉，具有较强的史料性。社团部分作者通过弘毅学会、中国文学会、文学社、戏剧社等社团创作实绩的举证，兼之描绘当时清华学生的主要文学活动，如戏剧社的一些具体活动的策划、实施和反响，为我们理解清华剧作家李健吾、曹禺等人后来的创作提供了重要的背景资料。专刊部分对 20 世纪二三十年代清华大学的重要期刊《清华周刊》进行了专题分析，尤其对《文艺增刊》和《文艺专号》部分的创作进行了梳理和描绘，同时也选取了部分有代表性的作品进行了赏析，这为以后的研究者对《清华周刊》做深度研究打下了较为坚实的基础，但作者对《清华周刊》涵及的外校学生作家及社会作家群没有给予更多的关注，只将眼光局限在清华师生群体上，这对全面评价《清华周刊》的文学史价值不得不说是一个缺失。张玲霞专著的另一个特色就是师生杂陈的作家论部分，涉及 1928—1937 年本书讨论范围的作家有闻一多、梁实秋、罗皑岚、李健吾、郝御风、曹葆华、吴组缃、林庚、孙毓棠、李长之等人，这也基本涵盖了二三十年代活跃在清华文坛的师生作家范围，但作家论仅限于对作品的简要罗列和解析，讨论的范围也仅限于这些作家在清华求学或任教期间的创作，所以很难从纵向的角度深入考察描述对象的创作风格，对全面理解和评价清华的作家创作特征有一定的局限性。

黄延复的《二三十年代清华校园文化》较之张玲霞的著作缩小了研究

① 钱理群：《现当代文学与大学教育关系的历史考察——“二十世纪中国文学与大学文化”丛书序》，载黄延复著：《二三十年代清华校园文化》，广西师范大学出版社 2000 年版，第 10 页。

的跨度，同时跳开了仅从文学内部论述校园文学创作的局限，以二三十年代清华校园文化为总的考察背景，有利于更加清晰地描绘二三十年代清华文坛的创作全貌。著作作为"二十世纪中国文学与大学文化"丛书之一，恰恰是体现了在二三十年代中国文学发展过程中以清华大学为代表的北平高等学校所起到的不可或缺的结构性作用。专著首先廓清了清华文化的三大源头，然后从对大学文学具有重要影响的校长、名师（包括理论、院长及教务长、导师、系主任这一完整链条）等角度进行描述，从校长的办学观念、学校体制、教授活动等大学文化的构成因素入手对二三十年代清华校园文化作出了立体式的描绘。作者尤其将与新文学发展密切相关的大学文学院建设和清华文坛活动（不包括旧文学活动，旧体诗文在本书中专列一章）放置在重要的研究层面，有关文学院的研究是作者研究的主体部分，其中分概述和分述两部分，分述部分以系为研究子集，分别从办系宗旨及教学目标、课程设置及变迁、教学特点、学术研究概况等与文学切实相关的教育背景为着眼点论述20世纪三四十年代清华文学生长的教育生态环境，尤其是与新文学有关的内容进入课堂之后对三十年代中国现代文学发展的影响。在每个系的论述部分之后还附录了该系1936年度学程一览，以更加直观的方式部分还原了当时清华文科教育的样态。

季剑青的博士论文《大学视野中的新文学》着力考察了20世纪30年代的大学与北平的文学生产形态之间的关系，作者选取了北京大学、清华大学两所大学，从知识生产的角度论述其文学课程及相关想象，并对产生于北平青年学生群体的左翼文学写作进行了论述。而有关1928—1937年北平的高等教育与现代文学的另一种研究主要是对某个创作群体和现象的集中考察，这种考察突破了大学校园研究的框架，而对作家创作的共同特征和气质进行归并整合研究。张洁宇的专著《荒原上的丁香——20世纪30年代北平"前线诗人"诗歌研究》即以文化古城时期北平前线诗人为考察对象，关注北平作为一种文化氛围和中心意象，如何制约着诗人们的思维表达，将本阶段的校园诗人创作放在城市和大学的双重视野中进行考察。

已有的研究成果大多注意到了在1928—1937年的北平新文学创作与高等教育之间的关系，也分别从某个角度进行考察：如从某个校园（主要是清华大学）的文学创作角度进行考察；从该时期某种文体创作与学院关系角度进行研究；等等。相关研究没有将研究焦点锁定在北平最具文化特征的作家流派——京派作家群体上，缺少了这样的预期视野就无法充分估量到文化古城时期的北平城市形态对京派作家写作的深切影响，缺少了这样的视野也同样很难认识到北平的高等教育对新文学的发展所独有的意义和价值。可以说,地域和学院文化结合的视角亟须引入对文化古城时期京派文学的研究。

只有在现代文学发展框架下突破校园个案考察、文体研究的局限,将北平城市状态、文化氛围、高等教育情况与京派文学写作综合起来进行全方位探源、梳理和研究,才能更加纵深地考量二者之间的复杂关系。以《清华周刊》为例,已有研究成果仅从清华大学的学生创作单向度对其进行考察,将其简单看成一个校园刊物,没有全面准确地估量《清华周刊》在当时北平期刊凋敝的文化环境中的重要地位和作用,没有认识到《清华周刊》在组合北京大学等其他高校学生作家及文化古城其他著名作家中的功能,进而无法准确判断出《清华周刊》在文学史和文化史中的地位,无法准确清晰地描绘出 1928—1937 年北平、大学与文学发展之间深入、复杂的多重联系。

三、地缘文化与大学文化的复合视角

京派文学的研究在现代文学研究界已臻成熟,学界对京派文学的界定、文学风格、审美价值等方面已有相对统一的看法,很多研究者也曾经在论述京派文学的背景和地缘环境时看到了北平地缘文化及当时高等教育环境对京派文学圈和文学品格形成的重要作用,但迄今为止,还没有研究者就此进行深入的挖掘和细密的分析。本文认为,要深入考量京派文学的文学气质、思想背景、文学意义和价值,对其与北平地域、北平的高等教育环境关系研究是必不可少的,进而才能打开京派文学研究新的视野。

严家炎在《中国现代小说流派史》中首先对京派作家进行了界定,他指出京派作家是"新文学中心南移到上海以后,三十年代继续活动于北平的作家群所形成的一个特定的文学流派",其具体构成则包括了以下三个部分,"一是二十年代末期语丝社分化留下的偏重讲性灵、趣味的作家,像周作人、废名、俞平伯;二是新月社留下的或与《新月》月刊关系较密切的一部分作家像梁实秋、凌叔华、沈从文、孙大雨、梁宗岱;三是清华、北大等校的其他师生,包括一些当时开始崭露头角的青年作者,像朱光潜、李健吾、何其芳、李广田、卞之琳、萧乾、李长之等"①。在严家炎的著作中,作者把京派作家的构成划分为三部分,其中一个组成部分就是北平高校的师生写作群体,而作者有意使用了"其他"师生,意指前两部分作家也有部分学院作家的身份。这种对京派作家与北平高校之间的关系认定为后来学者研究指出了一个明晰的方向,但严家炎的著作没有就京派作家的学院身份与创作观念、风

① 严家炎:《中国现代小说流派史》,人民文学出版社 1989 年版,第 205 页。

格之间的内在联系进行深入论述。

另一位较早注意到京派文学与北平大学之间关系的研究者是吴福辉。他在《京派小说选·前言》中对京派作家的归属和文学活动如此描述，“‘京派’的文学倾向导源于文学研究会滞留在北方而始终没有参加‘左联’（包括“北平左联”）的分子。显然与‘左翼’有社会政治和文学观念的双重分野，又决不与右翼文学认同。逐渐地，清华、北大、燕京等一些大学师生组成了一个松散的群体，先后出版了带有初步流派意识的《骆驼草》、《文学月刊》、《水星》等刊物”①。吴福辉在论述京派文学的团体性质时有意指出他们学院中人的文化身份，并且将其与京派文学的风格作出了关联论述，这种研究的视角对后来人们全面认识京派文学的写作因缘和背景具有重要的先导性意义。

杨义也是较早注意到京派作家与北平大学之间关系的学者之一，他在京海比较的视野中准确地剥离出了京派作为流派的特点，即“并非西方哪个特定的文学流派原封不动地批发到中国，而是在北京高等学府云集的学院派风气中，按照每个作家的人生阅历、知识结构和个性思慕，从从容容地浏览外国书，取其能够触动自己生活体验和精神渴求，触动自己的回忆和想象的若干要素，从而进行富有个性的知识整合和创作性思维”②。可以这样说，杨义的著作提出了大学风气是凝成北平京派作家审美形态的关键背景，也是参与建构京派作家文学风貌和流派特征的结构性因素的观点。

戴光中的《大学名士的清谈》并非研究性著作，却在相当程度上解释了京派文人的“大学”和“名士”的文化属性，这种研究思路在吴福辉等人的基点上更加凸显京派文人学者和名士的身份，并且力图在文化身份与文学的“清谈”品格之间寻求一种联系，这种对京派文人的身份概括在一定程度上揭示了其学院品格的特质。

许道明的《京派文学的世界》是一部有关京派文学的专著，也是京派文学早期研究成果中较为重要的一部，在论京派文学的流派特征时著者论述到，“京派作家群的出现，说来也奇怪，正值国都由北南迁，北京已经‘易名’北平。这批作家不因失‘京’而南移，相反安于北方，写他们的梦幻，发他们的议论。他们虽大多有过身居京都的经验，有趣的倒是他们在失却京都依恃之后才成为京派文人的；而当北平回到人民手中，又为京都，北平重又易

① 吴福辉：《京派小说选·前言》，人民文学出版社 1990 年版，第 20 页。

② 杨义：《京派海派综论》，中国社会科学出版社 2003 年版，第 13 页。

名为北京,时代苍茫,已使他们做不成京派作家了”①。许道明注意到了在1928—1937年北平特殊的城市氛围与京派写作高潮之间的联系,并且指出了在失去了这种隐蔽联系之后京派写作的不可重复性。这种对京派写作时间和地缘文化关系认定的观点在京派研究中意义独特,但其著作没有把这种视角深化,去细致考察北平城市品格和北平的高等教育对京派文学特征的结构性作用。

《京派文人:学院派的风采》在京派文学研究的有关成果中较为突出地注意到京派文人的学院特色。该书划定了京派文学的时间范围及发展阶段,尤其指出了“北平的高等学校,中国三十年代教育的黄金时代,为他们提供了良好的工作条件和生活条件,没有这种客观条件,‘京派’文人的人生选择就很难落实”②,将20世纪二三十年代的北平高等教育环境作为京派文学形成的重要原因,初步看到京派文学与北平高等教育之间的联系,但没有深入、全面地考察北平高等教育与京派文学及其学院品格之间的深刻关联。

在已有的京派文学研究中,研究者认识到京派文学的生成与北平的大学之间的联系,看到了1928—1937年北平的高等教育与京派作家栖居北平并安身校园的一种客观联系,为京派文学的发生学研究提供了思考方向。但是,研究者大多将北平高等教育视为京派文学产生的一般性背景,将北平的城市文化氛围和高等教育状况理解为京派作家圈形成的单纯外在因素,没有注意到身为文化古城的北平,其本身具有的巨大文化磁场对京派作家不仅具有吸引力,更是结构性地影响了其写作姿态及审美主张。而北平的大学观念和机制对京派文人文化生存和写作观念更是具有结构性影响,北平的大学不但提供给了京派作家大学教师和学生的文化身份,更为重要的是现代大学的文化身份、课程设置、知识生产方式等不仅影响了京派作家师生文化群落,更影响其接受异域文化和文学想象的向度。我们甚至可以这样归结,北平的高等教育不仅仅是京派作家生成和活动的背景因素,更是他们建构自身文学和文化品格的关键,北平的大学之风赋予了京派作家一种人格化生存的可能,并且随着京派文人与大学关系的浸润加深,这种可能最终也成为了一种事实。

在已有京派文学研究的基础上,我们不能仅仅将北平城市形态和北平大学文化视为京派文学产生的一般性背景,而是应该在此基础上充分估量

---

① 许道明:《京派文学的世界》,复旦大学出版社1994年版,第2页。

② 高恒文:《京派文人:学院派的风采》,上海教育出版社2000年版,第6页。

到北平和北平的大学对京派文学产生的深层作用,其中最为突出的就是京派文学受其影响而体现出的特殊风貌——学院品格。这种学院品格既是京派作家区别于同时代左翼作家和海派作家的一种内质,也是其具有超越时空的文学、文化意义的重要构成部分。如果仅仅将高等教育看作京派文学研究中的背景,就会影响我们全面、充分估量特殊历史时期的北平、大学与京派文学之间深刻复杂的关系,进而会对北平城市精神、大学文化在京派文学形成和发展中的作用考量不足,并最终影响到对京派文学内质的把握,而这也正是本书力图深入考察、探究和突破的。

北平不仅为京派作家提供了地域空间,更为其提供了文化交流和文学生产的场域,大学对于京派作家来说不仅是一份职业和文化身份,更影响了其内在精神的建构,北平时期的高等教育与京派文学之间存在着外在背景之外的一种虽隐蔽却更为深刻的关联,而恰恰是这种关联成为一条重要的线索,指引我们由远及近重新走入京派作家写作的图景,去触摸和发现他们汇聚北平,走入大学、文学生产和传播的形态。

已有研究大多把高等教育作为京派文人活动的背景资料进行处理,弱化了高等教育和现代大学对京派作家人格化生存的独特意义,本书正是看到了京派文学研究中的这种缺漏,试图在北平高等教育与京派文学学院品格之间进行梳理性的论证,这在京派文学的研究中是非常必要的。多数研究者都已经注意到京派文学与北平特殊历史时期高等教育之间的关系,但其多是将北平的高等教育作为京派文学的一般性结构元素或是生长背景进行论述和理解,而没有真正认识到高等教育和现代大学给予京派文人特殊文化身份对其文学写作和文化生存的深层构建,进而妨碍了对京派文学特质品格的正确估量和全面阐释。可以说,在这样的背景之下,对1928—1937年北平的高等教育与京派文学的学院品格之间的关联进行细密的梳理和论证具有重要的文学史和思想史意义。如何从历史原貌入手,从历史的真实信息将这种关联进行更为细致的描述,然后在现代大学文化学意义下,对京派文人的生存和写作进行一种新的解读,进而赋予其在现代文学史上别样的意义和价值,这正是作者在本书中力图实现和解决的。

地缘文化和学院是京派作家群体聚集的重要前提,本书对特殊历史时期的北平这个京派文学形成的地缘文化情境进行了梳理和分析,1928年北京失去了国都的政治地位成为了边城北平,城市原有的大量资源随着新文学中心的南下而转移,此时古城北平成为了一所大学城,教育成为了这个城市继续发展的生命线。而在1928—1937年近十年的历史中,北平文学的消长与高等教育的起伏具有很强的同步性,这种联系引发了一个新的思考维度,一个饶有趣味的问题:当北京成为北平,当文学中心已经南移之后,北平以怎样的聚合力吸引了一批文人的归趋,并且在这沙漠中慢慢聚集,最终形成了 1937 年京派文学活动的高潮?其中大学文化的影响不可忽视。

比起城市的外缘情境,高等教育的观念和实际情况与京派文学品格的养成关系更为直接。大学校长的教育理念在宏观上赋予了北平大学的整体精神,而文学院系内部更是以新的观念一面催生和培养了学生作家的形成;一面强化了京派文人作为学院作家的文化心理。可以说正是在大学院墙之内,北平地缘文化与大学精神共同烘焙了京派作家富有特色的学院精神,而这种精神渗透进了他们的血脉中,影响并建构了其文学写作的观念和实践。

本书还力图从京派作家的文化身份、写作姿态、聚合形态和文体观念四个角度,综合论述京派文学学院品格的具体体现。

京派作家异于同时代作家的一个根本特征就是文化身份的不同。不同的文化身份不仅形成了其与海派作家和左翼作家不同的生存状态,更影响了其文学写作的观念和姿态。在具体的写作中京派作家秉持了一种异乎严谨的态度,并且在学术与文学写作两个方向互相影响,在笔者看来,学术和文学在京派作家的世界里是合则双美的,这确乎是其学院品格的一个有力说明。

在具体聚合形态上,师生因缘和文学沙龙也是颇具特色,在讲坛上,京派的作家以知识传递的学院方式自觉地形成了一个观念相近的写作圈,而在圈子形成之后,他们又以读诗会和“太太的客厅”两种形式不断丰富自我的存在,这种文学圈的形成和活动方式也带有了学院品格的深深印痕。

在这样的前提之下,京派作家在写作观念上具有鲜明的特色,具体而谈就是自觉的文体意识和文学意识,在小说、诗歌、散文等文体实践中,他们以可贵的文体意识力图超越某种文体与相关文体的边界,并且以积极的文体实验加强文本的文学性因素,这种摒弃商业因素和政治因素对文学的干扰、着力于文学内部体系构建的文体观念是京派作家学院精神的又一外化。

综上所述,本书选取了一个京派文学研究中尚需深化的视角作为研究起点,努力从城市和大学出发,从与文学写作密切相关的 1928—1937 年北平城市的显性环境开始考察,同时将目光重点投放在大学院墙之内,探求是怎样的城市品格和高等教育实际影响了京派作家圈的形成,并且建构了京派文学的写作和美学形态。这种探求并不是在京派作家与北平的大学之间画上一条确定的因果链条,而是确定一块交集,一块可以盛纳诸多关联性信息的历史交集。

第一章　北平文化生态与京派作家的栖居

北京(平)在中国现代文学历史中不仅仅是作为一种城市符号存在，更多的是以自身富含的多元而复杂的历史文化信息参与了现代文学发生、发展以及成熟的历史建构。我们不得不继续使用现代与传统的冲突这样老旧的字眼来概括近代以来北京(平)城所经历的巨大焦虑，若论新旧、中西文化矛盾对撞的极致，要在中国所有城市中选出头筹，那么无疑是北京(平)。首善之区的辐射力和吸引力使得北京成为近百年各种历史角色登台展演的舞台，历史屏风后的北京(平)承载了从清朝、到民国再到中华人民共和国成立的裂变与律动。1917 年新文化运动推出了纷繁杂陈的文化场，大批学者作家、出版机构和高等学校纷纷汇集于此，文学生产的诸种文化资源配置得较为丰富，北京(平)由此成为新文学自我生产的重要媒介场。在近、现代文学交汇期，北京处在新旧政治、文化实力交锋的风口浪尖，也是新旧文学争夺领导权的重要战场，陈独秀于 1915 年在当时的另一个文化中心上海创办了《青年杂志》(后更名为《新青年》)，而《新青年》真正对新文化、文化运动发生影响则是在其移师北上与北京大学结合之后，《新青年》和北京大学的复合景观吸引了众多新文学的支持者和倡导者集聚到北京，一面与文化保守势力进行论争，一面积极译介外国文艺作品和思潮，倡导新文学的创作和研究，最终显豁出新文学强大的生命力，为新文化和新文学夯实了生存的基础。那么随着现代历史的渐进和城市之间的此消彼长，新文化运动落潮后的北京(平)与新文学之间又缔结了怎样的关系，这种关系又是如何改变了 20 世纪 30 年代中国文学的格局，进而影响了京派文学的写作风格呢? 这些都是我们在北京与现代文学发生学研究的基础上引入北平视角的重要原因。

第一节　1928—1937:北平文化发展的特殊阶段

1928 年对于中国现代史意义特殊。6 月 20 日，南京国民政府改直隶省为河北省，北京为北平。[①] 北平从中国的政治文化中心转瞬变为地域性城

---

① 吴惠龄、李壑编:《北京高等教育史料》，北京师范学院出版社 1992 年版，第 408 页。

市，“不但不是国都，而且成了边塞。”①1936年，林语堂在上海主办的《宇宙风》杂志特辟“北平专栏”，其中有一篇如此回忆当时北平的情形：“到了戊辰，北京改为北平，又是一次大变动。这一次的变动，在政治上意义更为重大，整个多年蕴藏的重器国宝逐渐转移，而丧失其固有意义，其（北平）多年来沿袭依赖的社会秩序、人命生计，也受决大之波动”，甚至感觉到“北平之历史意义，从此殆摧毁无余矣”②。

国都地位的丧失带来的不仅是皇皇国宝的迁移、历史意义的淡晕，更为重要的是城市秩序和城市属性的变化，“北平在昔本为首善之区，畿辅所在，收支均呈巨额。但自首都南迁，诸事紧缩，财政情况一时极为紊乱。”③原有政治地位及其带动的工商业繁荣转瞬凋敝，自明朝始，进京入仕官员来自四方，由是各地风俗、饮食均以此汇聚北京，市面商业初见兴隆。“京城五月，辐辏佳蔬名果，随声卖唱”④。及至清朝，满人入关数百年，京城仕宦人家渐多，又添八旗子弟不事耕种，惟消遣生活，大大带动了北京的经济。“京师之市肆有常集者，东大市、西小市是也。有期集者，逢三之土地庙，四、五之白塔寺，七、八之护国寺，九、十之隆福寺，”⑤可以说，封建制度下的政治文化中心合一的北京城也是名副其实的消费中心，与之伴随的城市服务业拉动了经济繁荣。

1928年国都南迁，北平城市的经济命脉几近震断，“自北平市政府成立以后，至二十三年（1934年）六月，中间七十一个月，仅有十一个月有结余，其他六十个月均为亏损之月。”⑥比较同一时期的全国城市人口及收入情况，“人口总数北平为1552604人，上海为1702310人，收入总数北平为4630759元，上海为7320985元，以北平为基准数100计，上海人口为北平的1.096倍，收入则是北平的1.573倍。”⑦“可以看出，国内各市之岁入状况，实以北平最为贫困。”⑧

---

① 周作人：《北平的好坏》，载姜德明编：《北京乎》，生活·读书·新知三联书店1997年版，第17页。

② 铢庵：《北游录话》，《宇宙风》1936年11月1日。

③ 朱炳南、严仁庚：《北平之市财政》，国立中央研究院社会科学研究所第5卷第4期。

④ 史玄：《旧京遗事》，北京古籍出版社1986年版，第23页。

⑤ 夏仁虎：《旧京琐忆》，北京古籍出版社1986年版，第95页。

⑥ 朱炳南、严仁庚：《北平之市财政》，国立中央研究院社会科学研究所第5卷第4期。

⑦ 《北平市与国内六大市岁入之比较》，载《北平市政府统计特刊》，北平市政府秘书处1934年编印，第30—31页。

⑧ 《北平市与国内六大市岁入之比较》，载《北平市政府统计特刊》，北平市政府秘书处1934年编印，第31页。

北京的经济低迷附带着文化上的高压。五卅运动之后，中国现代知识分子的现实关怀愈加强烈，这直接导致了北京文化高压政策的升级。1924年起，北洋政府就开始了“禁售”、焚毁新文学作品、禁演新式话剧的系列举动。1925年，章士钊担任北洋政府教育总长之后，采取的三项整顿学风方案①遭到北京众多大学师生的反对，进一步激化了知识分子与北洋政府的矛盾。1926年，“三·一八”惨案的爆发使北京进入了文化恐怖时期；1927年，奉军正式入关并占领北京，北洋政府对知识分子的文化钳制达到最高点。在此期间，李大钊和邵飘萍接连被罗织罪名杀害，《语丝》《现代评论》等新文学重要刊物被迫停办，北京学者和作家的文化自由和言论空间愈发狭仄，新文化运动时期北京酿制的自由空气渐渐稀薄。

而此时的上海则渐显峥嵘，1927年，上海特别市成立，蒋介石致词曰：“上海特别市乃东亚第一市，无论中国军事、经济、交通等问题无不以上海特别市为依据。若上海特别市不能整理，则中国军事、经济、交通等不能有头绪。”②上海无论在经济上还是政治上都迅速地取代北京，成为20世纪30年代中国经济、文化的最前沿，“上海是世界第六位的大城市，是中国第一位的大商埠；是国际帝国主义对华经商的大本营，是民族资本主义发展滋长的根据地，上海的市民日益增加，上海的建筑日益高大；这都足以表明上海的繁荣和欧化。”③除了繁荣和欧化之外，上海无疑拥有较北京自由的言论空间，当然这与租界的“法外治权”有一定关系。④

1928年，从北京到北平带来的决不仅仅是北平政治地位的丧失，更是大量城市资源的流失，而北平的文化城属性由此分外鲜明。在新文化运动落潮、北京降级为北平之后，直至1937年北平彻底成为沦陷区这近十年的时间里，北平城市的文化功能凸显，北平的各大学在经历了短暂的风潮后陆续进入了稳步发展的关键时期，既少却了“五四”历史时期的政治干预，又没有后来沦陷区大学的异族影响，北平的大学迎来了短暂而宁静的春天。这种平稳期在现代高等教育史上也是罕见的，十年间北平的大学惊人一致地以学术研究为发展的重要方向，这种静水流深、淡泊自由的学术文化风气对京派作家静默、沉潜的精神养成具有不可忽视的意义。

1928—1937年，北平的大学发展与北平文人作家的枯荣存在着同步

---

① 三项方案分别是：一、教育部设考试委员会，负责大学生入学及毕业的考试。二、教育部设编辑馆，督促各校教授编译新著。三、合并北京八家国立院校，实现统一管理。

② 蒋介石：《国民政府代表蒋总司令训词》，《申报》1927年7月8日。

③ 新中华杂志社编辑：《上海的将来》，上海中华书局1934年版，第1页。

④ 姚公鹤：《上海闲话》，商务印书馆1917年版，第50页。

性，伴随着高等教育的动荡期，北平的文学发展也陷入沉寂，随着高等教育的复苏，北平的文坛也从《骆驼草》开始不断垦殖，进而迎来了京派作家写作的全面繁荣，这也从一个侧面印证了北平的大学文化与京派文学之间的内在关联。

1927—1929 年，北平的多所大学陆续陷入了北平大学区的风潮，北京大学被迫降为北平大学北大学院，北平师范大学降为北平大学师范学院，这种新的大学体制并没有按设立者所想将某个地区大学“本学术研究之精神以进行”①，教育独立化在当时的社会和政治环境中只能是一种没有沙土的乌托邦，在北平大学区试行不到一年间，即引起众多大学教师和学生的激烈反对，这种学制使得当时的北平大学教育陷入了一个发展的停滞期。“1928 年 9 月，北洋大学发起护校运动，抵制大学区制。”②“1928 年 11 月 29 日，北京大学学生示威游行至北平大学校长办公室，反对大学区制对北京大学的影响。”③各公立大学（除清华大学）外，无一不受学潮影响，学校的正常教学秩序也很难得到保证。1929 年 7 月 1 日，国民政府决议“由教育部定期停止大学区制”④。

1928 年前后，随着北京（平）局势的动荡和自由空间的缩小，语丝社文人和新月派文人发生了分化，一批文人如候鸟般离京南下，其中包括了闻一多、丁玲、沈从文等当时在文坛初见名气的作家，也包括鲁迅等文坛宿将。文人的南迁带来了北平文坛的荒漠化，1928 年至 20 世纪 30 年代初期，北平的文坛不但人气不旺，就连连续出版的文学期刊都寥寥可数，早期的北平文坛主要是由周作人及其“苦雨斋”弟子撑起的局面，其主要成绩即为《骆驼草》。《骆驼草》延续了五四时期同人刊物的传统，主要撰稿人如周作人、俞平伯、废名、冯至、梁遇春、朱自清等，都是在北平的大学任教或读书的学院中人，这种学院派力量的组合并参与文学创作的局面在某种程度上暗示或者影响了后来的北平文坛生态。《骆驼草》的创刊打破了 20 世纪 30 年代初期北平文坛的荒芜状态，同人刊物的性质延续了五四文学的严肃和启蒙精神，也与当时上海文坛的商业化风潮形成了赫然的对比。《骆驼草》在当时的北平文坛确实起到了沙漠绿洲的作用，一面集聚了当时的文坛力量，

---

① 中国第二历史档案馆编：《中华民国史档案资料汇编》（第 5 辑），江苏古籍出版社 1994 年版，第 32 页。

② 《北洋大学学生会拥护独立运动》，《大公报》1928 年 9 月 16 日。

③ 《北大又演风潮一幕》，《大公报》1928 年 12 月 2 日。

④ 中国第二历史档案馆编：《中华民国史档案资料汇编》（第 5 辑），江苏古籍出版社 1994 年版，第 57 页。

一面初步确立了北平文坛的“自由创作”风气，是1928—1937年北平文坛初期的重要期刊和文学现象。

从1929年开始，北平各大高校先后恢复了原有的名称和地位，也由此陆续开始了全面发展时期。北平名校林立，其中最著名的是北京大学、清华大学、燕京大学和北平师范大学“四大名校”。它们分别代表了四类典范：北大是首屈一指的老牌国立名校；清华是后起大学之翘楚；燕京是国内顶级的教会名校；师大则执师范院校之牛耳。其中，清华有着庚款基金的支持，燕京有着哈佛燕京学社的条件，遂成南北各校中国际交流最活跃、国际背景最深的大学。尤其是清华大学，已接替此前的北大和东大而成为国内最具活力与后劲的名校，赢得了世界性的声誉。清华大学经过了驱逐校长的风潮，各项事业欣欣向荣。原为留美预备学校时期学校总共不过三百人，经过几年建设，截至1936年，学校“设有文理法工四院，共十六学系，学生人数增至一千三百余人。”清华之所以如此，乃在于其极其雄厚的师资。在1937年全面抗战前长达十余年的时间里，其办学规模翻了一番多，大量名教授进入该校，教师基本只进不出。南开、燕京、北大、东大（中央大学）、青岛大学等南北名校的大量名教授，都纷纷投奔清华；甚至沪上（如圣约翰大学、光华大学）的大量名教授亦被清华收归门下。① 北京大学也进入了相对平稳的发展期，“统一告成，诸般应较先前安定，”②特别是1931年中华文化教育基金会在上海举行的第五次常会上，确定“五年拨款20万元，作补助国立北京大学延聘学者，设立研究讲座，及聘请专任教授，并添置设备之用。”③在经历了各种学校风潮后，北平各大学几乎同时进入了平稳的发展阶段，这也为延揽人才、吸引学生、建立良好的学术氛围创造了良好的外部发展环境。

与各大学进入发展期相应，北平的文坛也逐渐开始活跃起来。随着北平各大学的发展，尤其文学系的发展，一批新文学的健将从各处汇集而来，大大增强了北平高校文学系的教师力量和文坛的创作实力：首先是一批作家从全国各地回到北平并就职于大学，成为当时北平高等学校文学系教师群体的重要力量，如胡适、叶公超、闻一多、徐志摩等；然后便是一批年轻学生考入北平的大学，在这里他们吸收欧风美雨，深受文坛气氛的浸润，开始操笔写作，并逐渐成为北平文坛创作的生力军，这其中包括卞之琳、李广田、何其芳、林庚、季羡林等等；另外还有朱光潜、梁宗岱、李健吾等一批学者作

① 梅贻琦：《五年来清华发展之概况》，《清华周刊》（向导专号）1936年6月。
② 蒋梦麟：《北大三十二周年纪念》，《北大学生周刊》1930年第1卷第2期。
③ 吴惠龄、李壑编：《北京高等教育史料》，北京师范学院出版社1992年版，第418页。

家从欧美留学归来，回国之时选择了北平的大学作为栖身佳木，他们将新批评、印象派、象征主义等西方新鲜的理论带回到古都的大学讲坛上，将略显沉寂的古都文坛直接拉入国际视野，使得当时北平的文坛呈现出更加恢弘、开放的气度。几方力量的汇集不但活跃了北平大学的讲坛和校园风气，而且更为重要的是他们像清泉滋润了荒漠般的北平文坛，使沙漠渐显绿茵，直至葱翠漫野。

1933年，沈从文、杨振声从吴宓手中接收了《大公报》的副刊，并更名为《文艺副刊》，由此京派作家获得了一块全新的垦殖之地。副刊的编辑地设在北平的沈从文居所，"杨振声和五四时期诞生的第一代新文学作家有密切的关系，而在沈从文身边，不仅有新文学的元老派，更联系着一大批二三十年代成名的青年作家。"①就这样，从1933年9月23日《大公报·文艺副刊》创办起，便拥有了一个相对稳定的作家创作群，包括了朱自清、周作人、蹇先艾、巴金、老舍、朱光潜、李健吾、何其芳、卞之琳、李广田、萧乾等人，此后《大公报·文艺副刊》及其后的《文艺》成为当时北平文坛作家尤其是京派作家的一个重要的文学阵地。

1934年年初，叶公超、林徽因、沈从文等人组织了"学文社"，当事人后来回忆当时的《学文》创刊时说："到了民国二十三年，因为朱光潜回国，成为有生力的生力军，大家又有了兴趣，由叶公超负责编务，余上沅负责发行，"②于是5月北平文坛拿出了一本较有规模的文学杂志《学文》，卞之琳对《学文》的名字解释道，"《学文》起名，使我不无顾虑，因为从字面上看，好像是跟上海出版最有影响的《文学》（月刊）开小玩笑，不自量力，存心唱对台戏。但是它不事论争，这个刊名我也了解，是当时北平一些大学教师的绅士派头的自谦托辞，引用'行有余力，则致以学文'的典故，表示业余性质。"③《学文》杂志具有很强的学术性，当时的创作主体还是叶公超、闻一多等身兼作家和学者的大学教师，而京派的创作主力中的学生群体如卞之琳、何其芳还未成熟，可以说《学文》杂志是北平作家创作成熟期的一次重要预演。

另一个与《学文》同时期推出的杂志是《文学季刊》，同时还伴有副刊《水星》。《文学季刊》由章靳以和当时在燕京大学任教的郑振铎合编，刊物编辑地设在北平，却网罗了当时北平、上海两地文坛的许多知名作家，并开

---

① 杜素娟：《沈从文与〈大公报〉》，山东画报出版社2006年版，第31页。

② 叶公超：《关于新月》，台湾：《联合报》1980年8月6日。

③ 卞之琳：《窗子内外：忆林徽因》，香港：《文汇报》1985年3月10日。

列了一个 108 人的撰稿人名单,阵容异常强大。但由于《文学季刊》及其副刊《水星》与上海的《文学》代表的左翼作家有千丝万缕的关系,具有较强的政治倾向,并不能真正体现京派作家创作自由的想法,故而杂志在北平历时两年出版八期就沉寂了。

随着各个大学进入十年发展的全盛期以及青年创作群体的成熟,北平的文坛在 1936—1937 年间进入了全面的收获期。经过了 1933 年的京派海派论争,京派文人原先松散的聚合形式有所变化,读诗会、文艺沙龙、聚餐会等聚合形式大大密切了京派文人的团体关系,学生创作群体也在教师扶植下经过了校园刊物的历练渐进步入文坛,可以说北平文坛的各种力量已经酝酿成熟,京派作家的写作高潮势在必发。1937 年 5 月 1 日,《文学杂志》正式创办。在此之前,北平文坛一直缺少一个兼有分量和容量的杂志,《骆驼草》《学文》《水星》等都很难满足京派文人旺盛的创作力,《文学杂志》由朱光潜主编,编委会包括周作人、叶公超、朱自清、废名、林徽因、沈从文、杨振声、朱光潜,并且都认为“应该把杂志办成一个同人杂志,保持杂志的独立性,”①杂志为京派作家提供了一个宽广自由的舞台,新老作家在此都有贡献,小说、散文、诗歌和戏剧各种文体都有上乘之作,同时还有颇为引人注目的学术论文和书评,充分体现了京派作家的学院品格,而这也是北平这块文化土壤孕育出的特殊风采。书评是《文学杂志》的特色,书评作者通常是选取当时文坛较新的作品给予全面细致的分析,在对不同流派作品的品读中彰显了京派作家的文学观念和艺术取向,也给当时的创作型作家提供了富有价值的意见和建议。《文学杂志》的出炉标志着 1928—1937 年北平文坛创作观念的全面形成和创作队伍的成熟,四大文体各有奇才,文学批评也不乏强人,既体现了京派作家强劲的创作力,同时也秉持了北平文坛学院派的血脉,可以说杂志标志着北平时期京派文学发展的最终成熟。

1937 年渔阳鼙鼓声起,北平迅速沦陷,“1937 年 8 月 6 日,伪北平政府成立。从本日起,北宁铁路通车,各大学师生数万人陆续离开北平,其中包括著名学者闻一多、梁思成、沈从文等,……8 月,国民政府任命北京大学、清华大学、南开大学合组新校,南迁长沙,定名为长沙临时大学。9 月,北平师范大学奉政府命与国立北平大学、国立北洋大学工学院在陕西西安分组为国立西安临时大学。1938 年 5 月 4 日,国立西南联合大学在昆明开课,8 月,国立西南联合大学增设师范学院,其他院系也有调整,至此国立西南联合大学共有文、理、法、工、商、师范六个学院,26 个学系,2 个专修科,一个先

① 常风:《逝水集》,辽宁教育出版社 1995 年版,第 76 页。

修班，成立当时国内最大的高等学校。”①古都酝酿了近十年的文化风气瞬间风逝，北平的高等教育环境遭到全面破坏，由此北平的高等教育与现代文学的十年姻连告一段落，丧失了创作依托的舞台，没有了宁静自由的创作环境，除了周作人等少数作家选择了留在北平之外，大批作家复又南下，繁荣的北平文坛再次归于沉寂，北平作家的文学创作正式进入了沦陷区阶段，虽然数年后，沈从文、朱光潜等京派作家复归北平，于 1947 年 6 月至 1948 年 11 月重办《文学杂志》以图复兴，可是离开了前期北平特殊的城市氛围和大学环境，京派作家韶光不再，好梦难圆。

第二节　北平文化资源与京派作家的归趋

从新文化运动爆发开始，北京一直是中国的文学文化中心，“北京为吾国首都五六百年，故根深蒂固，历史上已取得政治资格”②，尤其是戊戌变法后，作为新政之一，清政府开办了京师大学堂，北京大学、清华留美预备学校等高等学府渐渐开始具有现代大学的文化功能，北京也由此强化了城市的文化聚合作用。担任北京大学校长之后，蔡元培延揽了陈独秀作为北京大学文科学长，对现代中国史具有多重意义的《新青年》与北大结合，北京遂成为新文化运动的发源地。新文化运动对于北京具有非凡的意义，北京由原来数百年的封建帝都迅速转换为现代文化的中心，现代文学的几大重要社团如文学研究会、语丝社等纷纷成立于此，《语丝》《沉钟》等重要刊物也乘风设立于北京，与五四文学启蒙的主题相切合，此时的期刊杂志运动多是同人杂志，文学生产、传播过程中的商业干预力量还不明显，加上此时直皖战争、直奉战争造成的割据局面，少有某系军阀长期执掌北京政权，20 世纪 20 年代初的几年，北京的文化空气相对自由，一批新文学作家居留北京，加之相应的社团和期刊，新文学的第一个十年北京毫无疑问地成为了文学的生产和传播中心。

而在 1928 年北京成为北平之后，中国的政治中心开始南移。伴随着政治地位的丧失，北平不再是新文学生产的中心城市，那么在城市与文学的起伏消长中，作为边城的北平是以怎样的文化资源和聚合力孕育了新的文学形式，又是以怎样的城市品格参与了新文学发展期文学格局的构建呢？这些都需要我们从探寻北平的特殊性作为答案的起点。

① 吴惠龄、李壑编：《北京高等教育史料》，北京师范学院出版社 1992 年版，第 454 页。

② 姚公鹤：《上海闲话》，商务印书馆 1917 年版，第 85 页。

一、大学城与文化城

1928—1937年是北平历史的前半期，也是人们通常所说的“文化古城时期”。有关文化古城的时间界定，邓云乡之说最为贴切，“时间上限是一九二八年六月初，盘踞在北平的北洋军阀最后一位实权者张作霖及其国务总理潘复逃出北京开始；其时间下限是一九三七年七月‘七七’事变之后，宋哲元率其部撤离，北平沦陷为止”①。在此期间，南京、上海等南方城市成为中国的政治、经济、外交中心，而北平则成为了不折不扣的“边城”，“只剩下古城一座，故宫一院，琉璃厂一处，西山一脉，教授、文化人一伙，学生一群，学校多所……”②丧失了政治中心地位的北平城市由原来的政治、军事城市转变为文化城市，城市缺少支柱经济的带动，唯有文化教育成为北平最为重要的事业。

由于原来附着于“国都”地位的城市发展动力逐渐丧失，北平民间与官方都在重新考虑城市发展的新方向与新路径，在这一探索过程中，文化因素被凸显。《大公报》刊发文章说道：“北平之特色，即在文化之价值，故最宜于设为教育区。而首都南迁，北平去政治中心甚远，环境洁净，尤便于讲学。况其风俗质朴，人情敦厚，于青年之精神修养，复较南方之浮嚣隐靡为适宜。”因此希望政府集中全国之“学者大师，广开黉舍，努力学问”，“则十年廿年之后，中国之建设人才，胥可于此中取给。所谓南方成革命之首功，北方居建设之先导者。”③

这一时期，南京国民政府并没有力图把北平改造为一个现代化的工业城市，却用发现传统和扶植教育的方式赋予北平以“文化”象征，让其成为这个民族的“文化中心”。北平政治分会主席张继就提出，北平有“壮丽之建筑，佳美之气候，蓊蔚之树木，便利之交通，加以种种文化设备……学校之多甲于全国”，可汇聚全国学者和求学青年，建成文化、教育中心。④ 时任北平市长的何其巩则如此形容，北平“原有学校，多属最高学府，讲艺之风，逾于邹鲁，加之故宫之文物，焕然杂陈，各图书馆之册籍，庋藏丰富，其足以裨益文化考证学术之资材，几于取之不尽，用之不竭，而文人学士之乔寓是邦者，亦于斯为盛，市府要当整理社会，修废起顿，以期革除旧染，溶发新机，使秩序宁静，环境改观，以为国家振兴文化之辅助，此职责尤不可

① 邓云乡：《“文化古城”简说》，《文化古城旧事》，河北教育出版社2004年版，第1页。
② 邓云乡：《“文化古城”简说》，《文化古城旧事》，河北教育出版社2004年版，第5—6页。
③ 《今后之北平》，《大公报》1928年7月31日。
④ 《穷而无告》，《京报》1928年11月11日。

容缓者也”①。

此时,文化资源成为北平城市的“命脉”。当时北平有高等学校 26 所,几占全国之半。著名的国立大学有北京大学、清华大学、北京师范大学、北平大学等;私立大学有燕京、辅仁、协和、中法等;中等学校 1929 年为 48 所,1938 年为 88 所;初等学校 1935 年为 246 所。北平有两个国立研究院(北平研究院和中央研究院之一部),有全国最大的图书馆,建筑、文物、文献、资料、书籍之丰,成为学术研究最便利之处,其他的专门文化机构不能悉数。曾有人做过计算,每年中央汇北平的教育经费是 400 余万元,加之清华、燕京、协和等特殊财源及其他学校机关,每年约 1000 万元。大中小学生以 10 万人计,每人每年消费 100 元计,两下相合,则北平市因教育事业而流通的金额,总数在 2000 万元以上,②当时有人将教育,尤其是大学教育比作是“北平的生命线”③。

以教育为支柱的文化古城在褪去了政治的光环之后对青年学生的吸引力更加纯粹,“那时北京改为北平,不再是‘京’了,除了经济实在不行的外,有八九十人都赶到北平考大学。根本没有听说有人到南京和上海等地去的。留在山东报考大学的也很少,这是当时的时代潮流,无法抵御的。”④考入了北平的大学学生来到这里会发现“这一事前的文化古城在历史环境上、在文献资料上、在人情敦厚上、在生活程度上,都为各方面的学人准备了足够的条件,在无政治势力干扰的情况下,聚集了全国有世界名望的各方面的人才,在教育和学术上无形中形成了一种风气,灯火相传,造成了深远的世界性的影响。”⑤

当时北平经过了大学院的风潮⑥,最终确定下来了数十所大学:其中北京大学 1929 年始更名“北平大学北大学院,恢复了内部组织。1930 年恢复

① 何其巩:《今后北平之建设》,《益世报》1928 年 10 月 12 日。

② 杨东平:《城市季风:北京和上海的文化精神》,新星出版社 2006 年版,第 98 页。

③ 铢庵:《北平漫话》,《宇宙风》1936 年 6 月 16 日。

④ 季羡林:《清华园日记 1932—1934》,辽宁美术出版社 2002 年版,第 4 页。

⑤ 邓云乡:《文化古城旧事》,河北教育出版社 2004 年版,第 7 页。

⑥ 1927 年 7 月 4 日,国民政府公布了《中国民国大学院组织法》并于当年 10 月在南京成立了大学院,蔡元培任大学院院长。旨在将教育行政与教育机关统一。之后北平方面筹办了北平大学区,并于 1929 年成立了国立北平研究院。研究院拟改变当时北平的大学区划,统一设立北平大学,将原来的北京大学、北平师范大学等高校统一归并到北平大学中,这一提议遭到了北京大学等高校学生的激烈反对,经过几轮复校风潮,大学院制最终破产,但作为大学院和大学区的产物,中央研究院和北平研究院保留下来。具体参见中国第二历史档案馆编:《中华民国史档案资料汇编》(第五辑),江苏古籍出版社 1994 年版。

国立北京大学名称”①;清华大学“于 1928 年 8 月 17 日由原来的留美清华预备学校更名为国立清华大学,罗家伦为校长”②;北平师范大学“于 1929 年 6 月由原来的北平大学第一师范学院恢复了北平师范大学,1931 年 2 月,复与北平女子师范大学合并,统称北平师范大学”。③

表 1 : 1937 年北平地区主要高校统计

院校名称	独立或立案备案年月	设院或科数
国立北京大学	1929 年 8 月脱离北平大学获得独立	文、理、法三院
国立清华大学	1928 年 8 月由清华学校大学部改称	文、理、法、工四院
国立北平大学	1929 年 8 月由北大学院、第二师范学院、第二工学院独立后的原北平大学各院校组成	女子文理、工、农、医、法商五院
国立北平师范大学	1929 年 8 月脱离北平大学重建	文、理、教育三院
私立燕京大学	由基督教会办,1929 年 6 月立案	文、理、法三院
私立辅仁大学	由天主教会办,1931 年 6 月立案	文、理、教育三院
私立中法大学	1931 年 12 月立案	文、理、医三院
国立交通大学北平铁道管理学院	1928 年北京交通大学改称为第三交通大学,后改称为交通大学交通管理学院分院和北平交通管理学院,1929 年 7 月,定此名	铁路管理科
私立北平协和医学院	1929 年由北京协和医科大学降格,1930 年 5 月立案	医科
私立中国学院	1930 年由中国大学降格,1930 年 10 月立案	文、法两科
私立朝阳学院	1930 年由朝阳大学降格,1930 年 11 月立案	法、商两科
私立民国学院	1930 年由民国大学降格,1930 年 11 月暂准立案	文、法两科
私立华北学院	1930 年 11 月由华北大学降格,1931 年暂准立案	政治、经济、法律及政治经济四系
国立北平艺术专科学校	1933 年 6 月奉部令结束的北平大学艺术学院于 1934 年重建而成	绘画、雕塑、图工、艺术师范四组

① 《国立北京大学沿革概略》,载《北京大学卅五周年纪念刊》,北京大学 1935 年,第 2 页。

② 冯友兰:《校史概略》,《清华周刊》1931 年第 8、9 期。

③ 北京师范大学校史编写组编:《北京师范大学校史》(1902—1982),北京师范大学出版社 1984 年版,第 81—85 页。

续表

院校名称	独立或立案备案年月	设院或科数
市立北平体育专科学校	1934年9月备案	体育本科、师范科
私立北平铁路专科学校	由原基辅大学1928年改称的北平铁路大学于1933年降格为北平铁路学院,1933年6月立案,1936年又降格为此校	铁路管理科

资料来源:吴相湘、刘绍唐主编:《民国史料丛刊第一种:第一次中国教育年鉴》(第二册)丙编:教育概况(上),(台北)传记文学出版社1971年版,第17—19页。吴相湘、刘绍唐主编:《民国史料丛刊第一种:第一次中国教育年鉴》(第四册)丁编:教育统计,(台北)传记文学出版社1971年版,第42—47页。吴惠龄、李壑编:《北京高等教育史料》(第一集近现代部分),北京师范学院出版社1992年版。交通大学北平铁道管理学院学生自治会编:《交大平院廿三周年纪念特刊》,交通大学北平铁道管理学院学生自治会1932年版。

各大学校在状况稳定之后更是力图发展:清华大学经过数年事业扩充、突飞猛进,民国二十四年(1936年)共计有"教授九十九人,讲师三十五人,教员二十一人,助教六十五人,导师一人,共计二百二十一人"。政府批准设立研究院之后,"增设文科研究所,设中国文学、外国语文、哲学、历史学、社会学五部"①,学校各项事业积极推进。截至1932年,北平师范大学"本科分设教育、国文、英文、历史、地理、数学、物理、化学、生物诸系,及体育专修科,学生人数从民国元年的180余人增至1290人"②。1934年,教育部制定《大学研究院暂行组织规程》,为高等学校开展学术研究确定标准。到1937年,经教育部核准成立的各大学研究所共有26个,所下再分设42个研究部。据统计,1934—1936年全国专科以上学校教员中,作专题研究者共1066人,占全体大学教员总数之14%强。当时北平学术界流传一句话:"北京城(学术界里)有三个老板,一个是胡老板胡适,一个是傅老板傅斯年,一个是顾老板顾颉刚。"

1928—1937年北平高等学校在硬件和软件上能有如此稳健的进步得益于充足的经费来源。清华大学是庚款直接赞助的学校,在当时北平的高校中经费较为充足,"自民国二十一年起,每年定为一百二十万元"③,北平师范大学也从民国初期的年拨款8100元增至每月经费54241元。④ 在北平的大学建设中,中华教育文化基金会的作用不可忽视,"1931—1937年

① 梅贻琦:《五年来清华发展之概况》,《清华周刊》(向导专号),1936年6月。
② 李蒸:《国立北平师范大学整理计划书》,《师大月刊》创刊号,1932年11月。
③ 梅贻琦:《五年来清华发展之概况》,《清华周刊》(向导专号),1936年6月。
④ 李蒸:《国立北平师范大学整理计划书》,《师大月刊》创刊号,1932年11月。

间,基金会与国立北平大学直接合作,双方各出资20万元作为教职工的工资补助及教学之余的研究经费。"①可以说,虽然失去了首都的政治地位,但在战乱频生的大环境中相对充足的教育经费是北平的大学稳健发展的重要支撑。

除高校外,北平的文化机构也是文化古城另一个不可替代的资源。四大顶尖的国立研究机构中,除中央研究院、国立编译馆等在南京外,北平研究院、北平图书馆都在北平。一流的研究机构吸纳了严济慈、钱临照、裴文中、贾兰坡等知名学者。尤其是北平研究院,作为近代中国最具原创力的学术机构之一,它为知识界贡献了一大批卓越的成果。北平的高校和学术团体(如史学研究会)大都有各自的学术刊物,其中《北京大学研究所国学门月刊》《燕京学报》均为国内翘楚。就当时教育资源来说,北平无疑是冠居南北的重心,可以说北平兼备教育和学术研究重镇,作为教育重镇的北平,同时亦是学术的重镇。以人文学界为例,史坛的胡适、傅斯年、顾颉刚、陈寅恪、洪业、钱穆、孟森、雷海宗等一流史家绝大部分云居北平;而哲学界的巨子熊十力、冯友兰、金岳霖等亦是居留北平,甚至艺术方面,有陈师曾、齐白石等名家齐聚于此。文化古城时期的北平可以说国手林立。

北平亦有当时全国最好的图书馆。1928年京师图书馆更名为国立北平图书馆,1929年,与北海图书馆合并,"当时占地七十亩,民国二十年新馆建成……成为当年远东最现代化的图书馆。这为文化古城的学子提供了一个地址最适中,条件最好的读书场所。"②几个国立大学的图书馆也是藏书颇丰,燕京大学是美国教会赞助的私立大学,经费充裕,故藏书丰富,北平师范大学由于经费一直靠政府拨款,图书数量也是连年递增,截至1936年,"图书馆共藏书118767册,流通杂志59种,流通中外时报39种"③。除国立图书馆和学校图书馆外,当时的北平还拥有不少其他性质的图书馆,如北京市立第一图书馆(头发胡同图书馆)、中山公园图书馆等,各种层次的图书馆环境幽雅,也是学者、文化人读书的好去处。何其芳在后来的文章中就曾回忆他在北京大学读书时去北平图书馆阅读的情形,"那时我常常从我的宿舍出发,经过景山前面那条静寂的长街,绕过北海和中海的白石桥,一个人到北京图书馆阅览室看书。我记得差不多把北京图书馆当时所有的外

① 费正清编:《剑桥中华民国史》第二部,中国社会科学出版社1994年版,第429页。
② 邓云乡:《文化古城旧事》,河北教育出版社2004年版,第179页。
③ 北京师范大学校史编写组编:《北京师范大学校史》(1902—1982),北京师范大学出版社1984年版,第110页。

国文学作品的中译本都读完了。”①图书馆等文化资源的优良配置为文化古城酿制了浓郁的文化空气，成为学者、文化人修习和创作的重要处所。

除了浓郁的文化氛围之外，优越的生活条件也是不容忽视的条件之一。“一个知识分子，不要说月收入二三百元，即使七八十元，百来元，家中有个三五口人，也还可以不愁生活，有余力买点书，请个保姆。因而没有什么大野心的人，想读读书，作作学问的人，也就不想再到南京、上海这些地方去争名夺利，站在斗争的风浪口去拼搏，而在文化古城里静静地读书了。”②当时的公立大学学费也并不高昂：“北京大学每年银元 20 元，体育费 1 元，宿费全免。清华大学、北平医学院等费用与此大致持平。私立学校和教会学校每年约 50 元，而像北平师范大学等师范学校则是学费全免，并且不收宿费。”③正是相对较低的教育费用使得更多的平民子弟得以入高等学校的大门，并最终成为社会经济和文化进步的中坚力量。

文化都城往往是具有某种特定功能的城市，它们是文化交流的中心，在这个特定地域，人们维护特定领域的传统，历史和未来交错，四方信息汇集于此。文化都城的人们更加容易收集信息，而且各个领域的专家云集，激荡智慧，创新也最有可能。稳定充裕的经费保证了北平大学发展的物质基础，而较之单纯的物质积累，人事聚集显得更为重要。1933 年前后，北平各大学的人文学科知识分子名家云集，北京大学：胡适，沈兼士，刘半农，罗常培，周作人，郑天挺，马叙伦，等等；清华大学：陈寅恪，朱自清，俞平伯，闻一多，吴宓，金岳霖，冯友兰，邵循正，雷海宗，等等；北师大：钱玄同，黎锦熙，高步瀛，等等；辅仁大学：顾随，孙人和，余嘉锡，邓文如，等等；燕京大学：郭绍虞，陆侃如，顾颉刚，等等。在北平失去政治的冲要地位之后，也正是这些坚守北平高校的知识分子将北京的文化一脉延续下来并得以光大，使文化古城的文化魅力不减当年，持久地吸引更多的学者集于北平，与不断投向北平的年轻人一起铸就了大学城的光华。

这里需要补充的是 20 世纪二三十年代上海的大学数量与北平相比没有明显的差异，但大学及其附属效应在上海的城市文化中角色并不突出，对当时在上海产生的诸种文学流派影响并不明显。与北京的国立大学为主体不同，上海的大学主体是教会大学，圣约翰、震旦、沪江、东吴等著名的教会大学的学术取向和学校发展不免受到宗教的影响，很难形成较为自由独立

---

① 何其芳：《文学艺术的春天》，作家出版社 1964 年版，第 182 页。

② 邓云乡：《文化古城旧事》，河北教育出版社 2004 年版，第 6 页。

③ 陈明远：《文化人的经济生活》，文汇出版社 2005 年版，第 131 页。

的学术群体,这也是上海和北平文化空气尤其是大学文化氛围的不同之处。1928年后北平的文化名人,鲜有自愿离开而南下沪上的(左翼作家郑振铎南下主要出于政治原因),却是大量南方文化名人北上。抗战前夕,北平比较活跃的文化人有2000人左右(以高校教师和学生为主),而上海则有三四千人,而供职于高校(且多属私立)的仅约千人,供职于报社出版社的亦不过二三百人。

1928—1937年的北平少却了最高政治中心的光环,却在无形中进一步焊固了学术中心的地位,而在这种学术中心地位的确立过程中,北平的大学所起到的作用尤其不容忽视。文化古城时期北平大学毫无二致地致力于学术规范和基本学理的建设,充分体现了知识分子的社会角色意识和职业操守,十年而过北平逐渐酝酿成了坚守、淡定、严谨、卓越的学风,与当时北平的作家坚持思想独立、追求自我完善的品格具有深刻的内在关联,正是这种原因使我们有必要去探寻1928—1937年北平的高等教育尤其是文学教育的历史原貌,直至廓清文化古城时期的北平及当时的大学教育在特殊的城市语境中和历史氛围里如何从特定的角度影响了新文学的发展,使其在上海文坛为主流的文学形态之外形成了独具另一种精神气质和审美趣味的文学流派——京派,冠之以京,即体现了城市与文学之间的血肉联系。

二、另一个"中心"——勃兴的上海

一面是风光不再、经济凋敝的"边城"北平,一面是百业俱兴、跃跃欲试的"中心"上海,1928年中国的都市格局峰回路转。经济大势、城市地位变化牵引着文学生产方式的变化,"随着中国政治中心的南移,出版业的盈虚消长也出现了变化。上海的新书业获得了发轫勃兴的机运。"①接着便是与国都南迁相隔不久的书店、杂志南迁及由此引发的大批作家的离京去沪,其中包括闻一多、沈从文、丁玲、冯雪峰等。甚至可以以1928年为界,之后十年左右上海毫无疑义地成为中国新的出版中心和文化中心,集中体现这种文化资源的转移和重组的就是杂志和新书出版机关的南迁。

五四新文化运动至20世纪20年代中期,新文学作家创作都属业余性质,文学生产受商业和意识形态干预不强,作家创作和生存较少依靠文学市场和读者趣味,随着新文学创作群体的扩充和读者群体的壮大,文学写作逐渐成为一部分作家谋生的手段,此时健全的文学生产机制和文化市场大环

① 凌宇:《沈从文传》,北京十月文艺出版社1988年版,第230页。

境对于文学发展的意义逐渐显露。新月社1924年成立于北京①，早期文学活动主要集中在北京，其主要成员徐志摩主办的《晨报副刊》成为新月派同人活动的重要阵地，1927年春天开始新月社的主要活动移至上海。1927年7月1日，新月书店成立于上海，新月社有了自己的出版书店，书店采用股份制，股本两千元左右，大股100元，小股50元，书店设有经理，采用了较为现代的商业运营模式。同时，新月社于1928年3月新辟了《新月》月刊，开始在上海开辟新的创作空间。书店亦是如此，以新文学的老牌书店北新书店为例，北新书店1924年成立于北京，是一家出版新文艺作品的书店。在现代文学发展的第一个十年为北京的作家出版了诸多新文艺作品，成为地处北京最重要的新书出版公司之一，随着大批作家的南迁和上海文化环境的优越，北新书店南迁上海并更名上海北新书局。

及至20世纪30年代中期，上海拥有全国最完备的出版机构和传播媒介，“仅商务印书馆、中国书局和世界书局这三家出版社出版的新书就占三十年代全国所出新书的65%以上。”②杂志更是占了“三十年代杂志的半壁江山”③，以1933年为例，“1933年上海共出版了至少215种杂志。按门类分，人文科学102种，文学艺术40种，应用技术32种，普通杂志38种，自然科学3种”，“几种主要的刊物如《东方杂志》、《大陆》、《申报月刊》、《现代》、《文学》等16开本，每期100页以上，装订最厚的《读书杂志》，有的厚达700页。”④

成熟的出版环境和完善的商业机制为上海铺平了通向文化中心的通衢，正如沈从文所说，“从民国十六年，中国新文学由北平转到上海以后，一个不可避免的变迁，是在出版业中，为新出版物起了一种商业的竞买。”⑤新的文学中心带给现代文学的不仅仅是读者群体的扩大和专业作家群体的诞生，更是文学生产趣味及受制因素的变化。五四新文化运动诞生的第一批新文学作家多为校园知识分子，甚至多具学者和作家的双重身份，以北京为前驱的新式文化教育机构不仅为他们提供了优越的物质条件，更拉开了他们与文化市场的距离，为他们从事启蒙文学的创作提供了自由的文化环境

① 有关新月社成立的时间笔者同意韩石山的分析结果，具体参见韩石山：《徐志摩传》，北京十月文艺出版社2004年版，第105—112页。

② 王云五：《十年来的中国出版事业：1927—1936年》，载《中国现代出版史料乙编》，中华书局1957年版，第337页。

③ 朱晓进：《论三十年代文学杂志》，《南京师大学报》（社会科学版）1999年第3期。

④ 旷新年：《1928革命文学》，山东教育出版社2002年版，第30页。

⑤ 沈从文：《论中国现代创作小说》，载《沈从文批评文集》，珠海出版社1998年版，第88页。

和创作心态。

上海成为新的文学中心后,成熟的商业运作体系以及租界的法外治权、为文坛带来了许多新的变化,文学与政治、商业关系开始复杂化。大批聚集在上海的作家更多地受到商业因素和政治因素的牵引,以20世纪二三十年代影响最大、最为博兴的左翼文学为例,1928年,一批从日本归来的青年作家在上海会同当时的"左倾"作家共同掀起了一场蓬勃的左翼文学运动,这些左翼作家通过沪地文化市场获得生存资料,充分借助上海的出版便利和相对自由的环境,巧妙地将读者、市场与政治宣传结合起来,积极吸取当时国际"红色三十年代"的先进内涵以至词汇,左翼文学内容本身即成为一种畅销元素,一些与左翼文学有关的词汇"普罗列塔利亚""新现实主义""意德沃罗基""奥伏赫变"成为当时沪地文学创作的先锋词汇,引得其他作家纷纷效仿。即使是20世纪30年代最为激进的左翼文学流派,由于上海所具有的商业因素和流行文化特质,在其产生的胚胎里就带有深深的市场烙印和国际化的特征,表现出迥然不同于五四文学的文学生产方式和精神内涵。

其他流派更是如此:林语堂以《论语》《人间世》《宇宙风》等杂志为倡导"幽默闲适"文学观念的舞台,其文学形态逐渐迎合上海市民的文化趣味,尤其是社会中层市民的需要,1933年《论语》杂志一经出版即有风行之势。以刘呐鸥、穆时英为旗手的新感觉派作家更是切中了上海十里洋场的脉搏,他们羡慕洋气的日本新感觉派,学习他们对城市中官能刺激和刹那美感的再现,成为声色上海的窥视镜和色谱仪,正如施蛰存在其主编的《现代》杂志中所说:上海"这资本主义发展到极度大都会。有它的中心,有高耸入云的摩天楼,人们乘着电梯在这里面上升又下降。有大的银行,现金、票据都在那里乱流着。有纵横交错望不尽的平坦的大路。"①都市生活的鲜活再现和摩登词汇的频繁使用为杂志带来了良好的发行,"1932年5月大开本的《现代》杂志创刊号发行时,引起了相当的轰动。该杂志共198页,三角一份。第一次印刷3000册在五天内很快售罄;然后又加印了2000册。最高印数的记录是2卷1号,计一万册。"②惊人的发行数量与北平萧条的杂志市场仿佛天壤之别,杂志的厚度和装帧与早两年在北平的重要文学杂志《骆驼草》的简陋不可同日而语。

1928年国都南迁对于中国20世纪二三十年代的文学格局变化具有重要的结构意义,北京变为"北平"和"边城"、上海成为"特别市"和新的文学

---

① 施蛰存:《支加哥诗人卡尔·桑德堡》,《现代》1933年第1期。

② 施蛰存:《现代杂忆》,《新文学史料》1987年第3期。

中心。沪地的文化生态影响并参与现代文学第二个十年的文学结构,左翼文学和现代派为代表的文学主张和创作实践成为了20世纪30年代的主流,其背后牵连的文学生产方式和消费方式也是以往中国文学发展进程中少见的,新的文学生产方式及样式在一定程度上游离了五四文学启蒙中知识分子的独立创作姿态,而不断地与商业和政治发生密切而复杂的关系,这种姻连在其后数十年乃至现在的文学格局中都能找到赓续者,可以说,上海在20世纪30年代中国文学格局中无疑是站在聚光灯下的主角城市。

北平则落寞苍凉很多,大批作家南下、出版机构和书店移址,文学期刊凋落,只有少部分栖身大学的作家留守于此,新文学没落的北平似乎只剩下几所具有学术底蕴的大学,此外无他了。而正是在这样的文化空气中,北平以自己的雍容和持重,在上海炫目的城市光泽外默默积蓄着文化的能量,从荒芜沙漠中的《骆驼草》开始耕耘,及至30年代初期方有作家北归,北平的文坛并不热闹却一直坚忍,最终酝酿出了京派这个现代文学发展期特质非凡的创作派别。在文化古城的诸多文学资源中究竟是哪种力量接续了五四文学的启蒙传统,深深地酝酿和影响了以京派为代表的作家群的文学生产实绩呢?笔者认为其中最为切要的即为当时北平独有的大学文化资源,尤其是大学中的文学系教育,正是“大学城”北平的深厚土壤润泽了寓京作家,使其远离市场化和政治化对文学的侵扰和诱惑,坚守知识分子的独立精神和社会价值,并最终形成与沪派作家全然不同的文学样式和品格。五四新文化运动中,北京作为中国的政治和文化中心,吸引了大批具有现代思想和观念的新知识分子聚集于此,其中包括了胡适、陈独秀、李大钊、鲁迅、周作人等。几种类型的知识分子由于北京城市不同的属性而汇集在一起,从这个角度来讲,新文化运动和当时的北京城市风格本身就是多元共存的。随着新文化运动的落潮,新知识分子群体开始解体,并伴随迥异的文化观念栖居,北平的作家群体以知识和文化的自我价值体系昭示了现代知识分子选择的新方向,京派作家群体由于其秉持的文学和思想观念,与现代大学具有天生的亲近感。文化古城时期的北平作为一个实至名归的大学城,其对京派作家的吸引力可谓不小,这种城市对作家的聚合效应集中体现在敦厚的大学观念之上。

伴随着现代教育制度的确立,越来越多的新式大学出现在中国,并且在发展中不断地自我更新和调适,这块传统中国并不具备的文化场为现代中国的知识分子提供了一个新的选择和可能,使他们有可能占据新的支点来审视、思考和研究人类文化成果并由此进行审美和文化观念的自我建构和完善。大学提供的社会身份不同于商业体制,商业体制对现代知识分子的主体性具有强大的侵蚀和吞噬性，长期处于这种环境中，现代知识分子的独立品格面临着渐近消失，直至彻底消弭的危机，可以说这对于现代知识分子是毁灭性的。

现代大学的出现在一定程度上为知识分子提供了新的栖居之所，在这里有关知识和文化的生产、研究、传递确证了知识分子在社会中的独特价值和意义。现代意义上的作家、学者通过具体的学术研究，不断强化和确立自我的精神自由，通过对现实的批判和超越，实现自我道德人格和文化人格的树立。“大学不仅仅是研究场所，不仅仅是谈论工业、商业和由国家确立的场所。大学与所有类型的研究机构不同，它原则上是（当然实际上不完全是）真理、人的本质、人类、人的形态的历史等等问题应该独立、无条件被提出的地方，即应该无条件反抗和提出不同意见的地方。”①

对于1928—1937年北平文学和文化空气的凝结和养成，作为学院中人的京派作家其结构意义不可忽视。北平的学院派知识分子大多栖身大学，他们在一个知识与体制相结合的制高点上体现个体价值和发挥群体影响。相较于依托体制外出版传媒市场的上海知识分子，他们拥有充足的文化资本，得以有相应的从事文化生产与交流的空间。这类新作家群体的生成是中国现代文学史和文化史的一个重要现象，也是文化古城时期北平高等教学对新文学影响的一个重要关联所在。学院知识分子作为一个“独特的，具有高度意识的团体”②，其内涵明显包括一种明确的自主意识和清醒的文化责任，他们是意识形态和文化领域特殊的生产者，尤其是作为大学教师的学者，其在学院体系内精神的自主性就显得更为重要。大学教授要承担一种完全的责任，一种“对待学问的责任，对待其学科的责任”③，而自我身份意识和文化责任感养成的一个重要原因就是其经济地位的独立和完善学院机制的形成。质朴沉着的文化空气是学者进行知识生产的大环境，重视学者和推崇研究的大学则更是学者潜心研究的小环境，这些在文化古城时期的大学则大体具备。

京派知识分子的生成与大学之间的关系不是单向度的催生、哺育那么简单，在一个时段、在一个地区、在特殊地缘文化氛围和学院集体品格的影响下，一批具有相同文学、文化观念和追求的文人集结于某地，并由此形成共

① 杜小真：《大学、人文学科与民主》，《读书》2001年第12期。

② ［英］雷蒙·威廉斯：《关键词：文化与社会的词汇》，刘建基译，生活·读书·新知三联书店2005年版，第246页。

③ ［美］亚伯拉罕·弗莱克斯纳：《现代大学论——英美德大学研究》，徐辉、陈晓菲译，浙江教育出版社2001年版，第5页。

同观念支撑的创作形态，这种具有特殊品格的创作反过来影响了作家的学术研究，进而不断丰富某个大学或某地域大学的呈现形态，由此学院与知识分子形成了一种共生互存的奇妙关系，学院研究与文学创作也水乳互渗，这种新鲜的文人集合方式和以学院为依托的创作形态共同构筑了学院知识分子的新的文化身份和精神世界。

京派出现之前的新文学史上，从未出现过这样一种现象：一个群体的创作带有明显的地缘文化和大学文化印记，栖居北平的京派作家群体浸润着北平的城市文化，又构筑了北平的时代精神，深受学院知识分子的身份影响，又铸就了作家群体的学院品格。

第二章　大学文化与京派文学圈的生成

从京师大学堂更名为北京大学开始，北京大学从一个官僚培养机构，变成了东西多元思想激荡交汇的大熔炉，反映了中国现代知识分子在社会中的生存空间得到了延展，具有现代意义的大学成为了他们在跻身政治和献身商业文化之外的又一块可以培养独立人格和精神的重要领地。现代大学为知识分子提供了一种新的生存方式，使他们摆脱了封建意识形态下对王朝和政治的依附方式，在大学院墙内以一种文化生产和传播的新方式赢得了主体地位和人格，进而形成了一个以往社会没有的新知识分子群落——学院派知识圈。学院作家由于新的身份体认，具有相当程度的经济独立权和文化选择自由，相对自由的身份无疑使其具有更高的话语自由权利。

需要明晰的是，这种具有现代意义的大学不同于中国传统文化形态中的书院教育。书院教育传递儒家文化的精旨和要义，虽然没有与封建的政权形态形成稳固的联系，但在文化取向上却具有内在的同质性。洋务运动之后在中国设立的学堂是一个典型的过渡形态，它一面以中式的教育方式为主体，一面将当时认为可以改变中国的夷技实学引入到课程体系中来，如当时的实务学堂的课程即包括“一曰溥通学，凡学生人人皆当通习；一曰专门学，每人各占一门。溥通学之条目有四：一曰经学，二曰诸子学，三曰公理学，四曰中外史志及格算诸学之粗浅者。专门学之条目有三：一曰公法学，二曰掌故学，三曰格算学。”①杂陈纷乱的课程使得对西方文化的借鉴只能限于纯技术的需要，而无法完成真正现代意义的转型。新式的大学教育是西学真正进入的产物，其根本内核是西化的，蔡元培将当时德国著名的教育家洪堡的教育理念实施到北京大学，当时由蔡元培主持制定的《大学令》中规定，大学应“确定大学分为文、理、法、商、医、农、工七科，以文、理两科为主，取消经学科；必须设立两个以上之学科，其中有一科又应是文科或理科，方得称为大学；大学毕业生称学士，取消以‘科第’为奖励的办法；大学设校长，统辖大学全部事务，各科设学长，主持各科事务；大学设教授、助教授，必要时得聘请讲师；大学设评议会，为最高立法及权力机构，由各科学长及各

---

① 汤志钧、陈祖恩：《中国近代教育史资料汇编·戊戌时期的教育》，上海教育出版社1986年版，第237页。

科教授互选若干人组成之，以校长为议长；大学设预科，学制三年，毕业后升入本科；大学设大学院，不定期限，为毕业生继续深造之所。”①

新式的大学教育体制不仅带来了教育的新变，也为学院知识分子设立了较为合理化的结构。教授治校的民主体制赋予了学院知识分子更多的权利，此时的知识分子的生存方式更多地昭示了一种文化选择，其有可能从意识形态和商业化写作中挣脱出来，在大学的文化场中以知识生产和传播的方式建构自身的文化价值，并且为社会提供了一种经济价值和政治价值之外的学术文化资源。由此，众多的知识分子的学院化生存方式使其与大学形成了一种深刻的依存关系，现代大学也逐渐成为具有独立思想和文化选择权的知识分子的集合体，成为社会自由主义思想的前沿和文化财富的重要源头，“学术知识对于个人发展的意义问题，把我们带到了也许是学院和学者最重要的历史功能上来。他们在文明社会最先提出并传播激动人心的信念。即人，单独的个人，这个在物质上离不开自然环境，在精神生活上离不开社会环境的短暂存在体，能够单独在没有任何神的恩赐或神灵的帮助下，在思想中达到绝对，去发现世界的终极本质和人类自身的本质。”②正是仰赖于现代大学超越性的思想内涵和价值空间以及“兼容并蓄”的文化形态，中国现代知识分子赢取了独立的文化人格所需的物质和精神载体，在这里他们不但从启蒙运动中初次获得了文化上的自觉，并在获得了文化上的自觉后能够在政治场和商业场之外拥有自己独立的话语空间，以带有否定性的超然态度在现代中国扮演新的社会角色，这种观念反映到文学中即表现为拒绝实用主义和功利主义、进而秉持带有理想主义色彩的审美主义文化观念，这也正是当时京派作家群体不自觉具有的共同文化倾向，而这种文化形态的产生与当时北平高等教育的整体文化环境具有不可分割的联系。

第一节　大学校长观念与人格养成

大学校长在中国现代大学中承担了导引大学文化方向、构建大学精神的关键性角色，勾连中国近、现代大学史或大学文化史，对校长观念的关注必不可少。不同时期、不同地域、不同学历背景及文化背景的校长在相当程度上影响了一个学校乃至一个地域和一个时代的大学文化风气，论及1928—1937年北平的高等教育环境与京派文学关系同样要关注到当时北

---

① 梁柱：《蔡元培与北京大学》，北京大学出版社1996年版，第30页。

② 弗·兹纳涅茨基：《知识人的社会角色》，郑斌祥译，译林出版社2000年版，第110页。

平几所高校大学校长的教育观念，他们的治校方针对北平这个特殊历史时期浓厚的大学文化氛围的养成究竟起到了怎样的作用，在他们之间是否有一种共通的内质与当时文化古城的学术气氛和文化气氛相内合，以至氤氲一片，在当时中国意识形态和商业化写作占主要潮流的文化语境中独辟蹊径，自甘沉静，最终成为中国现代教育史和文学史中边缘化却具有独立价值的重要结构部分。

提及现代中国大学校长的文化观念，首先要涉及的无疑是蔡元培。蔡元培不仅仅改革了当时的北京大学并使之成为中国现代文学的重要发源地，更为重要的是，他首次提倡的一些大学文化的观念在以后的整个世纪里都有回响：他革新了京师大学堂遗留的腐败习气，真正还原了现代大学在社会中的学术责任和文化使命。大学的社会角色就是“研究高深学问者也”，“大学为纯粹研究学问之机关，不可视为养成资格之所，亦不可视为贩卖知识之所”①；同时，他秉持“兼容并包”的方针，“大学者，囊括大典网罗众家之学府也”②，“大学是包容各种学问的机关”③，体现在学术上就是反对宗派习气，而遵循思想自由的方针，“一己之学说，不得束缚于他人；而他人之学说，亦不可束缚于一己。”④开放的文化观为以北京大学为代表的现代大学提供了宽松的文化氛围，使得大学能够具有多元的思想形态，这种具有自由主义色彩的大学观念也成为现代自由知识分子选择大学作为生存空间的思想性保障。

“以美育代替宗教”是蔡元培的又一文化贡献，“美感者，合美丽与尊严而言之，介乎现象世界与实体世界之间，而为津梁，……人既脱离一切现象世界相对之感情，而为浑然之美感，则即所谓与造物为友，而已接触于实体世界之观念矣。故教育家欲由现象世界而引以到达实体世界之观念，不可不用美感之教育。”⑤以美育代替宗教说凸显了人文主义的精神内涵，强调文学艺术的独立价值和地位，并由审美教育培养人的健康情感。“这种审美的人生态度和艺术代替宗教的祈求作为话语审美主义的基调，表达了中国现代主义话语之基本特征：双重冲突的症候（传统与现代的冲突和中西

① 蔡元培：《就任北京大学校长之演说》，《东方杂志》1917年第14卷第4号。

② 蔡元培：《北京大学月刊发刊词》，《北京大学月刊》1918年第1卷第1号。

③ 蔡元培：《国立北京大学校旗图说》，载《蔡孑民先生言行录》下册，山东人民出版社1998年版，第357页。

④ 蔡元培：《在南开学校联合讲演会演说词》，《敬业学报》1917年6月。

⑤ 蔡元培：《对于教育方针之意见》，《东方杂志》1912年第8卷第10号。

思想理念的冲突）。”[①]美育代替宗教说以西方审美主义的精神对抗诸种正统的艺术观，为中国现代文化和文学发展提供了政治尺度之外的审美价值尺度，也促成了中国知识分子社会选择的新流动。更为重要的是，这种以美育代替宗教说关注到了教育对人的终极性关怀的塑造和推进作用，它以美育为媒介关注人的形而上的思想空间，进而力图实现个体精神的自由，这种观念对教育环节和体制的直接影响即是对文学和艺术教育作用的重视。北京大学在1917—1919年设立文科研究所，成立中国文学系，从教育体制上开始了真正意义的文学研究与教学。蔡元培提倡的美育代替宗教在京派文人学者中产生了回应，其所提倡的洗刷人心，民族品格的消失与重构诸种观念都有美育代替宗教的影响，体现了京派作家对文学审美特质的坚守。

1928—1937年的北平迎来了高等教育发展的短暂春天，不但大学招生数量稳步增长，教师队伍在经历动荡之后也是稳中有升，院系设立更为合理，各项事业都取得了较大的进步。这些良好局面的出现，一方面得益于当时北平的王朝余威，更为重要的是当时北平几所重要大学凝聚出的大学品格，这种内敛、敦厚的文化品格深深得益于几个大学的校长，是他们通过多种措施为几所大学创建了良好的自然环境、物质环境和更为重要的精神环境，使得教有所栖、学有所得，最终凝练为大学深厚的底蕴和文化精神，成为彼时最为可观的文化资源和传统，以至一直辐射、延续，影响深远。

一、自由主义：北平大学教育的底色

自由主义教育观作为一种教育观念，是西方自由主义思潮的一个组成部分。概括其主张即为：反对整齐划一的教育模式，强调个人教育的权利和自由，主张教育独立于人性的自由发展。在中国始倡于严复和蔡元培，在20世纪30年代的北平全面付诸实践，重要的提倡者为蒋梦麟、梅贻琦和陆志韦。自由主义的教育思想在大学中的直接体现就是学术自由和思想自由，而自由包容的教育思想和理念也是学术自由和思想自由的根本性保障，“学问是一种按照专业原则来经营的‘志业’，其目的，在于获得自我的清明以及认识事态之间的相互关联。学术不是灵视者和预言家发配圣礼和天启的神恩之赐，也不是智者与哲学家对世界意义所作沉思的一个构成部分……它更是一种平实的智性上的诚实。”[②]20世纪20年代末，北平的大学很多即是奉行了“学术独立”的主张，罗家伦宣布从庚款学校更名为清华

① 刘小枫：《现代性社会理论绪论》，上海三联书店1998年版，第310页。

② ［德］韦伯：《韦伯作品集·学术与政治》，钱永祥译，广西师范大学出版社2004年版，第185页。

大学就是以《学术独立与新清华》作为演说稿的题目,力图使清华大学的成立为“北方添树一个新的文化力量”①。燕京大学校长司徒雷登也曾经鲜明地提倡过“反对一切干涉学校,特别为干涉学术自由之企图。因学校苟无学术自由,即不成其为大学也”②。

自由观念既包括教师信仰和传道的自由,也包括学生自主学习和选择的权利:其体现之一为主张教育的目的为促进人的自由发展,“教育根本方法之一,便是‘个性主义’,即以‘个人固有特性而发展之’”,③以发展人的自由个性为教育目标否定了功利主义教育观,在客观上形成了两种效果:一是学术研究和教学过程的充分自由。学术研究作为现代大学的一个重要功能,其对自由宽松研究环境的要求尤为突出,任何将学术与政治和商业捆绑或者主观干涉学者研究的行为长期下去很难提高大学的学术研究水平。当时一些大学校长也充分注意到了自由主义(liberalism)与放荡主义(libertinism)的不同,“大学应致力于知、情、志之陶冶,知有博约之原则,情有裁节之原则,志有持养之原则,秉此三者才能在学术自由的环境中‘无所不思,无所不言’。”为达此目标,学校要秉持“兼容并包之态度,以克尽学术自由之使命”④。在燕京大学,除规定的教学制度范围内,教师讲课不采用死板的教学大纲,尽量发挥自身的特色,采取不同的教学方式和进行学术研究。

需要补充的一点是,自由主义教育在北平大学的一个集中特例就是教授治校,最典型的大学莫过于清华。冯友兰在回忆中讲述过有关当时清华大学教授治校的具体实践过程,“1928 年以后,清华建立了一些制度,为当时教育界所称道。其中之一就是教授治校。这个口号本来是蔡元培先生提出的,但是在清华得到了比较具体的体现。1928 年以后,清华大学有教授会,由全体教授、副教授组成,有评议会,由教务长、秘书长和各院院长组成,各院院长的产生,是由教授提名,每院二人,由校长于二人中择一聘任,每两年改选一次,但连选得连任。照理论上说,校长只有聘任教务长和秘书长。在教务会议和评议会中,校长一方面的人只有自己、教务长和秘书长共三人,其余的人都是由教授选出的代表,占绝对多数。照理论上说,教授会对教务会有绝对的支配权。这就是教授治校的具体形式。”⑤教授治校的形式

① 罗家伦:《学术独立与新清华》,《国立清华大学校刊》1929 年 9 月 20 日。
② [美]司徒雷登:《对学生运动观感》,《燕京新闻》1936 年 4 月 17 日。
③ 蒋梦麟:《蒋梦麟教育论著选》,人民教育出版社 1995 年版,第 37 页。
④ 苏云峰:《从清华学堂到清华大学》,生活·读书·新知三联书店 2001 年版,第 48 页。
⑤ 冯友兰:《五四前的北大和五四后的清华》,见《过去的学校》,湖南教育出版社 1982 年版,第 62 页。

保障了栖身高校的知识分子能够以一种较为民主的方式决定自身的权利和地位，与参与到意识形态中或介入商业环境中的不得已状态不同，大学中的知识分子通过教授会和评议会的具体方式，一方面确保了自身学术自由的切实实现，一方面以一种独立的姿态和人格将大学转变为真正属于知识分子自治的殿堂。在20世纪二三十年代，以清华大学为代表的教授治校确乎只能产生于北平——这个国民党党化教育环节相对薄弱、文化生产商业空气不浓厚的古都，得益于这种自由宽松的大环境，当时北平的大学自1931年起吸引了大批作家学者回迁，各派学者在当时北平的讲坛上自由发抒，北平的大学在整体上呈现了多元、斑斓的思想状态。

二、具有开阔气度的“通才教育”

通才教育（general education）是近代西方大学普遍推行的教育方针和教育体系，其核心内容是“一个大学生，不仅应有专门的知识，尤需接受普通教育。此普通教育并非专门知识的准备，而应渗透在整个大学课程中。”①而当时的中华民国的教育政策却以主张实学专门教育为主流，民国政府于1929年制定的《中华民国教育宗旨及其实施方针》中明文规定：“大学专门教育，必须注重实用科学，充实学科内容，养成专门知识的技能。”②此外，与国民政府重视工商业发展和提倡实业的政策相协调，民国政府非常注重在当时的大学里控制文科、理科和工科的比例，“限制文科招生的人数，以鼓励更多的学生学习自然科学和工科，”③甚至陈果夫（时任国府委员）提出了激进的改革教育方案，主张“10年内，依国家建设计划所需求农、工、医专门人才数目，分别制定各专门以上学校，切实培养训练，以便应用；并限定各大专院校10年内一律停止文法艺术等科学生，以期经费拨归农工医科使用。公费留学生之派遣，亦以农工医科等应用科学为限，”④陈果夫的方案虽然因反对意见的挣扎而归于妥协，并最终成为“文法科办理不良者停止招生；艺术学院加设实用艺术课程，以促工商业发展；边远诸省委养成法官及教师，以后仍准文法等科。内地各大学均不得请求设置，其节省经

---

① 《自由主义的普通教育》，《教育通讯》1946年第9期。

② 《中华民国教育法规选编》，江苏教育出版社1990年版，第46页。

③ ［美］费孝通、费维恺：《剑桥中华民国史》下卷，刘敬坤译，中国社会科学出版社1994年版，第443页。

④ ［日］多贺秋五郎：《近代中国教育史资料》，转引自苏云峰：《从清华学堂到清华大学》，生活·读书·新知三联书店2001年版，第57页。

费，移作扩充现有农工医药各科之用，”①但这种重实用轻文法的风气在当时的民国政府和教育界影响颇深。

与这种侧重工科和实科的教育方针不同，在当时北平的大学里，通才教育几乎是各个学校的共识。与教师讲授过程的充分自由相对应，学生在当时的北平大学里也享有相当的选择自由权，“我辈从事大学教育者，诚能执通才之一原则，而曰，才不通则身不得出，社会亦诚能执同一之原则，而曰，无通识之准备者，不能取得参加社会事业之资格，则所谓出身与资格者，固未尝不为绝有意识之名词也。”②通才教育成为当时的大学校长将大学教育与普通职业教育和专科学校教育相区别的一个重要特征，也是北平大学与南方大学专重实学和工商科的一个重要区别。

通才教育的一个基本观点就是大学里各个学科的学生不能局限于本专业的知识，否则即同专科学校的学生没有区别，大学之谓大学其要义在于将各个学科融会贯通，“有人认为学文学者，就不必注意理科；习工科这就不必注意文科，所见似乎窄小一点，学问范围务广，这样才可以使吾们对于所谓人生观，得到一种平衡不偏的观念。对于世界大势文化变迁，亦有一种相当了解。”③当时的北平各大学多采用了公共选修、专业必修和专业选修等多种修课方式，一方面增强文科、理科的互渗，即使在某学院内部，也增设院选修课和专业必修课，如燕京大学为实行通才教育，一、二年级国文、英文必修，经过考试可以免修，另规定文学院学生必须选读一定理学院和法学院课程，反之亦然。“一般知识与专业知识并重，在此原则下，每个学生有主系和副系（或称辅系），主副可以跨院”④。“清华大学从 1933 年开始，规定一年级学生不分文、理、法、工都要修习包括自然、社会、人文三方面的公共必修课，此类公共选修课占当时学分总量的近三成，同时各学生在大学一年级可于各学院所设各系中选取一个作为主系，学生可以在经过一年的公共课修习基础上，按照自己的兴趣和爱好，在二年级开学时确定自己的专业，“清华大学学程为期四年，其第一年专用于文字工具之预备，自然科学与社会科学之普通训练；其目的在使学生勿困于一途，而得旁涉他门，以见知识之为物，原系综合连贯的，吾人虽强调划分，然其在理想上相关联相辅助之处，凡曾受大学教育者不可不知也。学生第二年以后，得选定专修学系，从事专门之研究，然各系规定之课程，多不取严格的限制，在每专系必修课程

① 《改革教育方案》，《大公报》1932 年 6 月 19 日。

② 刘述礼编：《梅贻琦教育论著选》，人民教育出版社 1993 年版，第 106 页。

③ 梅贻琦：《学习范围务广，不宜过狭》，《国立清华大学校刊》1932 年 6 月 1 日。

④ 《学府纪闻 · 私立燕京大学》，台湾：“南京出版公司”1982 年版，第 16 页。

之外，多予学生时间，使与教授商酌，得因其性之所近，业之所涉，以旁习他系之科目，盖求学固贵乎专精，然而狭隘之弊与宽泛同，故不可不防。"①

需要补充的是，如果学生在学习过程中，发现了所学习的专业并不是自己适应和爱好的，在符合一定的规程下，学生可以申请转系。"学生中途欲转入他系者，须于学年始业时，陈明理由。经相关之系主任及教务长核准，方为有效。学生转入某系后，应由该系主任按照该系规定课程，重行审核其原有学分，并决定其年级。"②这种学生转系的自由权利不仅清华大学有，当时北平的几个著名大学如北京大学、燕京大学都有类似的规定。20 世纪 30 年代崛起的北平学生作家群体中即不乏转系之人，如林庚入学时原为清华大学物理系学生，当对物理的兴趣淡漠后，其于 1930 年转入清华大学中文系进行专业学习，对于这次转系他在后来有专门的解释，"中学毕业，我考入清华大学物理系，醉心于爱因斯坦相对论等科学新成果，想借以探寻未知的世界。慢慢地我发现，有限的科学方法在无限的宇宙面前显得那样苍白。而艺术却是超越性的，艺术的感受刹那而永恒，能于一瞬而见终古，于微小而显大千，能使我们超越有限直面无限的宇宙。于是我转入中文系，希望通过诗歌实现人生的解放。"③通才教育观念的实践为当时的大学生提供了更多的选择空间，使其在专于技艺的同时能够做到"知""情""志"兼备，成为三者兼具的通才，这种以自由主义教育观为基础的通才教育是对国民政府专重工商实学理念的超越，也是切实实现现代大学自由观念的具体实践。

三、"大师论"与"研究风"

学术研究为重与强调师资是一对关联性很强的概念，提及 20 世纪 30 年代的北平教育就自然会使人想起梅贻琦在就任清华大学校长时的就职演说，"一个大学之所以为大学，全在于有没有好教授。孟子说'所谓故国者，非谓有乔木之谓也，有世臣之谓也'。我现在可以仿照说，'所谓大学者，非谓有大楼之谓也，有大师之谓也'。我们的知识，固赖于教授的教导指点，就是我们的精神修养，亦全赖有教授的 inspiration。"④具有自我独立人格力量和良好知识修养的学者群体是一个大学的灵魂所在，要真正办好一所大学，树立学校良好的学术风气，"唯一的方法就是认定几处地方，集中一批

---

① 梅贻琦：《清华学校的教育方针》，载刘述礼编：《梅贻琦教育论著选》，人民教育出版社 1993 年版，第 6 页。

② 清华大学：《本科教育通则》(1934 年 11 月 21 日修正通过)，《清华大学一览》1937 年。

③ 林清晖访谈录：《林庚教授谈古典文学研究与新诗创作》，《群言》1993 年第 11 期。

④ 《国立清华大学校刊》第 341 号，1931 年 12 月 4 日。

真正努力研究的学者，予以较优的待遇和充分的设备，让他们以身作则，天天在研究室里做功夫，做出一些榜样来给学生看，使青年知道真正的学问是什么，是怎样成功的。不愤不启，不悱不发，这种事实的昭示实在重要。如果能使青年天天耳濡目染，潜移默化于这种浓厚的学术空气之中，自然能够兴奋，自然能走到学术建设的路上去。"①良好、稳定的师资队伍是酿造一个大学，乃至一个城市文化氛围和研究氛围的结构性力量，"要大学好，必先要师资好"②，当时北平的大学聘任学者的标准也基本避开了党派、门户之见，盖以学术为标准。截至1929年8月，清华大学新聘文、理、法三学院教师63人，其中文学院43人，法学院17人，理学院24人，此外还延请了一批海外学者来清华讲学，其中包括有剑桥大学教授瑞恰兹（Richards）、芝加哥大学的莱特（Wright）、东京帝国大学的原田淑人、德国地理学教授葛利普（Grabau）等人，同时国内著名学者如化学界的张子高、工程学的卢孝侯、政治学的张奚若、历史系的蒋廷黻也悉数入教清华。③ 燕京大学也是如此，到1930年燕京大学的教师"猛增为103人，其中教授43人、副教授15人、讲师22人、助教23人。在30年代燕大的教师队伍里，既有国外归来的博士、硕士，如洪业、赵紫宸、冯友兰、吴文藻、雷洁琼等，又有国内享有盛名的学者如陈垣、周作人、郭绍虞、容庚、顾颉刚、钱穆、朱自清等，也有燕大自己培养并选送出国深造，学成归来的学者，如谢冰心、许地山、齐思和、周一良、严景耀、林耀华、侯仁之等，还有西籍著名教授高厚德、博晨光、窦维廉、夏仁德、林迈克、班威廉等。美国著名记者埃德加·斯诺也曾在新闻系执教。"④整齐、完备、合理的师资队伍为古都北平的大学营造良好的学术空气提供了充分的人事基础，为其养成浓厚的学术研究空气提供了重要前提。

研究是一个大学保持活力和先进性的灵魂所在，任何单纯提倡技艺培养和实用主义的短视行为都很难使一个大学获得持久的生命力，"研究是大学的灵魂，专教书而不研究，那所教的必定毫无进步"，"大学里的研究，还与别种公司或工厂里的研究不同，其目的不在浅近的功利，而在增加人类知识的总量与民族生存的能力。"⑤现代大学的一个重要功能就是知识生产和文化建设功能，这种功能的保持和增进以没有任何功利主义驱动的学术

① 罗家伦：《中华民国史档案资料》第5辑第1编，江苏古籍出版社1994年版，第291页。

② 罗家伦：《清华大学史料选编》（1928—1949）上编，清华大学出版社1990年版，第201页。

③ 罗家伦：《清华大学之过去与现在》，载《国立清华大学校刊》第87号，1929年9月20日。

④ 罗义贤：《司徒雷登与燕京大学》，贵州人民出版社2005年版，第117页。

⑤ 罗家伦：《学术独立与新清华》，《清华大学史料选编》（1928—1949）上编，清华大学出版社1990年版，第201页。

研究为基础,学院派知识分子之所以具有坚忍、超拔、淡泊的学术观和创作观是与其文化身份和文化背景具有重要联系的,崇名尚利的大学氛围无法养成精深的学者和厚重的文化,只有以研究为支撑树立起来的大学文化观念方能历久弥新,即如周作人所说"北大的学风宁可迂阔一点,不要太漂亮,太聪明。"①同样是重视学术研究的清华大学,1928年在其重要刊物《清华周刊》曾经发专文说明如何使清华学术化,其主要观点即是:"一、聘请学有专长,并富于研究精神的教授;二、慎选学生,宁缺毋滥;三、充实研究的工具;四、提倡师生研究工作;五、奖励师生著述工作;六、设立毕业院(即研究院);七、言论思想自由。"②文中措施在后来清华大学近十年的建设中步步推进落实。

当时北平的诸所大学都设有研究院,除了北京大学之前就有专设外,清华大学、北平大学以及燕京大学纷纷成立了研究院,大学中的研究院是在本科教育的基础上设立的专事研究的科研机构,从设备、物质条件和时间上保证研究人员能够潜心学术。当时的燕京大学争取到了董事会的支持,还于1928年成立了哈佛燕京学社,集中研究中国艺术、考古、语言、文学、历史和哲学宗教史。在燕京学社的支持下,燕京大学出版了《燕京学报》,以刊登高水平的中国文化研究论文著称于世,连同当时的《北京大学国学季刊》《清华学报》《中央研究院历史语言研究所集刊》共同成为著名的四大国学刊物。

充裕的研究时间也是保证学者安心研究的制度保障。除却当时北平教授的待遇非常优厚之外(具体内容将在后面论述),北京大学、清华大学还有关于学术休假的特殊待遇。教授在完成几年教学任务之后,学校特批一些时间专门从事研究,其间待遇从优,北京大学的具体方式是"本大学教授连续服务满五年者,得请求休假一年,如不兼事支半薪。其请求休假半年者,如不兼事支全薪。本大学教授在休假期内或赴国内各地研究者,除支薪外,其旅行及研究费用,由研究者提出详细预算,经校务会议核定,但其总数不得超过一千五百元。"③清华大学除却以上的优惠政策之外更加鼓励学者出国研究进修,"凡赴欧美研究者,出国时由本大学给与川资美金五百二十元,返国时由留美监督处给与川资五百二十元,月费每月美金八十元;留英者月费每月美金一百元。由留美监督处按月发给,全年以十二个月计

① 岂明(周作人):《北大的支路》,《北大学生周刊》1930年第1卷第2期。
② 邬颖川:《如何使清华学术化》,《清华周刊》1928年第30卷第1期。
③ 《国立北京大学教授休假研究规程》,《北京大学日刊》1934年12月1日。

算。"①当年任教于北京大学、清华大学的学者很多得以享受这个待遇，胡适、朱自清等人均是在服务几年后留美留英，大大拓宽了学术研究的视野。

学术研究的重视和具体政策的扶持，使北平的大学研究风气颇为浓厚，与当时的全国研究风气淡泊和研究水平下降形成了鲜明的对比，据当时教育部所做的《全国专科以上学校教员专题调查报告》统计，"全国专科以上教师，从事专门研究者仅约14%，平均每一教员两年半的时间内，仅研究专题一种左右。"②与之相比，当时北平的高等学校得益于研究风气的倡导产生一批卓有建树的研究成果，以清华大学为例，截至1937年在校教师共计383人，有专著出版及论文发表于"《清华学报》、《清华周刊专号》、《清华理科报告》、《社会科学季刊》、《工程学会会刊》、《清华工程季刊》等国内外学术刊物者，共计145人，即令其他人未曾发表研究论文，其发表率已达37.9%，是教育部所调查全国专科以上教师研究发表率的2.7倍。"③单纯的数字不能说明全部问题，但却大体表现了文化古城时期北平的大学较之其他地区具有明显纯净、浓厚的研究风气，而这种风气的形成又是与大学的校长之道和校风紧密不可分的，可以这样说，大学校长持有的自由主义教育观念、通才教育观以及研究为重的观念，大大加强了北平大学对专业人才的吸纳力，同时也为他们的研究和写作提供了优厚的物质保障和良好的氛围。

第二节　文学院系课程设置与作家培育

与整个大学的风气相比，学院内部的文科小环境更为重要。在当时北平的大学里通常均设立文学院，将国文系、外国文学系、历史系、哲学系囊括其中，构成了比较完整的文科学科群落。以文学系为中心的文学院是新文学在现代大学生根的开始，正是在北平的诸所大学中，"新文艺习作"等介绍和研究五四新文学的课程首次进入了大学课堂，为新文学第一次争取了"话语"权。同时期，北平的大学开始将培养新文学的作家和翻译家作为大学文学系培养学生的目标之一，大学课堂尤其是文学系的课堂作为现代学术建立的重要平台，其对新文学的接纳、对现代文学的发展具有别样的意义，文学创作和文学研究在大学校园中开始并驾齐驱，学院精神的渗透为以京派作家为代表的写作群体添加了学院气质，作为翻译、接受和介绍外国文

---

① 《专任教授休假条例》，《清华大学档案》，全宗号1，目录号2-1，卷宗号109。

② 《全国专科以上学校教员研究专题概览》，商务印书馆1937年版，第156—160页。

③ 苏云峰：《从清华学堂到清华大学》，生活·读书·新知三联书店2001年版，第121页。

艺理论的前沿，大学讲坛又赋予了现代文学一种开放的精神，学者作家身份的确立和学生作家群体的成长和渐进培养了一种品格、一个群体。由此，我们有必要考据梳理北平的大学文学系为主的文学院教育是如何影响和结构学院作家群体生成，进而影响和结构其创作中学院气质的，北平大学的文学院的学生培养目标、课程设置、课程体系、教学形式以及整个文学院的大环境均是我们需要深入考察的范围。

一、文学院系内的分类选修

当时文学院教育和课程呼应学校的通才教育观念，在课程设置上较为科学和系统。院系不但设置了必修和选修两种性质的课程，甚至是一些自然科学及相关社会科学的课程也被放入了文学院学生修习的范围之内。清华大学是"于课程中，除各系专门课程外，尚有各学院一年级公共必修课程。在此公共课程中，有自然科学及中国通史、西洋通史等课程。"[①]北京大学国文学系的公共选修科目"包括生物学、心理学、哲学概论、科学概论、美学概论、中外哲学史、中外美术史、古外国语 8 科，本系二年级以上诸生，对于上列科目，得在他系选修之。"[②]清华大学中国文学系的公共课必修学程则是英文，中国通史、西洋通史（择一），逻辑、算学高级算学、微积分（择一），普通物理、普通化学、普通地质学、普通生物学（择一）。[③] 古、今、中、外各类科学和艺术均有所涉及的课程设置，大大拓宽了学生的学科视野，为他们更加全面、透彻地理解和研究文学作品和现象提供了完备的知识体系。

除此之外，当时北平的大学文学系开始进一步区分文学和语言等学科，在大学文学系课程设置上实行分类选修学习的方法。北京大学国文系实行的分类选修制度，把文学研究划分为不同的专业领域，实行所谓的"分类选修"，将原来混为一谈的文学语言类课程进行一定的归类，使学生在学习的过程中有所侧重，"将教学和学术研究纳入专业化、规范化的轨道，使学生在自由发展和严格训练之间，得到更为系统的专业化培养。"[④]新设置的课程共分为 A、B、C 三类，三类均有公共必修课，为中国文字声韵概要、中国诗名著选（附作文）、中国文名著选（附作文）、中国文学史概要、文学概论共计 5 门。A 类课程以语言研究为侧重，包括语音学、言语学大意、中国声韵沿革、中国文字及训诂、清儒学书研究等 7 类课程；B 类课程较为侧重文学研

① 冯友兰：《文学院概况》，《清华周刊》（向导专号）1936 年 6 月。

② 《北京大学国文学系学科组织大纲》，《北京大学日刊》1925 年 10 月 13 日。

③ 《文学院中国文学系课程一览》（1936—1937），《清华大学一览》1937 年。

④ 马越：《北京大学中文系简史》，北京大学出版社 1998 年版，第 21 页。

究,开设了中国文学、毛诗、陶渊明诗、词选、戏曲等17门课程,其中还包括了外国文学、英散文选读等异域文学的课程;C类侧重金石古籍研究,包括中国古籍校读法、校勘实习、中国古乐学、中国古历数学等5门课程,“A、B、C三类诸科目,二年以上均得选修,但选修时,须依本系教授会之指导审查。”①语言文学学科的初步区分,更有利于针对学生的兴趣实际因材施教,有的放矢。

清华大学的基本结构大致相同,只是分类部分分为语言文字组和文学组两类,②“学生得就性之所近,选定一组学习。”③语言类课程包括中国文字学概要、中国音韵学概要、古文字学研究、国学要籍、英文、日文等13门课程,文学类课程包括中国文字学概要、中国音韵学概要、中国文学史、唐诗、西洋文学专辑研究、国学要籍等13门课程,此外还专门设立了选修学程,包括语言实验、古书词例、修辞学、金石学、小说史、文艺心理学、近代散文、新闻学研究、中学国文教学法等24门课程。燕京大学也是如此,“文学院各系学生要选修两门社会科学,包括政治、法律、经济、教育、心理、社会,一门自然科学,包括数学、物理、化学、生物、地质”,“除了科学,还要选读一门英文以外的第二外国文”④,这种通才教育的观念对当时的文学院学生影响颇大。

不独国文系如此,当时北平各大学的西方语言文学系(或称外国语文学系,下同)也是这样,西方语言文学系是英、法、德等语言文学系的通称,在入系之后第一年,学生首先要接受当时必修的公共课程。大学二年级后,即开始概览“西方文学之全体”⑤,并且开始接触英语及一种第二外国语,研习包括西洋哲学史、西洋文学概要等综述性的课程,然后学生开始进入具体的分期、分体文学研究时期。“盖先取西洋文学之全体,学生所必读之文学书籍及所应具之文学学知识,综合于一处,然后划分之,而配部于四年各学程中。故各学程皆互相关联,而通体成一完备之组织,既少重复,亦无遗漏。”⑥与同处于文学院的国文系相同,西方语言文学系也同样在公共必修

① 《北京大学国文学系学科组织大纲》,《北京大学日刊》1925年10月13日。

② 当时与清华大学文学院具有类似学制的还有辅仁大学文学院,当时辅仁的学生也是从二年级开始分组,甲组是文字学组,乙组是文学组,两组各有相同的选修课和不同的必修课。参见朱家溍:《辅仁求学记》,载《中国文博名家画传:朱家溍》,文物出版社2003年版。

③ 《文学院中国文学系课程一览》,《清华大学一览》1936—1937年度,1937年。

④ 郑骞:《燕京大学中文系》,载《胡适选专业——大师们的大学生活》,辽宁教育出版社2006年版,第75页。

⑤ 《文学院外国语言系学程一览》,《清华大学一览》1937年。

⑥ 吴宓:《外国语文学系概况》,《清华周刊》(向导专号),1935年6月14日。

课程中具有逻辑、高级算学等理科、工科、社会学的基础课程，不同的是由于选择学习对象的不同，西方语言文学系受当时西方文学主流研究和创作观念的影响，自有一套博通完备的课程体系。

燕京大学规定文理学院的学生在一年级须修习宗教2学分、国语4学分、英语4学分、历史(现代文明的背景)4学分和心理学导论(人类行为)2学分，同时应选修4学分初级课程；二年级学生必修国语和英语各4学分，选修10学分；三、四年级全部设置为选修课，每年16学分。①

这种既有共修、又顾及学生兴趣设立专修系列课程和选修课程的体系打破了原有文学系侧重古文读经的教学内容，开始采用更加规范的学科建制和方法进行文学教学和研究，这种愈加合理的学院派文学教育的实施，大大有利于开阔学生的知识面，完善他们的知识系统和结构，对于其之后从事文学创作和研究具有关键意义。

二、新文学教育的登场

文化古城时期北平大学的文学教育最大的变化就是新文学作家开始入主大学讲堂和新文艺习作课程进入大学课程设置体系，这在当时并不是个别现象，北京大学、清华大学、燕京大学、辅仁大学等知名学校均有此举，虽然课程的名称不尽相同，但却同时昭示了作为研究机构的大学对新文学合法性的认同，及对其价值的肯定。

一直到五四运动前后，在大学的文学系里古典文学一直具有不可撼动的核心位置。检验大学文学系教授的学术水平也是以古典文学修养的多寡来论，即使像胡适等新文化运动的健将欲想在北京大学获得相应的声望和地位，也需要通过在北大讲坛上讲授中国哲学史等课程方能立稳。新文化运动中时任北京大学校长的蔡元培在1918年北大的开学典礼中曾寄语，“一年以来于旧文学外兼提倡本国近世文学以及世界新文学。”②随着新文学声势日益壮大，以北京大学为代表的学府对新文学也保持了关注的态度，在1921年北大国文系待开设课程中，即包含了“新诗歌之研究”“新戏剧之研究”“新小说之研究”等课程。③ 但此类皆属“本系待设及暂阙”课程，并一直到1929年废名等人开设“新文艺试作”课程方才付诸实践。

1928年之前，新文学进入大学课堂的实践在周作人执教的燕大国文系

① 《燕京大学1924课程一览》，北京大学档案馆，YJ1924006。

② 《本校开学纪事》，《北京大学日刊》1918年9月21日。

③ 《北京大学日刊》1921年10月13日。

曾经尝试过。燕大国文系于1919年始建，当时课程有作文、学术文、模范文、诸子、中国文学史、国语等，此时燕大国文系的课程框架仍是传统的文学教育模块。新文化运动之后，燕京大学身处新文学发轫的北京，对新文学的影响和实绩较为敏感，1921年，燕京大学国文系开设现代文学组，专辟新文学课程，这是现代教育史上新文学进入大学中文系的发端。燕京大学国文系开设新文学课程，一方面与校方对国文部的重视有关，同时更得利于当时燕大校长司徒雷登，因其对中国传统文化和西方文化具有高度宽广的文化视野，使得其能够延请熟谙外国文学的中国学者设立现代文学组。而燕京大学国文系真正发出声音，为国文系的课程规训提供新的思路，则是在周作人出任燕大现代文学组主任之后。

周作人能够进入燕京大学，与胡适的力荐有关。在胡适看来，“启明在北大，用违所长，很可惜的，故我想他出去独当一面。”①当时，周作人在北京大学教授欧洲文学史，这里暂不去推论胡适推荐周作人的真实原因，单从周作人慨然应之来看，能够入教燕京大学并且讲授现代文学，这对于当时急于求变的周作人来说的确是很好的选择。“一九二二年三月四日，我应了适之的邀约，到了他的住处，和燕京大学校长司徒雷登、刘廷芳相见，说定从下学年其担任该校新文学系主任事，到了六日接到燕大来信，即签订了合同，从七月发生效力。”②

周作人在人事纠葛相对单纯的燕京大学，力图创建符合其文学主张的课程体系。对此，他曾回忆说：“规定国语文学四小时，我和许君各任一半，另外我又设立了三门功课，自己担任，仿佛是文学通论、习作和讨论。”③当时国文系的课程体系涵盖了文学理论（文学通论）、文本讲读（讨论课）、文学实践（习作课）以及欧美日本文学等，④在当时的大学文学系可谓开风气之先。1927年，周作人在燕大新设了一门二学时的课程：The Background of Modern Chinese Literature（新文学之背景）。“选录文章，说明中国文学革命以前的文艺状态，并略述世界文学潮流，使学者明瞭新文学发生之原因，考察新文学上传统之因革，与外来影响的调和。”⑤此时周作人在燕京大学

---

① 胡适：《胡适全集》第29卷，安徽教育出版社2003年版，第669页。

② 周作人：《知堂回想录·琐屑的因缘》，载《周作人散文全集》第13卷，广西师范大学出版社2009年版，第591页。

③ 周作人：《知堂回想录·琐屑的因缘》，载《周作人散文全集》第13卷，广西师范大学出版社2009年版，第591页。

④ 《燕京大学1924课程一览》，北京大学档案馆，YJ1024006。

⑤ 《燕京大学1927—1928课程一览》，北京大学档案馆，YJ1927014。

国文系的课程体系基本建设完成。①

有必要强调的是，燕京大学校方希望通过新文学健将周作人的写作经验，赋予"国语文学"新的力量，而周作人深感错位，并著文"岂知这国文与我五年前所坚不肯担任的东西一样，真是大上其当"。② 周作人在燕京大学所教授的课程，尤其散文课程中，将其对新文学发生学的思考灌注于讲义之中，周作人对近现代散文文体的关注不断深化，最终渐成系统并生发为"中国新文学的源流"。周作人的讲义未经留存，从现存于北京大学的并不完整的燕大档案来看，当时周作人的"国语文学"选录了俞平伯的《西湖的六月十八夜》、朱自清的《俞平伯诗集〈忆〉跋》、叶绍钧的《藕与莼菜》、《没有秋虫的地方》等篇，在新文学发生不足 10 年的时间内，周作人对早期白话散文进行了甄选，并显示了极高的史家敏锐度和素养，几篇散文为代表的新文学优秀作品经过周作人在大学院墙内的知识生产、经典化并传递给受众，并通过课程体系的不断完善，完成了新文学也就是现代文学早期经典化的方式。周作人对近、现代散文源流的思考及新文学甄选的标准，也成为后辈文学教育者和研究者坚稳的基石。

作为京派作家群体的重要结构性力量，周作人在 1928 年前后对燕京大学国文系课程的新文学实验意义深远，其早期的教育实践一方面开启了其对新文学源流的思考，同时在比较文学的视角下探讨新文学的发生学背景，可以说在古今、中外的影响和赓续中形成了对新文学的多维度思考。随后执教清华并躬身进行课程实验的新文学作家杨振声就曾经在燕京大学参与了周作人的教学过程（讲授"近代文学之比较研究"），正是得益于躬身参与早期燕京大学国文系的课程教学，才有了 1929 年杨振声入主清华中文系课程并开启的全新的试验和改革。新文学正式、全面进入现代文学教育体系经历了一个渐进的过程。可以说周作人在燕京大学的一系列课程探索，是后来清华大学文学系求变的先声。

杨振声在进入清华大学之后，首先以其在新文化运动中的地位延请了一些新作家进驻清华，同时针对当时国内文学系国学当道的现状，鲜明地主张提升新文学的地位，并积极在大学讲坛上为新文学争取发声的机会。当时清华中文系确定以"创造我们这个时代的中国新文学"③为办系宗旨，同

① 《燕京大学 1927—1928 课程一览》，北京大学档案馆，YJ1924014。

② 周作人：《关于近代散文》，载《周作人散文全集》第 9 卷，广西师范大学出版社 2009 年版，第 587 页。

③ 清华大学中文系：《中国文学系的目的和课程的组织》，载《清华大学一览》1929 年，第 39 页。

时明确提出“我们课程的组织，一方面注重研究我们的旧文学，一方面更加参考外国的现代文学。为什么要注重研究旧文学呢？因为我们文学上所用的语言是中国的；我们文学所表现的生活、社会、家庭、人物是中国的；我们文学所发扬的精神、气味、格调、思想也是中国的。换句话说，我们是中国人，我们必须研究中国文学。我们要创造的也是我们中国的新文学，不过是我们这个时代中国新文学罢了。为什么要参考外国文学呢？正因为我们要创作中国新文学，不是要因袭中国旧文学。中国文学有它光荣的历史，但是某一时代光荣的历史，不是现在的，更不是我们的，只是历史的而已”……所以尤其要“注重新旧文学的贯通与中外文学的结合。”①

由此，清华大学在当时首度为学生开出了“中国新文学研究”等数门与新文学有关的课程，还开出了“当代比较小说”和“高级作文”课程（主要是诗歌、散文、小说等新文学文体的试作课），其中最为著名的即是兼有作家身份的教师朱自清，后来人们通称这一段时期为清华中文系的“新文学试验时期”。② 彼时，朱自清所开授的新文学等有关课程并没有取得很好的反响，但其毕竟为新文学在大学文学系赢得了发声的权利。1929 年，杨振声等人又将目标进行了调整，他们解释“对于中国文学的将来，只能多给他们提供些新营养，新材料，新刺激。让他与外国文学自由接触，自由渗合……想把中外文学打成一片，让他们起点化合作用，好产出新花样来”。这样就将中国文学系的视野扩大，更加重视新文学的外来影响，从而进一步鼓励学生“往创作路上走”。③ 1932 年，朱自清旅欧归来正式成为清华中文系主任之后，进一步修订了清华中文系的办系宗旨和教学目标，使其朝着更加稳健的方向迈进。

燕京大学的中文系主任吴雷川并不是新文学的作家，但却秉持较为开放的观念，燕京大学古典文学与现代文学并重，相得益彰。课程既设置了马裕藻讲经学史，也有周作人讲现代散文；既有钱玄同讲音韵学，又有马鉴教笔记文学。对白话文和文言文不偏不倚，任凭学生自由撷取。

文化古城时期大学开设的有关新文学的课程分为两类：一类是有关指导新文学创作的课程，如五四新起的女作家冰心在燕京大学为学生开设的“新文学习作”课，胡适、周作人、俞平伯、废名等人在北京大学开设的“新文艺试作”课以及清华大学开设的诗歌、小说、散文的习作课等，此类课程重

① 杨振声：《为追悼朱自清先生讲到中国文学系》，《文学杂志》1948 年第 5 期。

② 《中国文学系消息》，《清华大学校刊》第 86 期，1929 年 9 月 16 日。

③ 《中国文学系消息》，《清华大学校刊》第 86 期，1929 年 9 月 16 日。

在培养学生对新文学的创作能力，其目的是“专为增进表现上之艺术而设；注重练习讨论，及参考成熟之作品”①。当时的学生就曾回忆冰心的新文学创作课程，经常是每个课程给定学生一个题目，让他们用白话文和新文体进行创作，然后进行点评，在不断的训练中提升其创作水平。1929 年 9 月，北京大学的国文系正式启动“新文艺试作”课，并按散文、小说、诗歌、戏剧四种文体分为四组，其分任教员情况如下：胡适、周作人、俞平伯任散文组教员；徐志摩、孙大雨任诗歌组教员；冯文炳任小说组教员；戏剧组为余上沅。② 新文学写作课程的开设不但使学生对新文学的文本有了新的理解，并且一批具备新文学写作经验的老师直接当面传授各文体写作，这种难能可贵的文学教育模式极大地激发了学生白话文写作的积极性，一批走进大学文学系的学生在学者作家的引领下，结合新鲜的文学经验，吸纳中西文学传统，为文化古城北平积聚了一大批具有现代意义的学生作家群体，而正是这批在早期新文学作家引领下的学生群体不断展露芳华，成为了京派作家群体渐次聚集壮大的新鲜力量。

另一类课程则是对新文学发展本身进行学理性的概括之后，以研究专题或总论分论的形式对学生开设的新文学研究课，如北平师范大学中文系开设的“新文学概论”和清华大学中文系开设的“新文学研究”“文学概论”等课程，此类课程较之前者的习作课更加体现出了学院派的优势，课程能够从新文学发展的历史和趋势入手，进而分文体进行分类论述，带有半介绍半研究的性质。③ 1930 年，时任北大教授的徐祖正兼职清华大学教授，讲授“文学概论”，课程力图“将历来关于文学内容形式之发生流变等理论，作一系统的叙述，使学者对于文学本质有确切的认识，可作研究鉴赏之基础”④。徐祖正作为《骆驼草》刊物的重要成员，努力将其“纯文学”的主张和内蕴传递给学院中人，鼓励学生“从科学的态度去建筑文艺的理论。”⑤

更为系统的则是朱自清开设的“新文学研究”课程，“朱自清先生讲授‘中国新文学研究’课程，始于一九二九年春季。当时距‘五四’已有十年，新文学运动已经历了他的倡导和开创的时期，各种文学体裁都出现了许多作者和作品，赢得了读者的爱好，产生了广泛的社会影响，但是还没有人对

① 《文学院中国文学系课程一览》1936—1937 年度，《清华大学一览》1937 年。

② 马越：《北京大学中文系简史》，北京大学出版社 1998 年版，第 96 页。

③ 王瑶：《念朱自清先生》，载郭良夫编：《完美的人格——朱自清的治学和为人》，生活·读书·新知三联书店 1987 年版，第 46 页。

④ 《中国文学系消息》，《国立清华大学校刊》第 199 期，1939 年 9 月 11 日。

⑤ 徐祖正：《文学上的主张与理论》，《骆驼草》1930 年第 3 期。

这一阶段的历史进程作过系统的回顾和总结,更没有人在大学讲坛上开过这类性质的课程”①,由此朱自清开设关于新文学研究的课程在当时的文学教育中具有开拓性的意义,这不但体现了新文学开始进入了大学讲坛,更为重要的是一些学者作家开始以学术研究的眼光将“新文学”作为一门独立学科进行分析、归纳和研究。

朱自清的讲稿具有很强的学术性。当时课程“分《总论》、《各论》两部分,共计八章。《总论》三章,第一章《背景》追溯历史渊源,由戊戌变法讲起,目的是讲晚清文学改良运动的兴起和失败及其与新文学运动的关系。第二章《经过》由《新青年》提倡文学革命开始,一直讲到一九三三年,包括文艺运动、思想论争以及各种文学流派的重要主张,大致是以时间先后为序的文学史的讲法,论列颇详。第三章是《外国文学的影响与现在的分野》,则是从创作上不同的风格流派着眼,讲述外国文学对中国新文学的影响及其对各种文学流派的形成在思想和风格上所起的作用。《各论》五章中的前四章是《诗》、《小说》、《戏剧》和《散文》,除对各类体裁的创作理论有所介绍外,着重在每一文体的重要作家作品在艺术成就和特点上的分析和评价。最后一章《文学批评》是介绍各种不同的有影响的文学主张和批评理论的。从《纲要》的整体的章节安排可以看出,朱先生是以作家的创作成果作为主要研究对象的。”②同时在课程讲授期间,朱自清还不时将当时文坛最新出现的作品及时补充到讲义中去,“例如张天翼的《鬼土日记》和臧克家的《烙印》,就是在作品刚出版他就增入讲稿的,因此这门课程实际上既有文学史的性质,也有当代文学批评的性质。”③课程不但具有宏观的气度和论述,而且不失微观的分析和品评,史论结合,充分显示了学者作家的学术优势和特点。

北京大学也有此类课程。以废名开设的课程为例,在20世纪30年代初期开设新文艺试作课之后,1935年废名又正式开始讲授“现代文艺”课程,课程从现代诗歌开始讲起,及至“到第三年预备讲到散文部分,卢沟桥的事件发生,就此中止”④。课程的讲义共12章,1944年由黄雨编辑作为艺

① 王瑶:《念朱自清先生》,载郭良夫编:《完美的人格——朱自清的治学和为人》,生活·读书·新知三联书店1987年版,第46页。

② 王瑶:《念朱自清先生》,载郭良夫编:《完美的人格——朱自清的治学和为人》,生活·读书·新知三联书店1987年版,第47页。

③ 王瑶:《念朱自清先生》,载郭良夫编:《完美的人格——朱自清的治学和为人》,生活·读书·新知三联书店1987年版,第46页。

④ 知堂(周作人):《谈新诗·序言》,北平新民印书馆1944年版。

文社“艺文丛书”出版,定名为《谈新诗》。讲义作为现代文艺的一部分,着重从诗歌这一文体的古今流变赓续谈起,涵盖了新文学发生直至20世纪30年代中期现代诗坛具有创作特色的诸位诗人,包括胡适、沈尹默、刘半农、鲁迅、周作人、湖畔诗人、冰心、郭沫若等知名诗人,同时还注意到了当时北平诗坛的学生派作家卞之琳、林庚、朱英诞的创作,可谓用意深远。作为一名写新诗的学者,废名在授课过程中没有采取激进的态度全面割断新文学与旧式文学之间的血脉联系,而是本着学理和尊重创作事实的态度对新文学诗歌作家进行了相对客观的学院式评析,这种讲授方式一面及时为学生捕捉到文坛的动态,同时培养学生以一种专业的眼光和态度看待新诗的创作,这种将新文学与学院派的文学批评相糅合的课程在当时并不多见。

两类课程基本都是由此前在文学界创作上显有名气的作家担任,具有很强的实感性和说服力,同时作家在创作中的体会也可以随时传递给学生,实践课和理论课的开设在为学生提供鲜活的创作体会的同时,也使他们对新文学运动和发展有了一定学理化的认识,这在当时是难能可贵的。还有一种是较为机动的讲座式,如北京大学国文系曾专门开设了“文学演讲”课,特邀当时北平文坛的知名作家为学生做各种专题讲演,课程曾先后邀请了郑振铎、俞平伯、叶公超等人分别讲授了“新文坛的昨日与明日”“诗体之变迁”“新文学中的几种问题”等内容,这种分模块的作家分享课程真实可感,现身说法,让学生更加直观体会到新文学写作的力量,弥补了上述两种课程的间隙,具有较强的灵活性和启发性。①

新文学进入大学课堂不仅仅是在大学文学系学生本科阶段的修习课程,也同样渗透进了学者作家和学生群体在大学的研究领域。20世纪30年代,北京大学文学院有关文学研究的重要组织国文学会②,这个以研究为宗旨的学术团体就曾经将“新文学作品的估价”作为研究题目,可见,新文学作为一种新起的文学现象在当时大学的文学系中能够引起一定的重视,并被视为文学研究的重要对象。北京大学文学院研究部的专任导师胡适、刘复等人也曾指导研究生以“近二十年之文学”为研究课题,③这些题目虽然没有明确指明是针对专门新文学的研究,但其时间范围与新文学的发轫

① 马越:《北京大学中文系简史》,北京大学出版社1998年版,第96页。

② 国文学会是当时北京大学文学院国文系教师和学生的公共研究团体,其宗旨是“联络感情、研究学术及促进本学会利益”,会员包括北大国文系教员、同学以及预科国文教员。预科学生、国文系已毕业学生以及旁听生也可以算计国文学会会员。参见《北大国文学会章程》,《北京大学日刊》1930年12月13日。

③ 马越:《北京大学中文系简史》,北京大学出版社1998年版,第25页。

期和生长期相重合,让学生有可能在临近的时间点将目光投射到新文学的发生发展期,并能够以其为研究对象,对其进行理论化的研判,这种可贵的研究意识是新文学在大学课堂作为一门单纯选修课的发展,是全面、系统对新文学研究进行研究的萌芽阶段。

现代文学作为一个独立学科进入大学讲堂是20世纪50年代初的事情,但新文学作为一场声势壮阔的文学文化运动,最先走入大学殿堂则是在20年代末30年代初的北平,比起当时武汉大学等学校的复古和海派大学的重实轻文,本时期北平的高等教育,尤其是文科教育对新文学运动的进一步发展具有无可替代的意义。

需要补充的是,古典文学在当时北平的大学文学院尤其是文学系的课程谱系中仍居于重要地位。新文学作为一种新的文学现象进入课堂之后,并没有撼动古典文学的正统地位,许多新文学作家在登上大学讲坛之后,也将研究的重点和兴趣转向古典文学,深厚扎实的古典文学教育对当时北平大学文学院尤其是文学系的学生意义不凡。仅从课程比重来看,在北京大学国文系1935年的B类课程(文学类)16种必修课程中,除了诗论、民间文艺、日本文学及其背景、传记文学之外绝大多数都是与古典文学相关的课程,并且覆盖了古典文学的经典文本和文体如诗经、楚辞、唐宋散文课程。清华大学国文系课程除却中学语文教学法、新文学研究、文艺心理学等课程之外,都是古典文学的相关课程,在大学二、三年级为了强化学生的国学根底,还连续两年开出了国学要籍的课程,使"国学基础成为学生学习的基本科目,用意在让同学实实在在读些基本的书,培养自家的判断力,不拾人牙慧,不凿空取巧"①。一些新文学作家如俞平伯、朱自清、闻一多在大学里开设古典文学课程,朱自清讲授宋诗"讲授两宋名家之作,以论辞为主"②,俞平伯、闻一多开设的国学要籍课程更是选择了《尚书》《诗经》《周礼》等"吾国语文学之根本",系列课程为学生打下良好的国学根底。

三、接流中西——世界文学的视野

倘若因为文化古城的命名而将20世纪二三十年代的北平理解为拒斥西方文化而以传统独尊则与事实相差甚远,当时的北平文坛在吸收、借鉴中西文化资源上具有非常开放的气度。五四新文化运动的风气赋予了北平开放的都市气魄和文化品格,这种品格不同于上海对西方物质文化的迅速捕

---

① 朱自清:《中国文学系概况》,《清华周刊》(向导专号)1934年6月1日。

② 《中国文学系学程一览》,《清华大学一览》1937年。

捉和追袭,不同于上海对异域文学流行样式的快餐式模仿,而是更多地从文学的观念、内核入手,寻求其内在气质的相似性,这种对西方理论和创作有意识的借鉴和学习是当时文化古城北平的另一个重要的文化标识。上海的新感觉派作家立意借鉴法国的作家保罗·穆杭和日本的新感觉派作家横光利一、片冈铁兵、田山花袋等人,这种带有先锋性的洋场文化选择真切展露了上海作为东亚第一市的快节奏和高频率。北平则是将英国的艾略特和法国的象征主义引入大学讲坛,从学院派的文艺批评研究和译介逐渐渗透到作家创作中,以一种更加稳健的方式实现了异域文化的传递和吸收,而这种传接链条的形成是与当时北平大学开放的文化空气分不开的。

新文化运动以来,大学里的中国文学系与外国语文学系一直处在相对隔膜的状态,"自新文学运动以来,在大学中新、旧文学应该如何接流、中外文学应该如何接流,这都是必然会发生的问题,也是必然要解决的问题。可是中国文学系一直在板着脸孔,抵拒新潮。如是许多先生在徘徊中,大部分学生在困惑中。这不止是文言与语体的问题,而实是新旧文化的冲突,中外思潮的激荡。"①面对这样的局面,大学尤其是大学的文学系究竟应该承担怎样的责任和角色?当时的清华大学中文系主任杨振声对这个问题有着独到的理解和看法,"大学恰巧是人文荟萃,来调协这些冲突,综合这些思潮所在的,所以在文法两院的科系中,如哲学、历史、经济、政治、法律各系都是冶古今中外于一炉而求其融和贯通的,独有中国文学与外国文学二系深沟高垒,旗帜分明。这原因只为主持其他各系的教授多归自国外;而中国文学系的教授深于国内,对新文学及外国文学少有接触,外国语文系的教授又多类似外国人的中国人,对中国文化与文学常苦下手无从,因此便划成二系的鸿沟了。"②

西方文学理论和观念的引进是新文学发展的一个重要触媒,也是中国文学发展的一个标尺,这种观念对学院研究的意义"不独供给新方法、且可供给新眼光,使学者不致抱残守缺,也不致局促一隅。"③当时北平大学文学院里国文系和外国语文学系的发展可谓相辅相成。外文系实施教学、培养人才的目标是"创作今世之中国文学,会通东西之精神思想而互为介绍传布","教授中国学生学习西方文学的主要目的应是启发灵感而不是增加知识,……而是刺激他们有朝一日能为中国文学创造新鲜的作品,使之得以跻

① 杨振声:《为追悼朱自清先生讲到中国文学系》,《文学杂志》第3卷第5号,1948年10月。
② 杨振声:《为追悼朱自清先生讲到中国文学系》,《文学杂志》第3卷第5号,1948年10月。
③ 朱自清:《中国文学系概况》,《清华周刊》(向导专号)1934年6月1日。

身于整个现代世界文学之林。"①吴宓在清华大学外国语文学系概况中在论及学生毕业后的去向时直接说道:"本系学生毕业后,其任教员,或做高深之研究者,固有其人,而若个人目的在于:(1)创作中国之新文学,以西洋文学为圭臬;或(2)编译书籍,以西洋之文明精神及其文艺思想,介绍传布于中国;又或(3)以西文著述,而传布中国之文明精神及文艺于西洋,则中国文学史学之知识修养,均不可不丰厚。故本系注重与中国文学系相辅以行者可也。"②

中文系则将外国文学作品和理论的引入看作新文学发展的一个重要推动力量。杨振声在清华大学中文系主政时,直接将办学方针明确为"注重新旧文学的贯通和中外文学的结合",并且要求学生必须选修 24 学分的外国语言和文学课程。后来则更加明确为"对于中国文学的将来,只能多多供给些新营养、新材料、新刺激,让他与外国文学自由接触,自由渗合,自由吸收",而这样做的目的无非是使中文系将来学生的创作能够"从这试验中产出来"。③

有了这样的目标和认识,对西洋新锐文学思潮和理论的接纳也就顺其自然。在当时北京大学、清华大学、燕京大学、辅仁大学的文学系课程中,"西洋文学概要""西洋文学专题研究""现代西洋文学"等直接与西方文学相关的课程,均出现在中文系的课程设置中,并且由周作人、朱光潜等具有深厚理论修养的学者型作家讲授。以清华大学的文艺心理学课程为例,该课程由朱光潜讲授,作为一个留学欧洲深得西方文学理论滋养的文艺理论家,朱光潜不但没有仅仅将有关克罗齐等人的观念直接引进来并且刻板地讲授,而是"从心理学的见地分析美感经验,说明美丑与自然的关系,即艺术起源与艺术创作之理。取材以文学为主,又注重中国作品"④。课程取材的作品尤其以中国文学为具体例证,分析文学的起源和创作论,可以使学生更为准确地理解和掌握有关文艺心理的诸多理论,而不是对西方理论的简单生吞活剥。诸种西方文学及有关理论课程的设置,不仅仅是对西方文学作品和思潮的简单译介,而是建立在发展、创作和研究本土中国文学的终极目标之下,这种有的放矢的讲授和研究对当时京派学生作家群体的生成具有一定的促进作用,为他们日后理解、评论及创作文学文本提供了有效的滋养。

---

① 《外国语文学系概况》,《清华周刊》1934 年 6 月 1 日。

② 吴宓:《外国语文学系概况》,《清华周刊》(向导专号)1935 年 6 月 14 日。

③ 《中国文学系消息》,《清华周刊》1929 年 9 月 16 日。

④ 《中国文学系学程一览》,《清华大学一览》1937 年。

外国文学系的课程更是如此。强劲的专业背景使当时北平诸大学的外国语文学系以一种更加系统、全面的方式及时引进当时欧美文学创作批评界的重要资源。清华大学的外国语文系学程分概要和专题讲授,其中专题又依据时间和文体不同,分别开设西洋文学分期研究(一、古代希腊罗马,二、中世,三、文艺复兴时代,四、18 世纪文学,五、19 世纪文学)若干课程;文体部分除了涵盖诗歌、戏剧、小说几个文体之外,还专门开设了文学批评专集研究与莎士比亚专集研究。[①] 北京大学、燕京大学外国文学系(包括英文学系、德文学系)的课程设置更加具有针对性,除了按照历史分期讲授文学流变和按文体讲授经典作品之外,还特意开设了"浪漫派文学、维多利亚时代文学(徐志摩讲授)、英国现代文学(分设哈第、萧伯讷和辛恩三节)、乔叟及其时代之研究等课程"[②],为学生更加全面地理解和掌握西方文学的状貌提供了课程上的资源。也正是在这样的课堂上,文学系的学生才有可能接触到视域广阔的异域文学作品和理论资源的启发和触导,从而为他们构建合理的知识结构提供了宽广深厚的知识积累。

在当时的文化古城,北平开放的文化空气和浓厚的学术氛围还吸引了同时代著名的欧美文学家和理论家入主大学讲坛,他们将当时欧美新鲜的理论资源和文化信息散播给学生,其中最具代表性的就是瑞恰兹(Ivor Armstrong Richards)和燕卜荪(William Empson)。瑞恰兹于 1929 年来到清华并任教于外国文学系,作为当时英美新批评的旗手,瑞恰兹的到来具有重要的意义,他第一步即将当时北平的文学创作和研究带入了西方的当代视野中,当时的北平学界对此也深有体悟,在介绍其讲学的消息中对他的学术生平溢美之词甚多,"瑞恰兹先生,对于文学批评极富研究"[③]。在来到清华外文系之后,瑞恰兹为学生开设了"英文小说""文学理论"等课程,为学生带来了前沿的文学理论和新式的思考方式。燕卜荪是 1937 年北京大学英文系延请来的学者,作为瑞恰兹的学生,燕卜荪的任教北大同样具有重要的意义。由于居留时间较长,他进一步将英美新批评的理论更加透彻、清晰地传递给中国学生,卢沟桥的战火将他和北京大学一同转移到了昆明,在那里燕卜荪对中国现代诗歌的发展起到了更加明确的导引作用。

在当时引进的西方作家和文艺理论中,最具有代表性的就是艾略特和法国象征主义全方位译介和传播。以《汉园集》诗人所受的象征主义和艾

① 《外国语文系学程一览》,《清华大学一览》1937 年。

② 《国立北平大学英文学系课程指导书》,北京大学档案,全宗号(七),目录号 1,案卷号 77。

③ 《瑞恰兹将来校任课》,《清华校刊》1925 年 2 月 25 日。

略特的影响为例,《汉园集》三诗人是京派作家中的新生力量,他们接受过北京大学学院派的系统教育,在大学学习过程中与当时京派学者徐志摩、朱光潜、叶公超、梁宗岱等人关系密切,这些学者作家的研究视野和重点在一定程度上建构了他们的文学视野,进而影响其文学写作的倾向,这种声气相同的文化传递与京派作家主要活动在大学和讲坛之间有着重要的关系。卞之琳是1929年考入北京大学外语系的,何其芳和李广田分别在1931年和1929年考入北京大学哲学系和外语系。在这里他们开始具体接触法国象征主义诗歌理论和英国诗人艾略特,两种资源在他们之后的写作中影响深远。

象征主义的引入并非始自北平的学者作家。最早将象征主义引入中国文学界的是李金发、王独清、穆木天等人,之后戴望舒等人继续对象征主义本土化进行了一系列的努力,而真正站在中西诗学的坚实根基上对象征主义进行全面系统的引进和介绍的则是文化古城时期任教于北京大学外语系的梁宗岱。1933年,梁宗岱以在北京大学的讲义为基础,“以宏观的高度,以中西比较文学的广角”①完成了当时中国有关象征主义最为完备的理论文章《象征主义》。文章最初发表在《文学季刊》上,“这种译述论评无形中配合了戴望舒二三十年代之交已届成熟时期的一些诗创作实验,共为中国新诗通向现代化的正道推进了一步。”②这种对象征主义的全面介绍和翻译在当时北京大学外语系为学生提供了丰富的思想资源,当时的卞之琳就是在“学了一年法文以后,写诗兴趣实已转到结合中国传统诗的路数,正好借鉴以法国为主的象征诗了”③。“在1930年起开始读起了波特莱、高蹈派诗人、魏尔伦、玛拉梅以及其他象征派诗人。”④很快1932年11月,卞之琳在《新月》上发表了节译的尼柯孙评论法国象征主义重要诗人和理论家魏尔伦的文章《魏尔伦和象征主义》。从单向的理论阅读到师生各操其笔共同翻译和介绍法国象征主义的有关理论和作品,象征主义的影响在京派学院作家的推进下逐渐散播开来,并且深深影响了北平京派诗人的写作。从这些京派诗人的诗作中我们可以清晰地看到魏尔伦、韩波、马拉美、瓦雷里等人的印记,卞之琳的《圆宝盒》《距离的组织》等诗歌体现出了反情感、主智

① 卞之琳:《人事固多乖:纪念梁宗岱》,载《卞之琳文集》中卷,安徽教育出版社2002年版,第168页。

② 卞之琳:《人事固多乖:纪念梁宗岱》,载《卞之琳文集》中卷,安徽教育出版社2002年版,第169页。

③ 卞之琳:《赤子心与自我戏剧化:追念叶公超》,载《卞之琳文集》中卷,安徽教育出版社2002年版,第187页。

④ 卞之琳:《开讲英国诗想要的一些体验》,《文艺报》1949年11月10日。

性的品格。《圆宝盒》在卞之琳1935年出版的《鱼目集》中位列首篇,《鱼目集》的出版引起了当时京派评论家李健吾的极大兴趣,甚至在《鱼目集》出版后两个月,李健吾就写出了《〈鱼目集〉——卞之琳先生作》,在该文中李健吾提出了个人对《圆宝盒》一诗的理解,该诗"用《圆宝盒》象征现时,……那'桥'不就隐隐指着结连过去与未来的现时吗?"如若不是,那么,"这象征生命,存在,或者我与现时的结合。然后我们可以了解,生命随着永生'顺流而行',而'舱里人'永远带有理想,或如诗人所云:'在蓝天的怀里'"。①而卞之琳则作文相和,坦言,"可是您起初猜'圆宝盒象征现时',……显然是'全错'。您后来说是'我与现时的结合',似乎还可以,但我自己以为更妥当的解释,应为什么呢?算是'心得'吧,'道'吧,'知'吧,'悟'吧,或者恕我杜撰一个名目,理智之美。"②两位京派文人的解答回应充分体现出了象征主义诗歌的主智特征,意象的多重阐释空间在作者和读者的不同知识结构和文学体验中产生了不同的点化,诗歌"用一系列繁复的意象来提示微妙的心智活动,在一个个意向脱离平常关系的跳跃连缀中展开情思的脉络"。③

T.S.艾略特(Thomas Stearns Eliot)、奥顿(Wystan Hugh Auden)等英国诗人也是京派学者作家认真翻译、介绍和讲授的,其中最着力者为叶公超。叶公超后来曾经回忆说:"我在英国时,常和他见面,跟他很熟。大概第一个介绍艾氏的诗与诗论给中国的,就是我。关于艾略特的文章,我多半发表于《新月》杂志,我那时很受艾略特的影响,很希望自己也能写出一首像《荒原》(The Waste Land)这样的诗,可以表现出我国从诗经时代到现在的生活,但始终没有成功。"④

作为清华大学和北京大学的教师,叶公超为学生开始接触"英国三十年代左倾诗人奥顿以及已属现代主义范畴的叶芝晚期诗"⑤提供各种可能。关于艾略特的译介,叶公超曾在《美国〈诗刊〉之呼吁》等多篇文章中谈到过其对艾略特诗歌的理解,其中尤以1934年在《清华学报》上发表的《爱略特的诗》⑥为最。《爱略特的诗》全文7000余字,文中叶公超同时列出了关于

① 李健吾:《画梦录——何其芳先生作》,载《咀华集》,复旦大学出版社2005年版,第85页。
② 卞之琳:《关于〈鱼目集〉》,载《咀华集》,复旦大学出版社2005年版,第70页。
③ 江弱水:《卞之琳诗艺研究》,安徽教育出版社2000年版,第201页。
④ 叶公超:《文学艺术永不退休》,载陈子善编:《叶公超批评文集》,珠海出版社1998年版,第266页。
⑤ 卞之琳:《赤子心与自我戏剧化:追念叶公超》,载《卞之琳文集》中卷,安徽教育出版社2002年版,第187页。
⑥ 叶公超:《爱略特的诗》,《清华学报》1934年4月。

该诗人的两部研究著作和诗人本人的一部自选集，接着叶公超将艾略特的诗歌主张与作品并置，并提出《荒原》是最能体现艾略特诗歌主张的作品。艾略特的“传统与个人才能”观念甚至可以充分解释他的诗里为何要用典，甚至可以很好地了解其诗歌里常用旧章句或历史事件来呈现态度与意境的理由。① 缘于此，叶公超将这种对艾略特的偏爱传递给了其学生卞之琳，在卞之琳读书期间，叶公超甚至亲自鼓励、指导他翻译了艾略特的《传统与个人的才能》，并将此文发表在《学文》创刊号上。这种对英语西方文学资源的传递，卞之琳曾经回忆道：“后来他特嘱我为《学文》创刊号专译托·斯·艾略特著名论文《传统与个人的才能》，亲自为我校订，为我译出文前一句拉丁文 mot-to，这不仅多少影响了我自己在 30 年代的诗风，而且大致对三四十年代一部分能经得起时间考验的新诗篇的产生起过一定的作用。”②

文化古城时期，叶氏对艾略特的引介一直在延续。此后，叶公超又指导其学生赵梦蕤全文翻译了艾略特的长诗《荒原》，长诗的全文翻译进一步扩大了艾略特在中国的影响，艾略特“他的影响之大竟令人感觉，也许将来他的诗本身价值还不及他的影响价值。”③艾略特、奥顿、叶芝等诗人及诗作的翻译和介绍打开了古都北平学生窥见现代派诗歌的窗口，在系列翻译、介绍的作品影响之下，这些新文学的外来资源影响了 20 世纪 30 年代北平京派诗人的创作风格，为他们的创作提供了来自欧洲的异域文学营养。以《汉园集》诗人为代表的京派学生作家与象征主义的关系折射了北平大学校园内京派学者和作家对西方文学理论的吸收态度，这种在讲坛上开始接受的思想资源在学生作家的翻译和写作中留下了深深的痕迹。

四、以试作为先——文学院系课程的实践探索

文化古城时期的北平大学文学教育另一个区别于以往文学教学的新特质就是课程的实践性大大加强。这首先得益于院系对学生培养目标的进一步明确，直接将培养中国文学的新作家作为一个教学过程中的一个参数和指标，当时大学普遍要求学生“每月至少作文一次或两次，并限定钟点”④。在这样的目标导引下，各大学文学系在各个年级的课程中都尽量添加了作文课（外语系为英文课、德文课等），要求学生每月至少作文一次，引导学生

---

① 叶公超：《爱略特的诗》，《清华学报》1934 年 4 月。

② 卞之琳：《赤子心与自我戏剧化：追念叶公超》，《地图在动》，珠海出版社 1997 年版，第 287 页。

③ 叶公超：《荒原·序》，上海新诗社 1937 年版。

④ 《中外国文应注意实习》，《国立京师大学文科周刊》1927 年 12 月 2 日。

在规定的主题和时间内进行创作。北京大学英文学系将作文课设为"一年级新生的必修课程"。[1] 此处尤其可见培养实际写作能力在大学文学系之重要。[2] 当时即使是讲授新文学课程的朱自清也非常注重学生的实际阅读和写作能力，在他著名的"新文学研究"课程上，学生不仅有讲义、有大纲、有厚厚的参考书目，还要"每星期交一次读书报告"[3]，可见课程对学生的实践性之重视。在当时文学系的课程设置和实施过程中，教师一面合理指导学生全面系统理解各种文体的特殊性和创作特点，在分门类为学生讲授文体历史和流变之外，更加注重具有针对性地讲授文体的生成、标志性特征及创作手法，较之泛泛的文学史讲解增加很强的实践性。同时，注重开设学生自主的创作类课程，前文论述过的北京大学的新文艺习作课程即是一种。这种不但注重宣讲，而且重视学生实际创作能力的教学培养方式对当时文学系学生的文学写作能力具有很大的助推力，学生新文学创作能力的针对性培养课程体系在以往的大学文学教育中是没有过的。

戏剧作为一种综合性的文学表现样式，在通常的课堂讲授时具有很大的抽象性，这就对戏剧文体的课堂教学提出了一些要求。当时北平大学的戏剧教学中清华大学和北京大学较为突出，两个学校的戏剧课程各有特色：清华大学在20世纪二三十年代培育了洪深、李健吾、曹禺等现代著名的剧作家，这与当时的外国文学系主任王文显的戏剧研究有很大的关系。王文显在清华大学外国文学系共承担三门专业课，分别是"戏剧概要"（课程说明为本学科讲授西洋戏剧发达之略史，自上古希腊至今，选读名剧并研究戏剧之技术，及关于编剧、演剧、排剧之各种问题）；"现代西洋文学戏剧部分"（课程专为该系四年生而设，其目的在使该级学生接近现代欧美名著之诗、戏剧及小说。教授方法：全学科由三专家在两学期内轮流指导之）；"莎士比亚"（本学科目的有二：一为学生讲解莎士比亚之文学价值，二使学生自知如何欣赏莎士比亚文学，莎士比亚之生平及其著作之精妙所在）。三类课程侧重点不同，或是引领学生遍览戏剧史上重要的作品及其产生过程，或是选一重点作家进行详尽的讲解和分析，最重要的、也最具启发性的就是在讲授戏剧作品的同时，以类示范，兼及渗透学生如何参照有关作品深入理解戏剧这一文学形式的区别性构成元素，使学生能够在一定的实践层面上透

① 《国立北平大学英文学系课程指导书》，北京大学档案，全宗号（七），目录号1，案卷号77。

② 张骏祥：《王文显剧作选·序》，载王文显：《王文显剧作选》，人民文学出版社1983年版，第2页。

③ 吴组缃：《佩弦先生》，载郭良夫编：《完美的人格——朱自清的治学和为人》，生活·读书·新知三联书店1987年版，第167页。

彻掌握戏剧的操练和实践，这种对戏剧特殊文学门类的讲授对学生启发很大。当时清华的戏剧社的主要骨干都听过王文显的戏剧课程，张骏祥在后来回忆时说："他讲课的方法很简单，就是照他编的讲义上课堂去读。年年照本宣讲，从不增删。那时北京很有些人艳羡清华外文系主任这个职位，少不得借此对文显先生连嘲带讽，想挤掉他。他像是毫无所觉，一概置之不理。回想起来，他那份讲稿倒是扎扎实实，对于初接触西方戏剧的人来说，是个入门基础。"①

相对于清华大学戏剧教学的系统性，北京大学文学系戏剧教学的实践性更强。除了开设"谈古今名家之杰作，研究戏剧之沿革史"②的基础戏剧课程之外，更是添加了演剧和编剧课程，其中演剧课程说明中明确提出要"注重戏剧的实际艺术，并研究剧场的布置等等"③，而编剧课则说明本课程"研究戏剧的编制，并注重实习（即课程创作）。研究用书皆用英文，而实习编剧则用国语"④。这种讲、编、演结合的课程在给学生提供戏剧沿革、文体特征等理论教学的同时，充分注意到了戏剧这一文体的特殊性，在编剧和演剧的实践中深化学生对于戏剧这一西方舶来文体的认识，切实增强了学生的实际创作和表演能力，其意义不凡。

---

① 张骏祥：《王文显剧作选·序》，载王文显：《王文显剧作选》，人民文学出版社 1983 年版，第 3 页。

② 《国立北平大学英文学系课程指导书》，北京大学档案，全宗号（七），目录号 1，案卷号 77。

③ 《国立北平大学英文学系课程指导书》，北京大学档案，全宗号（七），目录号 1，案卷号 77。

④ 《国立北平大学英文学系课程指导书》，北京大学档案，全宗号（七），目录号 1，案卷号 77。

第三章　京派作家的学院品格

在有关京派文学的研究中，已有的研究大多能够注意到北平城市文化氛围、高等教育环境与京派文学创作的关联性，而很少有人从当时北平城市和高等教育的历史原貌入手，深入考究这种成因和线索。在对 1928—1937 年北平城市和高等教育原始资料进行一定的考察和梳理之后，笔者发现这种显性和隐性的环境因素不仅构成了京派作家创作的外缘情境，更重要的是带给了京派作家学院中人的文化身份，大学教师和学生的身份一方面建构了京派作家的写作姿态和写作观念，另一方面深刻影响了其具体的文学活动方式和文本形态。可以这样说，现代大学不但赋予了京派作家特殊的文化身份，同时还深深润泽了其文学写作的观念和形态，这是我们考察京派文学的意义、审美价值的一个不可忽视的向度。

第一节　京派作家的文化身份及聚合形态

大学在确定了京派作家生存状态的同时，赋予了其新的文化身份。学院作家的文化身份也在一定程度上规定了京派作家的写作方式和姿态，与同时代风头正劲的左翼作家和海派作家相比，京派作家的文化身份究竟赋予其哪些不可重复的文学品格和文化精神，在当时的文学情境中这种姿态本身具有怎样的意义？这正是我们梳理和确证京派作家文化身份的核心意义和价值所在。

一、学者兼作家：京派作家的身份特质

1928 年开始北平城市的新定位并没有改变这个城市原已孕育的文化空气，国都身份的丧失又强化了城市的文化功能，多所高校的更新和改革也在无形中逐渐增强了北平城市的文化凝聚力（这种凝聚力是在十年间逐渐养成的）。换句话说，政治功能大为削弱的北平城市品格似乎更加纯粹，这种纯粹的城市精神于是不断吸引着一批对文学创作有着执着、坚守的作家移居这里，扩充了城市文化的人力资源，也为北平古都大学的讲坛输入了学养深厚的学者。

具体说来，文化古城时期北平的大学使得学院作家获得新的文化身份

成为可能，这种身份对于京派作家具有结构性意义，“身份并不像我们想象的那样透明或毫无问题，也许，我们先不要把身份看作已完成的、然后由新的文化实践加以再现的事实，应该把身份看作一种生产，它永不完结，永远处于过程之中，而且总是在内部而非在外部构成的再现。”①教师文化身份并不是一个静态的观念，在京派作家的创作和学术研究两条道路上，这种身份成为一座桥梁，使创作和学术互相影响并且发生了神奇的化学反应，进而形成迥异于海派作家的，冲淡却又坚守的文学品格。

学者作家或者说兼具大学教师的身份是京派为代表的北平作家一个突出的标志，有关于此周作人曾致信胡适说：“我想劝兄以后别说闲话，而且离开上海。最好的办法是到北平来，说闲话不但有危险，而且妨碍你的工作……我觉得兄的工作在于教师作数（也即是对于国家、对于后世的义务）……而做这个工作非来北平不可，如在上海（即使不说闲话惹祸祟），是未必能成功的。”②在当时的学者和文化人看来，落魄了的古都北平虽不是政治浪潮的前沿，却是看书、教书、写书的好地方，大学教师虽不及政治家显眼光鲜，却是安心研究、创作的好职业。而安守这份职业意义非常，其中最突出者在于获取一种自由和自主的姿态。大学教师是一种以知识研究和生产为志业的群体，“学术研究，若由于本身所带有的艺术性，能够提供给人们满足”③，现代知识分子由于大学教师的文化身份，其自我形象和价值的建构具有更多的自主成分。服从于意识形态和服务于商业社会的知识分子，其意义和价值需要通过意识形态的统治者和商业社会的购买者来确认，随着意识形态的更迭和商业趣味的转变，这种不稳定的意义和价值使得现代知识分子的自我体认更加艰难和不自主，而其所追求的终极理想和价值也更加遥不可及，往往是依附在意识形态的政治纲领下，混同了政治和文化的功能。文化研究和生产则不是这样，在这里知识分子以一种文化生存的方式确立和建构自我，“通过严格的专业化，才能在学术研究的世界里，获得那种确实感到达成某种真正完美成果的意识”。④ 大学里的规则与院墙之外的社会功利主义价值体系全然不同，它有一套完备而系统的知识叠加逻辑，知识分子在这里工作的意义就是在人类已有文化研究成果的基础上添加新的薪火，添加的具体行为就是学术研究活动。

---

① ［英］斯图亚特·霍尔：《文化身份与族群散居》，载罗钢、刘象愚主编：《文化研究读本》，中国社会科学出版社 2000 年版，第 208 页。

② 周作人、胡适：《胡适往来书信选》（上册），中华书局 1979 年版，第 538 页。

③ ［德］韦伯：《学术与政治》，钱永祥译，广西师范大学出版社 2004 年版，第 166 页。

④ ［德］韦伯：《学术与政治》，钱永祥译，广西师范大学出版社 2004 年版，第 161 页。

学术研究是现代知识分子以知识和文化建构自我和外界世界的方式。依托于政权和意识形态体制内的知识分子通过政治力量干预现实，在参与政治的规则中将自我的终极设想与政权的终极目标相结合，其实现价值和理想的方式是现实的、政治的。学院知识分子则是希望通过获取知识、积累知识、传授知识以及追求真理的过程实现自我，整个过程避免诉诸任何社会集团和利益组织。这种对知识的耕耘和努力是一种无功利的文化乌托邦的建构，建构本身即是对现实社会政治规则和商业规则的“超越”。学院知识分子在终极理想的建构中不断地发掘新的意义和价值，使之成为一个自我完善的意义整体。

超越功利性的自我价值的体认和确证，深深地影响了京派作家的写作姿态。当时文坛另外两股势头强劲的写作潮流分别是左翼作家的红色写作和海派作家的商业化写作，前者服膺于刚刚兴起的左翼革命文学理论，后者则是上海成熟的商业文学生产的一个链条。

二、学院与社团：新生代京派作家的成长路径

学院身份对京派作家的影响更为直接的莫过于内部讲坛与课堂形成的新式师生情谊，这种依托于现代教育方式的文人聚合方式以知识链条为核心，教师辈作家的理论视野和兴趣不自觉地传授给学生，在一定程度上影响了学生作家理论取向和创作程式，这种以传道授业为知识传递方式的作家群体形成带有鲜明的学院色彩，也是促使京派作家形成共同文学追求和创作旨趣的重要因素。京派作家圈中的师生情谊和文学因缘不在少数，卞之琳、何其芳、李广田、林庚等京派新秀很多都是在教师前辈的引领下开始文学创作并进入京派文学圈的，“教授和学生并非两个界限划然的阶级，对于所研究的专业学问应该有时是同力合作者……教育是一种人性的接触，没有情谊做基础，无论制度如何完密，设备如何周到，决难收完美的效果。”①

当时在北平大学讲堂上的京派作家大有人在，如周作人、胡适、俞平伯、徐志摩、朱自清、闻一多、废名、朱光潜、梁宗岱等，这些作家在五四新文学的草创阶段都有一定的文学贡献，他们显示出的多样文学观念、创作手法和风格对当时就读大学的青年学生既是一种诱惑、又是一种影响，观念和风格的影响不是一种课堂上下可以言之见之的过程，而更多的是一种大的文学氛围之下所感受到的体悟，冯至回忆自己在北京大学所受的教育时说过：“我

① 朱光潜：《论大学授课方式的机械化》，《国闻周报》1936年第43期。

在北大毕业时，回顾自己的学业，并没有掌握什么万能的治学方法，占有多少资料，只不过在课堂内或课堂外，关于怎样作文，怎样做人，得到过一些启示。”①

讲坛是学生作家获取信息的重要平台，在这里他们接受了正统的学院教育，在以文科院系为主体的学生作家群体中，古都大学完善的文科课程体系使他们在建立了完善的知识结构的同时，不断获取有关世界文学和中国新文学的最新信息，这种古都大学文科特有的优势是北平大学能够孕育出众多颇有创作力的学生作家的重要原因。

1928—1937 年北平高等教育对现代文学影响的一个重要成果就是大批新生学生作家的破土而出。这批成长起来的学生作家大多从北京大学、清华大学、燕京大学等学校毕业，在大学里，他们接受的是正统、全面的学院式教育，文化古城时期醇厚、严谨的大学氛围和特色的文学系课程教学实践一方面为他们搭建了健全、完备的知识体系，另一方面又使他们得以接触到欧美新锐的文学文本和理论。特有的教育氛围和学院机制熏陶出来的年轻京派作家在大学期间就开始了各种文体的试作并略具名气，之后他们又在京派文学圈中担当了具有结构意义的文化角色，他们的出现和逐渐进步，丰富了京派文学的创作形态，并使这个流派不断焕发出新鲜的气息，从而具有持久的文化魅力。当时在北平的大学文坛创作中初显峥嵘并逐渐汇聚到京派作家圈的代表性作家为北京大学：废名、何其芳、卞之琳、李广田、方敬；清华大学：李健吾、曹葆华、林庚、李长之、常风、辛笛；燕京大学：萧乾等，他们虽然并不全都是文学系的毕业生（何其芳就读于北京大学哲学系，李长之就读于清华大学哲学系，萧乾就读于燕京大学新闻系），但他们或旁听过文学系的课程，或与文学系的教师和学生有过非常密切的文学交流，大学校园为他们提供了借鉴文学经验的最好场所，也为他们在踏入文坛之前提供了可以初试文笔的平台。

社团和期刊是大学生组织文学、文化活动的一个重要方式，文化古城时期的学生社团活动非常丰富，其中与文学、创作直接相关的也所占不少，这些多门类的大学社团为学生补充了课堂之外的学术讯息和营养，同时扩大了校际文化资源的流动，尤其是聘请校外名师讲座等形式大大拓宽了本校学生的视野。校园社团和期刊的组织、编辑活动一方面为学生联谊志趣相同的同学进行文学切磋交流做出了人事、物质方面的准备，进而渐渐在

① 冯至：《但开风气不为师——记我在北大所受的教育》，载《精神的魅力》，北京大学出版社 1988 年版，第 21—22 页。

校园内形成具有密切情谊的小的创作集体（如北京大学的汉园集三诗人等），这种校园创作集体的形成对于发挥学院机制的长处，规避单一创作的劣势具有积极的作用。另外，从校办社团和校办期刊的组织、编辑经验来讲，发掘优质稿件、联络创作同人、合理优化编辑稿件等具体的编辑实践，为学生作家提供了创作之外的附加经验，使他们之后参与京派作家的刊物编辑和其他工作中即刻显现出一定的优势，这些宝贵的实践和经验是非学院作家不易得到的。

社团是一个大学内部学生创造力和参与能力的直接反映，文化古城时期的北平大学社团比较活跃，与文学密切相关的文学社团对当时大学学生了解文坛动态、捕捉学术信息、锻炼写作才能都起到了具体的引导作用。当时各大学与新文学创作关系较近的代表性社团为：北京大学的文学院牧野旬刊社（1933 年）、北京大学文科研究所歌谣研究会（1936—1937 年）、北京大学话剧研究会、北京大学话剧社、北京大学国文系文学研究会；清华大学的中国文学会、晨星社（李健吾组织）、清华周刊社、流萤社、清华文艺社、文学评论社、国防文学社（左翼刊物，负责人为王瑶）；北平师范大学的北方文艺社、燕京大学的“一二·九”文艺社；等等。

这些社团大致分为两种：一种是在院系支持下，具有强大资金和人力资源支持的较大规模的学生社团，如清华中国文学会、北京大学国文系文学研究会等。这些学生社团大多拥有方向明确的社章、分工具体的委员会和人员。以清华文艺社为例，该会“设全体大会为最高机关，下设执行委员会”，“执行委员会设研究、事务两部，研究部设理论、小说、散文、诗歌、戏剧、情报六组，各组自选组长一人负责，组长六人组成研究部，举一人为主席；事务部设文书（兼会计）、杂务、交际三人，由全体大会选出，由文书负责研究部与事务部，合九人为执行委员会当然委员。”①此类社团组织完整、分工明确，为其合理、积极地开展有关文学、文化活动做好了组织上的准备。除了组织上的准备，北平可资利用的丰富文化资源为这些文学社团活动提供宽广的舞台。虽是校园社团，但首先都能延请到当时北平著名的学者或作家担任顾问或指导，李健吾任社长的清华戏剧社聘请到了王文显、温德、孔敏中、毕树棠等人为顾问或名誉社员②，清华中国文学会的顾问队伍更为强大，包括了“朱佩弦、俞平伯、陈寅恪、徐祖正、浦江清、郭绍虞、冯友兰、刘

① 清华文艺社：《清华文艺社社章》，《国立清华大学校刊》1935 年 1 月 14 日。

② 《清华人文学科年谱》，清华大学出版社 1999 年版，第 73 页。

叔雅等人。”①阵容强大的顾问队伍保证了社团活动具有较高的学术品位，是这些社团活动的重要人事资源。大型社团的活动一般重在组织，如聘请学界宿儒、资深作家来校讲座，组织学生排演大型话剧或编辑具有一定校外影响力的大型文学刊物等。

另一类社团则是小规模的纯文学聚合团体，这些团体多数成员不多、规模不大，并不期求有广泛的号召力和影响力，而以满足自我文学创作和切磋为主，比起前者举办规模大、影响大的文艺活动，这些小规模活动的文学团体带有更强的自我耕耘的色彩，其中影响最大、最具代表性的就是《牧野》。1933 年，《牧野》诞生于北京大学的校园中，主编是李广田和邓广铭。主要撰稿人包括卞之琳、何其芳、李广田等人，在发刊词中他们将办刊思路阐释得很清楚，我们“所具有的决心，指向诚恳地从事于各人能做的工作，将各人在这人生的旅途中所体验到的感受到的一切，真正地表曝出来，无论是社会的一角的解剖，是自身的衷情的诉说，是被吞噬时的绝叫或反噬时的怒吼，都按期汇集起来，呈供大家。”②另一份具有代表性的校园文学刊物是曦社主办的《北京文学》，刊物由清华大学外文系的李健吾和北京大学经济系的蹇先艾主办，文化学社负责刊物的发行，刊物除了李健吾和蹇先艾自己的稿件之外，还约到了朱自清、程鹤西等人的文章，李健吾的著名小说《一个兵和他的老婆》就发表在《北京文学》第 2 期上。《牧野》只出版了 6 期，《北京文学》出版了 2 期，像《牧野》《北京文学》这样的小型刊物虽然撰稿人学术身份不够高，文学影响不大，由于没有资金的支持通常寿命也不长，但却是一大批学生作家练习写作的实验场，对于初试写作的大学学生来说是一个宝贵的平台。这些纯文学团体自觉的写作，锻炼了学生作家的写作和办刊能力，为他们日后步入文坛做好了前期的准备。

在文化古城的大学校园刊物中最值得一提的校园刊物就是《清华周刊》。在某种程度上说，《清华周刊》的办刊水平和影响力已经远远超越了校园学生刊物，并成为当时北平联系学者作家和青年学生作家的纽带之一，出自校园的文学刊物发挥如此重要的作用在 20 世纪 30 年代的文学界还是不多见的。当时《清华周刊》的影响仅是稍逊于商务印书馆的几个大型杂志，“就资格年龄而论，在国内恐怕要坐第二把交椅了吧”。③《清华周刊》是清华大学学生自治会的刊物，由“学生会干事会中的出版科委员会负责

① 《清华中国文学会月刊》，《国立清华大学校刊》1928 年 12 月 7 日。

② 《题词》，《牧野》1933 年 1 月第 1 期。

③ 潘如澍：《清华周刊小史》，《清华大学二十周年纪念号》1931 年 4 月。

组成，内分编辑、经理二部，编辑部校阅选择外来的稿件，设有文书及言论、文艺等栏主任；经理部司一切出版的事务，设有文书、广告、发行、推销、印刷等股”。① 整个周刊社虽是一个学生机关，内部结构却很合理。《清华周刊》分设正刊、副刊两种，正刊与商务印书馆的东方杂志类似，“稿件大都是本校师生研究有得之作品”，②刊载的大多是学术文章，由于清华大学当时雄厚的教师队伍，《清华周刊》上的学术文章有着相当的地位，副刊则专载一些学生的短小评论及文艺作品，短小精悍、活泼自由。正刊和副刊相得益彰，共同组成了《清华周刊》稳重不失活泼、学术与文艺并重的立体风格。

1929 年，《清华周刊》自第 23 卷开始专设了“文艺专栏”，此后不定期开设的“文艺专栏”专门刊登以清华师生为主的新诗、旧体诗、翻译作品以及国内外介绍和批评文章。从 1928 年开始，《清华周刊》还多次开设“文艺专号”，集中展示了以清华大学为中心的北平高校师生的创作成果。1933 年、1934 年是《清华周刊》上文学活动较为活跃的一个时期，此间先后出版了 3 期“文艺专号”，而第 40 卷 3—4 期合刊还专门定名为“文艺创作专号”。在《清华周刊》第 39 卷 9、10 期开列的职务名单上，当时的文艺栏主任是吴祖襄，英文副刊主任是钱锺书，编辑为孙毓棠、林庚，学术栏主任是吴晗。文化古城时期，担任文艺栏主任的学生先后包括了余冠英、郝御风、李长之、王馨迪（辛笛）等人，而《清华周刊》的撰稿人名单也是灿若星辰，包括了季羡林、李长植（即李长之）、郝御风、吴春晗（即吴晗）、吴祖襄、曹葆华等人。③ 冯友兰、胡适、陈寅恪、俞平伯、朱自清、叶公超、郑振铎等北平学者作家也曾经在《清华周刊》上发表过文章，强大的师生创作群体保证了《清华周刊》文学稿件的高水平。

自 1933 年开始，随着清华校园文学活动的逐渐活跃，《清华周刊》的刊物形态也发生了变化，文学艺术类的作品在《清华周刊》中比重明显加大，体裁也较早期的译作和短诗有了拓展，小说（包括长篇小说）、戏剧、散文、书评等多样丰富的文体开始在《清华周刊》上亮相。第 40 卷第 6 期还开设了散文随笔栏目，其中包括叶琳的《回到江南》、曾见的《隔岸》、石盘的《济南素描》、何亦友的《影》等。编辑者定期将具有内部关联性和一定主题的散文并置在一起，每期按照一定的主题编辑来稿，增强了栏目的独立性和系列性，带给读者具有整体感的阅读效果，匠心独具。

① 刘毓珩：《清华之出版事业》，《清华暑期周刊》1935 年 8 月 24 日。
② 刘毓珩：《清华之出版事业》，《清华暑期周刊》1935 年 8 月 24 日。
③ 《清华周刊》1933 年第 6 期。

诗歌是20世纪30年代清华校园作家群体的长项,在《清华周刊》的文艺作品中,诗歌占据了重要的位置。当时活跃在清华文坛上的诗人主要有曹葆华、郝御风、孙毓棠、林庚等人。20世纪20年代末至30年代初京派重要作家朱自清、闻一多等人走向清华讲坛后,清华大学文学系的课程中明确开设了新文学研究和新文艺试作等课程,这些都是引导和鼓励学生进行新文学写作的有利因素。以《清华周刊》第38卷第4期"文艺专号"为例,其中论文3篇,新诗11首(包括陈梦家2首、方玮德2首、曹葆华1首、孙毓棠2首、郝御风1首、林庚2首、李长之1首等),孙毓棠译诗1首,小说2篇,散文4篇,戏剧1部,翻译戏剧1部,介绍与批评2则。诗歌在其中比例最重,诗歌作者群体也最丰富。

从《清华周刊》第39卷开始,"文艺专栏"的作家除了原有的清华学生之外,还出现了卞之琳、何其芳的诗作,充分体现了《清华周刊》已经超越了清华大学学生的内刊,成为当时北平高校校际融合平台的特色。作为学院派学生组织和编辑的文学刊物,中外文学作品的翻译、介绍和批评是一特色。在《清华周刊》的各期目录上,外国诗歌、戏剧的翻译虽说数目不大,但持续有之。翻看《清华周刊》第37卷全部文章,其中介绍与批评文章14篇,涉及念荪的《高尔基的〈母亲〉》、长之的《歌德及其童话》、张露薇的《现代匈牙利文学》等文章,既有对个别作家著名篇章的深入介绍,也囊括了对当时东欧国家文学创作的鸟瞰式描绘,更有书评5章,分别是《梅特林柯的〈嫫娜娃娜〉》《王独清的〈貂蝉〉》《辛克莱的〈石炭王〉》《陈勺水的〈特色的心〉》《拉甫列夫的〈第四十一〉》,书评能够捕捉到当时中外文坛新近出现的具有代表性的文章进行评论解读,显示出了周刊撰稿人灵锐的眼光和嗅觉。

当时北平大学里的校园刊物除规模较大的《清华周刊》之外,还有《北大周刊》《北大学生》《清华中国文学会会刊》《睿湖》(燕京大学)等,这些校园期刊作为学生走入文坛之前的操练场,锻炼了学生的刊物编辑、组织能力,同时刊物的内容多是大学学生身边生活及情感的传达,很容易引起学生读者的共鸣。刊物上各种文体的试作更新了学生读者对新文学的认识,书评和介绍文章扩大了学生们的中外文学视野。一些较大的文学刊物还邀约其他学校的师生投稿,这些校园院墙内的文学活动活跃了当时北平的文坛,也为当时北平的文坛准备了大量的后备力量,在结束了校园生活之后,他们中的一部分就很快融入京派作家圈的写作队伍中来。卞之琳在北京大学毕业后即参加中华教育文化基金会编译委员会主持的翻译工作中,翻译了《维多利亚女王传》,并在当时北平的文学期刊上陆续发表诗歌和译作;林庚在大学毕业后,一面留校担任朱自清的助教,一面担任《世界日报·明珠》和《文学季刊》的编辑,并陆续出版了《春野与窗》《北平情歌》等诗集;清华诗人曹葆华担任了《北平晨报·北晨学园》的《诗与批评》的主编,刊物"在'五四'以后自《晨报副镌》以来的诗歌创作及西方现代讨论与批评的译介的副刊,是绝无仅有的了。"①

20世纪30年代中期北平文坛中大部分的老一辈京派作家,或将主要精力用在学术研究上,或专治理论,北平的文坛急需一批创作力旺盛的青年作家补充进来,可以说此时刚从校园走出的年轻作家正是应时而生,他们在前辈作家的引领下从校园走进文坛,开始了真正的文学写作,他们对各种文体的试验,丰富了京派作家的文学世界和表现方式,为京派作家的创作输入了更加持久的生长力量。

三、沙龙与读诗会:京派作家的聚合形态

京派作家的文学活动不仅是传统意义上的文学交往,更是西方文化影响下,中国现代知识分子在城市空间中进行文化参与现代文化和城市精神建构的有益尝试。京派作家的学院品格还体现在其沙龙等聚合活动上。

"北京集中了全国第一流的国立大学和教会大学,是现代中国知识生产和学术生产网络的枢纽,具有适合温和的自由知识分子生长的、以国家稳定的知识体制为背景的文化空间。"②独特的城市文化空间和学院氛围,学者、学生、作家多重文化身份的组合酝酿出了京派作家别样的、具有学院气息的聚合方式。京派作家的聚合形态在现代文学史上独树一帜,他们通常没有严格的组织和规则、没有贯穿始终的核心刊物,却以一种超越组织和小集团的形态将当时北平观念相近的作家逐渐聚合起来。以往的新文学作家大多是以刊物和社团为聚点进行较为紧密的社团活动,社团和流派甚至具有明确的规定和排名,文学活动本身带有一定的组织性和集团性。京派作家以沙龙、读诗会、聚餐会为代表的聚合方式,与以往的文人雅集方式大有不同,比之更加松散、自由却不失向心力。

沙龙(salon)这个词汇自诞生时起就与学院精神有着天然的血缘关系。最初的沙龙是在法国绘画界开始的,1737年一批学院画家成员作品在巴黎卢浮宫的方形大厅中展览,展览的方形大厅被简称为salon,沙龙由此得名。当时的法国绘画界被两股势力所挟持,一为门垒森严的行会,一为拥有至上

① 《北晨学园附刊〈诗与批评〉创刊号明日出版》,《北平晨报·剧刊》1933年10月1日。

② 许纪霖等:《近代中国知识分子的公共交往》,上海人民出版社2008年版,第10页。

权威的宫廷，画家们只能非此即彼地依靠一种势力进行绘画，一直到1648年勒布伦“在巴黎创办了研究艺术的学院，艺术学院的建立，吸引了大批画家的加入，成为一个与行会相对抗的实体”①。这种仰赖于沙龙机制独立学院的成立，为当时的画家自由创作提供了良好的条件，使其能够依托自身的社会角色和文化身份，而不是在行会和宫廷的束缚下进行艺术创作。沙龙可以说是自由派知识分子抵抗社会挤压的一种聚合形式，其精神的实质就是有关文学与艺术的自由对话场所。

文艺沙龙作为一种较具私密性的文学交流和文人聚结的空间，它比文学杂志、文学副刊等公共媒体更能形成有机、稳定和紧密的文学共同体②。京派作家选择文学沙龙这种聚合方式并非偶然，其实质是沙龙自由对话的品格与京派作家内在人格和观念的同构性所果。京派作家的学院身份和学术品格与诞生于巴黎学院派的文学沙龙天生亲近，作为一种具有浓厚贵族色彩的文人聚合方式，沙龙最初的功能是服务于法兰西学院，它最初是法国巴黎学院派人士聚集商讨学院人选换届的小型活动，之后随着参与人数的增加其担当的文化社交功能逐渐分化，并逐渐衍变为三种性质不同的方式：一种名之为贵族沙龙，多为名流为了维持和巩固贵族之间的关系而举行的定期聚会，这类沙龙多由贵族经营；另一类沙龙就是综合性的沙龙，在这样的沙龙中人们可以任意从事各种活动，包括贵族所感兴趣的政治问题；最后一类则是专门从事文化活动的文艺沙龙，如奥贝依·德·奈维尔夫人的沙龙及其附属的星期三晚餐会，这类沙龙无形中聚集了一批艺术创造者，他们在沙龙里吟诗、作画或者进行其他的文学艺术活动，其中第三种沙龙对京派作家的影响最为直接。

在当时的欧美文坛，对京派作家影响深远的莫过于布鲁姆斯伯里集团。1910年，莫莉·麦卡锡在整理友人的名单时，造出了“布鲁姆斯伯里集团”③（Bloomsbury Group）一词④。作为文化团体出现的布鲁姆斯伯里集团，其成员构成极具代表性。核心成员由当时英国文学界、艺术界的精英构成：弗吉尼亚·伍尔夫（Adeline Virginia Woolf）是著名女作家和优秀评论

---

① ［英］诺曼·布列逊：《语词与图像：旧王朝时期的法国绘画》，王之光译，浙江摄影出版社2001年版，第31—32页。

② 旷新年：《1928：革命文学》，山东教育出版社2002年版，第259页。

③ 布鲁姆斯伯里（Bloomsbury）原是英国伦敦著名文化街区的名称，因著名文学家弗吉尼亚·伍尔夫姐妹俩人居住在此并定期于其居所内举行小团体的文化沙龙，故而沙龙以此命名。其成员包括了当时英国著名的文化人艾略特、福斯特、凯恩斯等人。

④ ［加］罗森鲍姆编：《岁月与海浪》，徐冰译，江苏教育出版社2006年版，第2页。

家,福斯特是著名的小说家和评论家,利顿·斯特雷奇(Lytton Strachey)是英国著名的传记学家,艾略特是英美著名诗人,克莱夫·贝尔是美学家、艺术批评家,罗杰·弗莱(Roger Fry)是著名的画家、艺术批评家,伦纳德·伍尔夫(Leonard Woolf)是英国著名文人、出版家、政界人士和国际活动家,凯恩斯(John Maynard Keynes)是著名经济学家,罗素(Bertrand Arthur William Russell)是20世纪影响深远的哲学家、思想家。它已经超越了传统意义的文学社团,而是融合了当时英国的众多文化精英,包含了文学、美学、艺术、经济、哲学诸多领域的翘楚。

该集团的聚会始于1904年。从瓦奈萨(Vanessa Bell)和弗吉尼亚姐妹搬至布鲁姆斯伯里的戈登广场46号,她们的兄弟索比·斯蒂芬把他剑桥的同窗带到家中进行每周四固定的聚谈开始,至40年代布鲁姆斯伯里人物星散,持续了近半个世纪。正是这个持续四十余年的现代文人聚合形式,为欧洲文坛乃至世界文坛提供了持续不断的艺术滋养。布鲁姆斯伯里第二代成员昆汀·贝尔(Quentin Bell)是这样描述的:"实际上,比起拉斐尔前派兄弟会、'灵魂派'甚至印象派,布鲁姆斯伯里几乎可以说是组织松散的,思想意识上也没有什么统一性。它没有会员资格的形式、没有规章、没有领导者,也很难说对艺术、文学政治有什么一致的观点。尽管我相信他们有共同的生活态度,相互之间以友谊相联结,但它更像是一群朋友那样随意聚散的松散的团体。"①伦纳德·伍尔夫(Leonard Woolf)在描述和布鲁姆斯伯里集团相交义的剑桥文化社团"使徒社"时曾将之形象地称作"太阳系",如果用这个比喻来形容布鲁姆斯伯里显然也同样合适:斯蒂芬家的三兄妹是太阳,哥哥索比·斯蒂芬1906年因病去世后,弗吉尼亚姐妹就成为布鲁姆斯伯里聚会的当然主角,而利顿·斯特雷奇、梅纳德·凯恩斯、克莱夫·贝尔、罗杰·弗莱等核心成员都属于行星,离中心越远的关系就越疏远,至于更边缘的成员"不规则地在这个知识分子的友情太阳系中出出进进"②的就是彗星了。

值得一提的是,学院化是布鲁姆斯伯里集团的一个鲜明特色。在布鲁姆斯伯里聚会中,除了弗吉尼亚姐妹,其余的男性成员大都毕业于英国最好的公立学校,大学在剑桥的王家学院或三一学院就读,受过良好教育。而弗吉尼亚姐妹出身于斯蒂芬家族的书香门第世家,其父莱斯利·斯蒂芬(Leslie Stephen)是赫赫有名的作家和艺术评论家,家中藏书颇丰,因此姐妹俩尽管没读大学却也能自学成才。这种现代的文人聚合方式对留学欧美的

① [英]昆汀·贝尔:《隐秘的火焰》,季进译,江苏教育出版社2006年版,第6页。

② Leonard Woolf, *An Autobiography: Volume 1: 1880–1911*, Oxford University Press, 1980, p. 109.

京派作家具有深深的感召力。

梁宗岱和朱光潜分别于1932年和1933年留学归来任教于北京大学，二人西方文论学养深厚，留学期间对欧洲尤其是法国的沙龙文化艳羡不已，朱光潜在《中国文坛缺乏什么?》一文中曾把英国的"Bloomsbury Group 和法国的 Nouvelle Revue Francaise 称为地道的文人派"。[①] 梁宗岱也在其《保罗哇莱荔评传》中直接表达出沙龙对文学的培育作用，这种异域文化的视野是朱光潜、梁宗岱躬身实践沙龙的重要前提。

文艺类的沙龙通常有一位具有号召力的女主人作为核心，与巴黎沙龙相同，布鲁姆斯伯里集团的主人是瓦奈萨和弗吉尼亚两姐妹，她们定期召集成员就一些文艺问题进行辩论和探讨，沙龙具有很强的小众性。成员群体的形成带有较为稳固的特征，"参加到这样一个圈子里来，就好像进入法兰西学院一样，颇为不易"。[②] 若是没有特殊的情况，参加沙龙聚会的几乎都是固定的客人，而要参加到这样的一个小圈子中来，定要有对文学、艺术独到的见解和非凡的成就。这样一个有关文学艺术的小型团体一经形成就对文学生产和文化建设起到特殊的作用，在沙龙中人们就有关文学问题进行集中的辩论和探讨，并且最终形成相近的观点，"自由生发、自由讨论"之后的观点较之盲目舶来的理论其内在的凝聚力和黏合力不可同日而语。

沙龙这种带有明显学院品格的文人聚集方式对一部分留学欧洲的京派作家具有强大的吸引力，正是他们(朱光潜、林徽因等人)将欧洲的文学沙龙、聚餐会等"洋茶会"带入到中国，将沙龙自由言说的精神实质贯彻到北平文坛中，可以说正是文学沙龙所孕育的自由品格赋予了京派作家最为契合的活动方式，经过在文学沙龙中的唇枪舌剑，京派作家以一种学院风格的标尺取得了有关创作态度的相近性，从而较之纲领明确的社团更具内敛而持久的聚合力，京派作家这种非意识形态、非商业利益诱发而学术色彩、文化气息浓厚品格的养成，与其文学沙龙、聚餐会等活动方式之间具有隐蔽却坚实的内在关系。

"沙龙里的批评，小团体的批评，其趋势是变成派别的批评"。[③] 其精神实质是知识分子自我言说的自由表达。文学沙龙在扰攘的社会环境中为具有自由品格的知识分子辟出一块独立空间，使他们可以远离商业庸俗化和

① 朱光潜:《中国文坛缺乏什么》，载《朱光潜全集》第8卷，安徽教育出版社1996年版，第474页。

② [法]克里斯托夫·普罗夏松:《巴黎1900——历史文化散论》，王殿忠译，广西师范大学出版社2005年版，第199页。

③ [法]蒂博代:《六说文学批评》，赵坚译，生活·读书·新知三联书店1989年版，第5页。

政治庸俗化的侵蚀，这种文人聚合方式对力图耕种"自己的园地"的京派作家来说其诱惑力可谓强矣。

现代文人的雅集并非始于京派作家。文学研究会的诞生地就在当时文人墨客喜去的来今雨轩，之后胡适、徐志摩等人发起的新月俱乐部也带有文人雅集的色彩，但真正得沙龙文化精粹并与文学写作相得益彰的沙龙活动则非京派作家莫属。

作为留学法国的现代作家，李金发较早注意到沙龙这种文人聚合方式对文学生产的特殊促进作用，在介绍法国文艺客厅的文章中，他说沙龙"这种风气是非常有趣，值得提倡的，当代的作家，可以时常会面，联络感情，得切磋琢磨的益处，讨论问题，演讲，游艺，甚至组织政党，新近的作家可以有机会认识几个老前辈，不至埋没人才"。① 他不但认识到了沙龙中自由氛围对作家写作的烘焙效果，还尤其提到了文学沙龙对青年作家创作的提携和鼓励作用。

另一名留学法国的诗人兼理论家梁宗岱在其文章中更是直接表现出了对文学沙龙的倾慕，他直接将巴黎罗马街五号的文学沙龙称为"法国文学史的美谈"。② 甚至用自己的想象勾画了当时文艺沙龙的场面，"每星期二晚上，巴黎罗马街五号的住宅里，聚集着一班青年——当时及现代尚存的法国及欧洲文坛上许多显赫的名字。一灯荧然，在卷烟缭绕的重重薄雾中，马拉美对他们柔声低谈艺术上底各种问题。这班青年诗人都把他底话像金津玉液般饮了，灌溉出来的便是日后绚烂的象征之花。"③梁宗岱注意到保罗·梵乐希(即瓦雷里)正是在步入罗马街五号这个沙龙之后，才开始陆续在《角号》上发表以《水仙辞》为代表的诗歌的。对于一个渴望步入文学殿堂的青年诗人来说，文学沙龙这个神奇的场所始终散发着诱惑的光华，恰如京派诗人冯至所说，巴黎的沙龙是"文学艺术的孕育者"。朱光潜、梁宗岱、林徽因等几位京派文学沙龙的创建者和主办者都曾留学欧美，留学期间他们或曾经亲身参加或间接感受欧洲文学的沙龙，对异域文化中的文艺沙龙这种文学活动方式分外敬仰，回到北平之后，学院林立的文化古城静穆的文化气氛和不断壮大的作家群体为京派沙龙的举办奏好了前曲，于是他们摩拳擦掌、跃跃欲试地开始经营起了自己的文学沙龙。

在京派文学沙龙之前，一个值得注意的北平作家群体就是"苦雨斋"文

---

① 李金发：《法国的文艺客厅》，《人间世》1934 年 12 月 20 日。
② 梁宗岱：《保罗哇莱荔评传》，《小说月报》1928 年第 1 号。
③ 梁宗岱：《保罗哇莱荔评传》，《小说月报》1928 年第 1 号。

人圈。这个文人小圈子以周作人为核心，包括周氏的私淑弟子俞平伯、废名以及冯至、梁遇春等人。1926年北伐失败后，北京的政治空气愈发紧张，一批文人南下避难，造成了一时北平文学界、文化界的空巢。1928年开始，留守北平的作家渐渐团聚于五四宿将周作人的周围，为荒芜的北平文坛保存了一丝人脉。这些留在北平或随后赶到的作家或是大学教师，或是学院学生，相对靠近的文学趣味将他们慢慢聚拢起来，不定期地在周作人的"苦雨斋"里雅集阔论。"苦雨斋"文人的这种聚会带有明显的士大夫情致和传统文人情调，与后来几年出现的京派文学沙龙风格迥异。

京派文学圈中最负盛名的两大沙龙就是"太太的客厅"与"慈慧殿三号的读诗会"，前者的发起人是林徽因，后者则是朱光潜和梁宗岱。在这样的文化活动中，一批中国现代的自由知识分子积极参与了中国现代文化和城市精神的建构，其孕育的文化精神多年后还留存在人们的心里。① 有关"太太的客厅"描述和研究不鲜见，20世纪40年代钱钟书在其小说集《人·兽·鬼》中还有文章专门影射此事。相对于朱光潜、梁宗岱发起的读诗会，"太太的客厅"似乎包含了沙龙的全部构件。"太太的客厅"设置在具有多重文化身份的林徽因、梁思成家中，林徽因在英国期间曾深受英伦布鲁姆斯伯里(Bloomsbury)文学沙龙的影响，在其回到北平后即创办了"太太的客厅"。作为沙龙重要的元素，机智、高贵的女主人必不可少，女主人的才智、情趣和品格是一个沙龙最为鲜明的标记牌，它决定着沙龙是否具有强大的诱惑力来吸引才华横溢的作家、学者携带着他们的新锐观点在每周定期时间走进文学沙龙，因沙龙女主人特殊吸引力的强大作用，"太太的客厅"借此成名。林徽因在京派作家群体中著作不多，但篇篇珠玑，尤其是小说《九十九度中》更显示出京派作家在接受及消化同时代西方文学先锋写作手法方面的超强能力。林徽因曾游历英、法，具有良好的外文修养，思维敏捷，参加过"太太的客厅"的沙龙成员莫不对其凌厉的话锋、独到的思想留有深刻的印象，她从"诙谐的轶事到敏锐的分析，从明智的忠告到突发的愤怒，从发狂的热情到深刻的蔑视，几乎无所不包，她总是聚会的中心和领袖人物，当她侃侃而谈的时候，爱慕者们总是为她那天马行空般的灵感所迸发出来的精辟警句而倾倒。"②

林徽因经常是在文学刊物上看到有关的新人之后，即写信请他参加这

① 文学武：《京派文学与中国现代都市文化空间》，《上海交通大学学报》2011年第1期。

② 费慰梅：《回忆林徽因——为〈林徽因〉文集而作》，载《林徽因》，人民文学出版社1992年版，第333页。

个梁家客厅的沙龙，萧乾、李健吾、卞之琳等人都是如此。李健吾在发表了论文《包法利夫人》之后即收到林徽因的长信约他到林家见面。在文艺沙龙里，新、老作家就有关文学问题经常是任性而谈，在多人著作中屡有提及的有关林徽因和梁宗岱就梁诗的争辩，充分体现了这种自由辩论的风气。沙龙女主人确立的自由而发的沙龙氛围强化了京派知识分子的自由品格，沙龙以一种学理为主，属于知识分子内部的方式，使得京派这个看似松散的写作团体具有内在聚合力，这种聚合力量是学院气质的、文学的、由内而外流淌出来的。

"太太的客厅"是一种任性而谈、冲淡自然的茶话会，而朱光潜、梁宗岱等人发起的读诗会则带有鲜明的文学试验性和学术气息。1935年秋，《大公报·文艺》副刊特辟刊中刊《诗特刊》来增强对新诗问题的讨论，其作者均以北平诗人、学者为主，朱光潜在北海后门慈慧殿三号的居所发起的"读诗会"深化了对新诗诸多问题的探讨，更是将京派文人北大、清华两校学生为主体的诗人和学者聚合起来，也使得一个新的诗人群体在新月派诗人星散后再度集结于北平。读诗会的地点——北京大学附近的慈慧殿三号，先是由朱光潜和梁宗岱共同居住，后梁宗岱因故离开北平，朱光潜成了慈慧殿三号贯穿始终的主人。

不仅如此，选择读诗会这种特定的活动方式也是朱光潜和梁宗岱深入考虑的结果。中国现代新诗的发展经过了一个辗转的过程。五四时期胡适等人以"自然音节论"和"诗体大解放"的主张将诗歌音乐性的文体特征降至次要位置，这种"散文化""直露化""口语化"的倾向在解放了现代诗歌的同时，也使现代新诗向非诗化、反诗化的方向缓坡滑行，对此梁宗岱曾批评过，"我们的新诗提倡者把这运动看成一场革命……所谓'建设明了的通俗和社会文学'，所谓'有什么话说什么话'，——不仅仅是反旧诗的，简直是反诗的；不仅是对旧诗流弊之洗刷与革除，简直是把一切纯粹永久的诗的真元全盘误解和抹煞了。"①朱光潜也在《诗论》附录中做专文予以矫正，文章标题为《替诗的音律辩护——读胡适的〈白话文学史〉后的意见》，赫然将诗歌的音乐性提到了一个醒目的位置，文中作家着重批驳了胡适"作诗如说话"的标准，将诗歌语言的音韵性定义为诗歌文体的本质性特征，他区分道："就形式说，散文的节奏是直率的无规律的，诗的节奏是低回往复有规律的；就实质说，散文宜于叙事说理，诗宜于歌咏性情，流露兴趣。要明白诗和散文的分别，须先明白情趣和事理的分别。事理是直截了当，一往无余

---

① 梁宗岱：《新诗底十字路口》，《大公报·文艺》1935年11月8日。

的;情趣是低回往复,缠绵不尽的。直截了当的事理宜用叙述的语气,缠绵不尽的情趣宜用惊叹的语气。在叙述中事尽于辞,理尽于言;在惊叹语中语言只是情感的缩写字,情溢于辞,所以读者可凭想象而见出弦外之响。这是散文与诗的根本分别。"①

朱光潜、梁宗岱等人发起的慈慧殿三号读诗会就是有关现代诗歌音乐性一个积极有益的实验。在读诗会最兴盛的1935年,朱光潜创作了对话体的诗论文章《诗的实质与形式》,文中虚拟了四个人物"秦希、鲁亮生、褚广建、孟时"的对话,四个人的复调和对话即代表朱光潜本人对诗歌实质与形式的不同思考,褚广建谐音朱光潜、孟时谐音孟实(朱光潜字孟实)。朱光潜非常重视诗的声律,在《诗论》中有专门的论述,而且对于中国诗歌史的叙述,也主要是从声律演化的角度进行的。他认为诗和音乐一样,生命全在节奏,而诗的节奏不同于音乐的地方是,音乐只有纯形式的节奏,没有语言的节奏,而诗则两者兼有。诗的节奏不同于散文的地方是低回往复遵守规律的,散文则直率流畅,无规律可循,诗的节奏最直接地表现了诗人的情感状态,文字意义倒在其次。朱光潜的这样一种诗学形式观,主导了读诗会对诗歌形式的讨论,梁宗岱、罗念生、叶公超、卞之琳等人,在这样一个基本理论框架下作了具体细致的思考。他们经常争论的热点是关于诗歌内容形式的关系,诗歌形式因素的处理问题,包括诗歌的节奏、韵律、诗歌用字的音色等,这是围绕着朱光潜对诗歌形式的认识所进行的讨论。在朱光潜、梁宗岱等人看来,语言及诗歌的音乐性是其区别于散文的本质性特征,"任何散文的东西都不再与之(纯诗)沾边,音乐的延续性,永无定止意义间的关系永远保持着和谐,那么人们便可以把纯诗当成一种存在的事物而加以评论了。"②

叶公超在诗歌的讨论中更加关注诗歌用词的音乐感带来的效果,他认为诗歌中词的发音和其意义之间关联,如果能抓住这种关联,用来表达特定的内容,诗歌的意义传达更为充分。他强调说,一个字的声音与意义在充分传达的时候,是不能分开的,不能各自独立的,诗歌的音义之间有一种彼此象征的关系,但这种关系只能说限于那一个字的例子,换句话说,脱离了意义,这意义包括情感、语气、态度和描述的事物,除了状声词以外,字音只能算是空虚的,无本质的,中国文字里只有极少数的字音孤立着可以说是有一

① 朱光潜:《替诗的音律辩护——读胡适的〈白话文学史〉后的意见》,载《朱光潜全集》第3卷,安徽教育出版社1996年版,第225页。

② 瓦雷里:《论纯诗》,载《瓦雷里诗歌全集》,葛雷、梁栋译,中国文学出版社1996年版,第303页。

种音色，如坚、固、强、弱之类，但中国文字里同音字太多了，所以不太可能通过字的音色表达特定内涵，如香、乡、镶、湘，按国音读是同音字，代表的东西却很不同。对于新诗概念的匡正，语言和音乐性是重要支撑点。这种对纯诗概念和现代诗歌语言音乐性的探求必然诉诸有关诗歌音乐性的尝试。

而选择“诵读”诗歌作为沙龙的活动方式也是深有原因。诵读是中国诗歌一个赓续千年的传统，早在《尚书·尧典》中就有过“诗言志，歌永言，声依永，律和声”的记载，诗歌作为一种富于音乐感的文体，与诵读的关系非常紧密。东汉末年佛教文化传入我国之后，汉语开始逐渐形成自己的音韵体系。及至齐梁时期，今诗代替乐府，诗人开始转而求诸诗歌本身的音乐性，此时汉语相对完备的音韵知识用于诗歌写作中直接促成了“近体”格律诗的出现，汉语语言的音韵功能经过诗歌的吟诵，其本身具备的抑扬、顿挫、疾徐、轻重得到了有效的传达。五四新文化运动以来，有关诗歌的朗诵和阅读成为旧体诗歌的一个附属品遭到了厌弃，“从此国文教师都不敢在教师里吟诵古文，怕人笑话，怕人笑话他落伍，学生自然也就有了成见。”[①]白话新诗不仅冲破了旧体诗歌的枷锁，而且大大削弱了汉语诗歌音乐性所带来的美感，想要重新审视现代诗语言的音韵和节奏，读诗无疑是一个有效的途径。在京派作家进行读诗会之前，也曾经有人做过类似的努力，“最早提倡读诗会的是朱湘先生，那是在民国十五年”[②]，此后真正将读诗会组织起来并对创作发生实际影响的则是朱光潜和梁宗岱。

读诗会的发起人同样受到西方文化的影响。西方诗歌的发展历史同样与音乐有深刻的关系，甚至“可以和中文诗参照互证”。[③] 在欧洲中世纪就出现了行吟诗人，他们且行且吟，“依附一种很俭朴的乐调”[④]进行朗诵。欧洲的诗歌发展到了十四世纪，与音乐的亲密关系开始疏远，像中国诗歌脱离乐府曲调之后一样，欧洲诗人也由此开始向内寻求诗歌本身的音乐性元素，其代表诗人是雨果和丁尼生。在西方诗歌继续发展的进程中，诵诗仍然起着积极的作用。戏剧学校里诵诗是学生修习的必须课程，甚至在法国由于戏剧学校众多诵诗标准不一，还将国家戏剧院的诵诗方法设定为通行法则。除却戏剧学校之外，在欧洲还有很多私人诵诗的团体，这些团体带有文艺沙

① 朱自清：《论朗读》，载《朱自清古典文学论文集》，上海古籍出版社 1980 年版，第 153 页。
② 朱自清：《论朗读》，载《朱自清古典文学论文集》，上海古籍出版社 1980 年版，第 152 页。
③ 朱光潜：《替诗的音律辩护——读胡适的〈白话文学史〉后的意见》，载《朱光潜全集》第 3 卷，安徽教育出版社 1996 年版，第 244 页。
④ 朱光潜：《替诗的音律辩护——读胡适的〈白话文学史〉后的意见》，载《朱光潜全集》第 3 卷，安徽教育出版社 1996 年版，第 244 页。

龙的性质，较为著名的是“诗人蒙罗（Harold Monro）在世时，每逢礼拜四晚邀请英国诗人到他家在伦敦所开的‘诗歌书店’里的朗诵会”。① 西方诗人这种诵诗沙龙对重视诗歌音韵和节奏的朱光潜等人影响很大，在他们看来“诵诗的技艺到精微处有云行天空卷舒自如之妙”。② 朱光潜在欧洲留学多年，对欧美知识群体的生活方式自然十分了然，他说：“我在伦敦时，大英博物馆附近有个书店专门卖诗，这个书店的老板组织一个朗诵会，每逢周四为例会，当时听的人有四五十人。我也去听，觉得这种朗诵会好，诗要能朗诵才是好诗，有音节，有节奏，所以到北京也搞起了诗朗诵会。”③正是这种对诗歌诵读价值的认定启发了朱光潜等人，并且成为他们开始读诗沙龙的重要动因。

京派作家有关慈慧殿三号直接记述并不多，卞之琳曾经说过“他（朱光潜）家不记得从什么时候开始其逐渐成了北平文艺小圈子中的一个无形的沙龙”④。有关这个沙龙记录最详细的莫过于沈从文，他说：“这些人或曾在读诗会上作过有关诗的谈话，或者曾经把新诗、旧诗、外国诗当众诵过、读过、说过、哼过。大家兴致集中的一件事，就是新诗在诵读上，究竟有无成功的可能？新诗在诵读上已经得到多少成功？新诗究竟能否诵读？差不多集中所有北方新诗作者和关心者于一处，这个集会可以说是难得的。”⑤当时参加者概况及情态在沈从文的这篇文章中也有生动的记述和描绘，“长于填词唱曲俞平伯先生，最明了中国语体文字性能的朱自清先生，善法文诗的梁宗岱先生，李健吾先生，习德文诗的冯至先生，对英文诗富有研究的叶公超、孙大雨、罗念生、周煦良、朱光潜、林徽因诸先生，都轮流读过些诗。朱、周二先生且用安徽腔吟诵过几回新诗旧诗，俞先生还用浙江腔、林徽因先生还用福建土腔同样读过一些诗……多数多者来读他自己的诗；轻轻的读，环境又适宜，因作者诵读的声容情感，很可以增加一点好处”。⑥ 读诗会汇集了当时北平学院圈子中的一大批重要作家理论家，他们一方面借助外国语言、中国地方方言通过吟诵的方式探求现代诗歌语言发展的路径，试图借他山之石以攻新诗语言之玉；另一方面从新诗本身的诵读着眼，探求新诗语言

① 朱光潜：《诗论》，载《朱光潜全集》第3卷，安徽教育出版社1996年版，第134页。
② 朱光潜：《诗论》，载《朱光潜全集》第3卷，安徽教育出版社1996年版，第134页。
③ 商金林：《朱光潜与中国现代文学》，安徽教育出版社1995年版，第15页。
④ 卞之琳：《追忆邵洵美和一场文学小论争》，载《卞之琳文集》中卷，安徽教育出版社2002年版，第223页。
⑤ 沈从文：《谈朗诵诗》，载《沈从文文集》第11卷，花城出版社1982年版，第251页。
⑥ 沈从文：《谈朗诵诗》，载《沈从文文集》第11卷，花城出版社1982年版，第251页。

诵读的可能性及前景。这种带有鲜明学院色彩的诗歌实验手段和方法在20世纪30年代北平诗坛作用非凡,读诗会以带有学理的感性方式给当时从事现代诗歌创作的作家提供了诗歌语言音乐性的试验场地,在具体的诵读情境中将诗歌语言的文体特质显现出来,提醒作家在进行新诗写作时对诗歌文体语言纯净度、节奏感、韵律的重视。

读诗会启发了何其芳、卞之琳等新一代京派诗人的创作,他们或隐或显地受到了这种对现代诗歌音乐性的影响,"在引进西方自由体之外,探索新格律体"。[①] 这种实际的创作与读诗会互相映照,共同完成了北平京派诗人对现代纯诗的努力和探索。

除"太太的客厅"和"慈慧殿三号读诗会"之外,北平京派文人还有茶会、聚餐会等聚合方式,其中最具代表性的莫过于沈从文、萧乾等人发起的《大公报·文艺副刊》茶会。从1933年起,《大公报·文艺》编辑沈从文、杨振声、萧乾,大致每月宴请北平作者一次,请他们为编辑献计,并向他们约稿,开展文艺讨论和策划。《大公报·文艺》是京派存在时间最长的刊物,是京派最为重要的阵地之一,其围绕杂志进行的大量文学活动即是通过来今雨轩茶会、丰泽园聚餐会完成。据陶希圣回忆,《大公报》能红极一时,除张季鸾等能游刃有余周旋于政界衮衮诸公,为报纸开创了新闻信息的源泉,还因他非常重视与学界中人的交往,为报纸公众舆论形成,联络了一批最优秀的作者。[②] "《大公报》在张季鸾先生的主持之下,不但提供园地供平津学界发表东西,而张季鸾先生对于学界的人,周旋交往,亲切诚实。教书先生没有别的,要礼貌,而他的礼貌够;要诚意,而他的诚意够。这样一来,学界的人愿意跟他来往,他是以'温良恭俭让'与平津学界的人来往。当日平津国立或私立(如南开)大学教授待遇很高,不大在乎稿费,但稿费要礼貌作陪衬,才可得人喜欢。张季鸾先生约请北大和南开的教授写星期专论,四十块银元一篇,而礼貌更加隆重。西安事变发生后,我写了一篇文章给他,正要发表的头一天,委员长出了险,他把校样打好寄给我,那是我生平最好的一篇文章,却又没有发表,稿费是拿到了。他不但交往学界,而且留心学界的人。……这一边是新闻界,一个《大公报》,另一边是学界,像北大、清华、燕京和南开各公私立大学,他从中联络。"[③]

---

① 卞之琳:《追忆李健吾的快马》,载《卞之琳文集》中卷,安徽教育出版社2002年版,第248页。

② 许纪霖等:《近代中国知识分子的公共交往(1895—1949)》,上海人民出版社2008年版,第332页。

③ 陶希圣:《遨游于公卿之间的张季鸾先生》,台北:《传记文学》1977年第6期。

每种文学聚合形态必备的元素就是核心人物，沈从文即是大公报文艺副刊聚餐会中的灵魂人物。沈从文作为京派创作和文学主张的核心成员，他的聚餐会吸引了平津两地诸多作家、学者和青年学生参与。对于当年聚会的参加者，萧乾回忆道："1935 年我接手编《大公报·文艺》时，每个月必从天津来北京，到来今雨轩请一次茶会，由杨振声、沈从文二位主持。如果把与会者名单开列一下，每次三十至四十人，倒真像个京派文人俱乐部。每次必到的有朱光潜、梁宗岱、卞之琳、李广田、林徽因及梁思成、巴金、靳以（但不久他们二人赴沪了……）。还有冯至，他应是京派的中坚。"①作家王西彦在回忆沈从文的文章中则有更细致的描述："除了去拜访他，当时还有另一种见面聚谈的方式，就是由从文先生发通知邀约我们一些年轻人到公园喝茶。我们常去的地方，是中山公园（即中央公园）的来今雨轩，还有北海公园的漪澜堂和五龙亭。大概是每隔一两个月就聚会一次，所约的人也并无完全相同，但每次都是从文先生亲自写简短的通知信，且无例外地归他付钱做东。大家先先后后地到了，就那么随随便便地坐了下来，很自然形成了一个以沈从文先生为中心的局面。可是交谈的时候，你一句，我一句，并不像是从文先生在主持什么会议，因而既没有一定的议题，谈话的内容虽大致以文学和写作为主，也可以旁及其他，如时局和人生问题，等等。时间也没有规定，每次总两三个小时的样子。完全是一种漫谈式的聚会，目的似乎只在联络联络感情、喝喝茶、吃吃点心，看看树木和潮水，呼吸呼吸新鲜空气。"而值得一提的是，《大公报·文艺》副刊对新文学具有重要影响的若干事件，都是相关成员在茶会上，畅谈乃至促使事情最终得以完成。其中最为代表性的事件为：一是 1936 年春，林徽因受萧乾所托选编《大公报文艺丛刊小说选》；二为纪念《大公报·文艺副刊》创办十周年，由萧乾组织协调的大公报文艺奖评选。可以说，京派作家的茶会、聚餐会等聚合形式，并不止于畅谈，还将对谈转化为实际的文学写作，对新文学的发展具有影响和意义。

京派作家学院品格的养成与北平独特的城市形态密切相关，"实际上，现代文学之所以成为'现代'文学，除却精神状态的'现代'之外，离不开物质状态的'现代'转换。可以想象，没有都市文化（包括出版、报馆、校园文化、现代建筑、公园、咖啡馆等），没有大学体制对现代知识的传播和对学生的培养，现代文学能否出现将是一个很大的问题。"②

① 萧乾：《致严家炎》，载《萧乾文集》第十卷，浙江文艺出版社 1998 年版，第 406 页。

② 程光炜：《文人集团与中国现当代文学》，人民文学出版社 2005 年版，第 8 页。

第二节　京派作家的写作姿态

学院作家以传递和接受人文知识作为职业的核心要素，这种专业研究和修习是“学术性的，因为它深深植根于文化和理想主义的土壤”。[①] 大学从本质上来讲，不同于以职业教育为目的的专科学校，而是研究学术和传授学术为根本目标的专业场所，它的职能便是整理获取知识，以研究的方式进行筛选并将人类自然科学和人文科学中的有价值信息不断经典化并且将其系统化地保存，同时以知识传递的形式使之不断传承赓续，从而完成大学的另一个重要的功能——教书育人。正如韦伯在论述学术价值中说到的：大学是“以适当的方式呈现学术问题，而使一个未曾学而能学的心灵”。[②] 京派作家在履行自己首要文化身份的责任时，这种职业上的特点潜移默化地渗透到其创作中，在一定程度上为其创作打上了迥异于职业作家和意识形态作家的特殊标记——学院品格，这是京派作家在已有成果论及的乡土风、贵族性之外一个更加隐蔽却更为本质的特征，正是以这种学院品格为支撑的创作形态使其在吸收西方文艺理论的取向、文学审美观念以及文体选择上显示出稳健、理性等特质，可以这样说正是大学教师和学生的文化身份养成了京派作家冲淡而执着、恬静中有坚守的创作态度和“纯正”的文学趣味，学院品格就是这种态度养成的一个重要结构性特征。

一、文化古城：京派作家写作的城市空间

大革命失败之后，中国的知识分子经历了一次沉重的情感颠簸，资产阶级的系列方案无法拯救岌岌可危的老旧中国，一批知识分子开始从政治意识形态中脱身而出，转而从知识分子的本体文化力量上寻求新的生存支点，尤其是在王国维开启的艺术理想和蔡元培的教育理想观念影响之下，他们开始探索从文学和教育的两种路径来实现现代中国的全面振兴。现代大学的建立和发展为知识分子提供了新的空间，知识分子在大学内通过具有自足性的知识教育观念的普及完成自我存在和价值的认证，在文学的审美主义之外，以美学教育的新思想探求中国社会发展的良方，在这个角度上，京派作家的学院文化身份可以说是文学与教育双重探求的结果。

---

① ［美］亚伯拉罕·弗莱克斯纳：《现代大学论——英美德大学研究》，徐辉、陈晓菲译，浙江教育出版社 2001 年版，第 5 页。

② ［德］韦伯：《学术与政治》，钱永祥译，广西师范大学出版社 2004 年版，第 160 页。

创作姿态是作家写作的基本状貌,写作在京派作家的全部人生中究竟承担了怎样的意义和价值?率先批评遥遥相望的海派文学家们的创作目的何在?在他们眼中理想的文学写作姿态是什么?京派作家的文化身份如何影响着他们的写作姿态、这种边缘性的姿态在30年代的文坛又具有何种结构意义?在梳理和回答上述问题的过程中,我们才能够厘清京派作家的学院品格在其写作姿态中是如何显现和强化的,这种写作姿态与地处经济文化中心的上海作家写作是如何构成两个轴点,进而从不同的角度影响了新文学的发展。

大学作为京派作家栖身的物质和精神的双重庇护地,坚实的物质保障和自由的制度保障为他们营造了从容的创作心态,其中物质的优裕自是第一。作家的生存状态对文学生产的方式和形态具有很大的规定性,学院作家之所以能够具有宁静、超脱的写作风格,与其稳定的生活状态关系密切。提及文化古城时期的京派作家,经济的宽裕是首先要论及的,这种经济上的优裕不仅带来了生存的从容,更重要的是京派作家们可以安心学术,从容创作,除却文学观念和创作理念的影响,其创作的作品由于文学生产方式的影响也带有较淡的商业化色彩,这与当时的海派作家受制于读者和市场的写作形态是完全不同的。

文化古城时期北平的生活成本并不高,“保姆月薪3—6元;厨师8—12元;拉包车的车夫16—20元;小学教师约100元。1元(现大洋)折合铜元为230枚,而一斤猪五花肉为30大枚,黄金每两105元,老妈子工资最低3元,也要合一克黄金价值。”①至于具体薪资,“一等科员则要100元,一般公私立中学教员月薪约一百几十元”。② “一个四口之家每个月有二十五到三十元的固定收入,省吃俭用就可以租三间厢房,维持全家的生活了。”③当时,教授的收入在文化古城时期北平的固定收入者中无疑是佼佼者,普通大学教师每月有200元左右的收入,即使是做助教,帮助学者整理材料并兼职,也有一百元左右的收入,以几个具体大学教师工资为例:北京大学的胡适月薪400元、傅斯年400元、马裕藻400元、冯文炳120元、朱光潜400元、梁实秋500元、周作人500元④;清华大学“教授于初聘时月薪为三百元,每服务满两年加薪月薪二十元,有特殊学术成绩者,加月薪40元,教授月薪最高以400元为限,但于任何学科有特殊学术贡献者,得超过此限,加

① 杨东平:《北京和上海的文化精神》,新星出版社2006年版,第101页。

② 顾潮:《我的父亲顾颉刚》,《文汇报》1991年7月24日。

③ 邓云乡:《战前经济生活》,载《文化古城旧事》,河北教育出版社2004年版,第455页。

④ 《北京大学档案》,全宗号一,目录号·案卷号305。

至500元。讲师月薪自一百六十元起，至二百八十元止。教员之月薪最低一百二十元。每服务满两年者，加二十元，至二百元止。助教之月薪，最低八十元，每服务满一年者，加十元，至一百四十元止。”①当时北平大学多而教员少，很多教授都在外兼课，如当时的周作人、叶公超、闻一多、朱自清等人均在本校之外兼课，其收入颇丰。而当时上海复旦大学各科主任的月薪不过一百元，比起北平教授优裕的收入来说，可谓差之远矣。

“那时北平著名学者为数不多，各大学争相聘请，因此一人常兼数校，而且各自支全薪。月薪有一千五百元左右，他们生活盈余，多用于买房，不但自用，而且出租。”同时当时“北平的教授，多有包车、厨子和几个保姆，社交酬酢之多，就是一般大学教书的，也几乎天天有饭局。”②回看当时一些学者和作家的日记，其文化活动主要为茶馆、看电影和京剧，当时一场电影的票价是“开明电影院正面包厢七座四银元，五座三银元，两座一元二角，侧面包厢每位五角，正厅座每个二角，普通座位每个一角”，“京剧票价散座一圆五角，包厢四座八元。”③可见，以大学教师的收入，在当时的北平是完全可以生活优裕从容，不但不为教课所累，而且可以充分享受北平的文化生活。

当时的大学教授所承担的课程任务也不重，以清华大学为例：清华大学教授“授课每周八小时即可”，“至多每周十二小时，或每学年二十四小时”，“教授在外兼课，每星期至多以四小时为限，且所兼课程以在本大学所授课程为限。”④如此轻松的授课量为其进行学术研究和创作提供了充裕的时间和良好的心态，这种大学提供的高待遇和自由时间是京派作家进行学术研究和文学生产的重要前提和保障，也正是这种生存方式决定了京派作家与20世纪30年代海派作家由文学生产方式到创作观念的大不同。

在20世纪30年代中国文坛上，对于作家来讲上海和北平是吸纳力最强的城市。两个城市以截然不同的面貌和元素吸引着创作志向和观念迥异的群体，在作家和城市经过选择、栖身、融合的过程之后，城市的风貌和品格不但影响了作家的生存方式、写作方式，更潜移默化地锻造和雕刻了作家的审美品格和创作理想，进而观念相近的人群汇集到一起，形成了以城市品格为底色的写作风景，恰如杨晦所说：“上海、北京为新旧两大烘炉，入其中者

---

① 《国立清华大学教师服务及待遇规程》，《清华大学一览》1937年。

② 顾潮：《我的父亲顾颉刚》，《文汇报》1991年7月24日。

③ 陈明远：《文化人的经济生活》，文汇出版社2005年版，第161页。

④ 《国立清华大学教师服务及待遇规程》，《清华大学一览》1937年。

莫不被其熔化。"①列举海派作家的生活和写作费用及标准，恰为京派作家的生存状态添上一个思考的标准，有利于我们在城市比较视野下更加全面精准了解京派作家的生存和写作状态。

较之北平学者和作家生活的从容，海派作家的生活境遇要紧张很多，这与上海整体商业化的城市环境关系很大。"文人在上海，上海社会的支持生活困难，自然不得不影响到文人，于是上海的文人，也像其他各种人一样，要钱。再一层，上海的文人不容易找到副业(也许应该说是"正业")，不但教授没份，甚至连起码的事情都不容易找，于是上海的文人更急迫的要钱。这结果自然是多产，迅速的著书。"②这里的上海作家只是一个笼统的称呼，既包括了左翼作家、《现代》诸人、新感觉派，同样也包括了鸳鸯蝴蝶派作家。

清朝末年科举制度废除之后，一些上海周围的落魄文人和隐逸士大夫因为生计的需要来到了当时的洋场上海，在那里他们开始了具有商业性质的文学写作，这种写作不同于传统文学创作，而是将写作的兴趣点和阅读对象瞄准了城市中审美趣味不高的市民群体，并将这种文学创作规模不断扩大，进而在上海形成了一个身份群体——鸳鸯蝴蝶派作家，这种主要以通俗文学创作换取稿酬的作家群体也成为旧时文人向新式作家转换中的一个新的群落，以商业利润为主要创作动因的文学生产活动对海派作家影响很深，早期成熟的市场机制和商业文化氛围以及上海大量成熟的市民阅读群体共同培育了上海这个新文学最为成熟的市场，形成了一个完整的文学生产、传播、消费的商业链条，成为与五四新文化运动中心北京的启蒙同人刊物风格旨趣大相径庭的文学生产消费场所。北伐失败后，北京的政治空气越加紧张，在文化高压之下，一批作家离京四散。经过几番重整，其中以鲁迅为首的相当一部分作家移师上海，加之上海原有的作家和 1928 年从日本归来的一批年轻作家，上海真正成为了新文学、新文化运动在 20 世纪 30 年代的中心城市。齐聚在上海的作家由于创作观念和审美观念的差异，呈现出纷繁的形态和流派：太阳社、创造社以及后来扩大化的左联作家群；施蛰存《现代》杂志为中心的现代派；刘呐鸥、穆时英等人的新感觉派；标榜"自由主义"的林语堂等人的论语派以及张资平等人的鸳鸯蝴蝶派。这批作家虽然由于政治背景和意识形态的差异，在创作上相似之处甚少，但却在文学生产方式上呈现着惊人的一致性，他们大都是城市中的"边缘人"，是寄居在亭

① 杨晦：《京派与海派》，《杨晦文学论集》，北京大学出版社 1985 年版，第 255 页。

② 苏汶：《文人在上海》，《现代》1933 年第 2 期。

子间里的"写手",稿费是他们主要的生活来源。

以稿费收入划分当时的上海作家大致有几种:首先是鲁迅、郁达夫、田汉、巴金等头等作家,他们月收入可达400元左右,这类作家与当时北平作家的教授工资大致持平,但其文学写作的辛苦程度与北平作家则大有不同。然后便是稍有名气的作家,如夏衍、胡风等人,他们收入一般都能超过200元,尚属于中产阶级的生活。然后便是收入不甚稳定,生活费在100元及以下的作家们,其中包括丁玲、萧红、萧军、叶紫等人,他们大多只能住在亭子间里,与上海的底层市民共处,生活困顿而不安定。① 同时期其他职业的收入大致是:"复旦大学各科主任100元(这种大学教师的收入与当时的北平差距甚大),一般职员40—60元,1927年市立小学教师月薪平均为41.9元,英文打字员25—50元。"②可见,教师地位和收入的地位决定了很多作家难以专靠教书以维持生活,比起不高的大学收入,更多的作家瞄准的是少数成功的作家充足的稿费换来的富裕生活,而在此之前,他们只能蜗居在亭子间里进行摸索性的创作。

这类作家占据当时上海作家人数的主体,因此有人将他们的居住环境类型化并加以概括统称为"亭子间作家"。"一个典型上海作家生活和工作的地方就是所谓的'亭子间',它是典型上海住房中里屋和外屋之间的过道楼梯上的一间小房子,常常是建在厨房的上头。这种房子冬冷夏热,因为通风设备差而常年见不到太阳(窗户是朝北的)。所以一般租金低廉,一个月不到4元钱,二、三个作家可以挤在一个不足十平方米的房间里。"③这些作家经常是在不稳定的生活状态中摇摆,上下波动的收入很难给予他们安静的写作环境和心境,创作并真正将文章发表不仅是他们的精神追求,更加是他们衣食住行的经济来源。因此,文学中的流行元素和商业利益就是他们在创作中不得不考虑的一个重要指标,甚至有的出版社就某些在读者中"成功"的作品进行调查,进而将分析的结构反馈给作家,以至于"这些出于读者之手的文章对作品的分析十分符合当时的'时代精神',既有读者的个人感觉又像参考过的'标准答案'。"④这样经过出版商人、读者的共谋,一个文学的流行标准被生产出来,并且在时代氛围的不断变化中逐渐校甄、调整,作家的创作由于稿费的牵制也不得不将流行元素考虑进来,就连当时早期普罗文学的诸多作家也在诠释革命主张的同时合理掺杂了流行文学的符

① 具体资料参见陈明远:《文化人的经济生活》,文汇出版社2005年版,第164—165页。

② 罗苏文:《石库门:寻常人家》,上海人民出版社1991年版,第50页。

③ 马学新:《上海文化源流词典》,上海社会科学院出版社1992年版,第513页。

④ 叶彤:《新文学传播中的开明书店》,北京大学硕士学位论文。

号,否则单纯、刻板的革命文学很难形成狂飙之势。

亭子间里的海派作家囿于生存环境的限制,难以拥有北平京派作家的从容和自在,其创作风格势必不能呈现一个相对统一的整体风格,而更多地显示出断裂性、盲从的特征,这很重要是由于商业文化对以创作为生的作家巨大的侵蚀作用。除了政治观念、文学观念的差异,北平和上海两地作家创作风格的迥异也明显受到了文人生存方式的巨大影响,这种影响所产生的观念和气质的差异并没有随着作家与城市格局的变化而消弭,而是一直影响至今。

京派作家兼受传统士大夫的精英意识与西方自由主义思想的影响,其创作姿态带有很强的独立性和自足性,这种退避己舍和校园、冷眼观看时代风潮的自尊和超然几乎是京派作家赓续五四精神、远离意识形态和反感于商业文化对文学本质的销蚀的应激反应。当时的一些左翼作家受苏俄的阶级论和拉普文艺观念影响,认为“文学为意德沃罗基的一种,所以文学的社会任务是在于它的组织能力”,而“无产阶级的文学是为完成它主体阶级的历史使命,不是以关照——表现的态度,而是以无产阶级的阶级意识产生出来的一种斗争的文学”①。这种观念论支撑的写作态度注重的是能够完整、准确地诠释“意德沃罗基”的要义,对生活中原始材料的亲近感有所缺失,加之他们对当时俄苏和日本的普罗文学理论尚缺乏系统的认识和理解,多是经过译介,这种创作上的探索引起了包括京派作家在内的其他流派作家的论争,可以说京派作家的独立与超然的写作主张和姿态固然有由内而生的自发原因,同时也有对当时左翼文学创作的一种有意识的填补。

海派作家的商业化写作姿态是 20 世纪 30 年代另一个较为重要的现象。彼时,上海不但是中国的工商业中心,也是中国的出版和发行集散地。大量出版书店和杂志云集上海是这个城市吸引众多作家归趋的强大动力。从 1840 年开埠开始,上海即孕育了中国最早的产业工人群体,并由此诞生了中国最坚实、广阔的市民阶层。如此数量庞大的潜在阅读群体在客观上为城市文学提供了稳定的消费群和阅读群,也可以这样说,摩登的城市氛围和庞大的市民阅读群是 20 世纪初叶海派文学滋生、成长的两大重要元素。与五四时期作家团体的同人性质不同,地处上海深受商业文化影响的 30 年代海派作家的聚合在很大程度上依赖于杂志成功的商业运作。海派作家施蛰存曾经直言不讳地谈到了他与现代书局和《现代》杂志的关系,“‘五四’运动以后,所有的新文化阵营中刊物,差不多都是同人杂志。……我和现代

① 李初梨:《从文学革命到革命文学》,《创造月刊》1928 年第 9 期。

书局的关系，是雇佣关系。他们要办一个刊物，动机完全是起于商业观点。”①杂志的编辑者、书局、作家之间是纯粹的商业关系，而市民读者的趣味决定着杂志的发行数量和生长空间，报刊中作家的自我定位从新文学发生期的启蒙者退居为“朋友”，这种作家身份的更替悄然改变着生成作品的内容和趣味，读者趣味的变化和迁移在相当程度上左右了作家的写作，影响和制约了海派作家写作的主体意识。

值得一提的是，海派作家写作的内容开始将当时社会百态尤其是市井弄堂的俗人俗事引入文中并铺叙缀连，现代都市五光十色的城市幻影和里弄人家的悲欢苦辛逐渐成为作家创作的原始材料，这种为城市新兴群体代言的文本走向是中国社会结构变化震荡的必然结果，作为一个庞大群体的市民阶层诞生后必然要诉诸精神领域，在城市文学和文化中求得一己之位，从这个角度来讲海派从文化归属上可以说是为城市市民阶层代言的。与之相应的是海派作家在写作中的“俗”文学和“俗”文化的底色，市民阅读小说的动因是娱乐和消遣，在海派作家的文本中不求微言大义，但求有声有色，能够吸引更多的人群来购买，趣味和通俗是海派作家在写作中两把不能丢弃的钥匙，而作为学院作家的京派文人在写作观念上却与此有大不同。

京派作家的文化选择与人生选择具有很强的同构性。1930 年前后中国社会处在激烈的震动期，京派知识分子选择了远离政治纷争、退回大学书斋的学院派生活，兼具文化选择和自我建构的姿态。由五四时期的启蒙主义转向学院书斋以求寄情学术的文化心态是京派知识分子减轻时代焦虑的一种合理方式。有感于当时文坛两股势头正劲的创作流派，京派作家体现了一种向内以求自我完善的诉求。在城市选择上，京派作家虽多为南人，却远离当时的政治、经济中心的南京和上海，选择了带有几分荒凉的北方古城北平作为栖居之所，这种对边缘城市的选择本身也寄予了京派作家的一种文学姿态，他们正是看到了北平脱去政治外壳后纯粹了的文化品格与学院林立的大学环境，在这个“自己的园地里”播种着文学的理想并默默垦殖，这种坚忍而淡定的姿态是对 20 世纪 30 年代中国文坛的浮躁、功利之风的无声提醒。

最先提出“耕种自己园地”的是周作人。五四时期，周作人以其鲜明的“为人生”的文学主张来建构新文学的合法性。在其重要的文章《人的文学》《思想革命》中，周作人主张文学之于世道人心的改造功能和启蒙价值，在他执笔的文学研究会的宣言中，明确界说文学是一件严肃的工作，是与人

① 施蛰存:《重印全份〈现代〉引言》，载《现代》(影印本)第 1 卷，上海书店 1984 年版，引言。

生有切要关系的工作。1922年以后，周作人对既有的文学观念进行了调整，他专门作文提到不论是种果蔬也罢，种药材也罢，“只要是本了他个人的自觉，在他认定的无论大小的地面上，用了力量去耕种，便都是尽了他的天职了。”①他尤其强调对泛称人生派的艺术当然是没有什么反对，但是普通所谓人生派是主张“为人生的艺术”的，对于这个却略有一点意见。“为艺术的艺术”将艺术与人生分离，并且将人生附属于艺术，至于如王尔德的提倡人生之艺术化，固然不很妥当；“为人生的艺术”以艺术附属于人生，将艺术当作改造生活的工具而非终极，也何尝不把艺术与人生分离呢？故此其以为艺术当然是人生的，因为他本是我们感情生活的表现，叫他怎能与人生分离？“为人生”——于人生有实利，当然也是艺术本有的一种作用，但并非唯一的职务。总之艺术是独立的，却又原来是人性的，所以既不必使他隔离人生，又不必使他服侍人生，只任他成为浑然的人生的艺术便好了。“为艺术”派以个人为艺术的工匠，“为人生”派以艺术为人生的仆役，现在却以个人为主人，表现情思而成艺术，即为其生活之一部，初不为福利他人而作，而他人接触这艺术，得到一种共鸣与感兴，使其精神生活充实而丰富，又即以为实生活的基本；这是人生的艺术的要点，有独立的艺术美与无形的功利。②

周作人曾引述伏尔泰小说《老实人》中“耕种自己的园地要紧”来表述其文艺观念。在新文学初步取得合法性之后，周作人已经跳脱开先前的角色视野，转而力避五四文学运动时期将文学与人生、艺术捆绑在一起的提法，开始思考以文化生存的方式完成自我的人格化生存。在《文艺上的统一》《文艺上的异物》等文章中周作人坚称“文学是情绪的作品，而著者所能最切迫的感到着的又只有自己的情绪，那么文学以个人为本位，正是当然的事”，“文艺是人生的，不是为人生的，是个人的，因此也即是人类的。”③

“两个鬼”的描述更加真切地还原了周作人的心灵嬗变。在《两个鬼》一文中，周作人直言心头住着两个鬼，一是绅士鬼，二是流氓鬼，绅士鬼让他雍容、温和，远遁俗世，而流氓鬼则让他撒野，关注现实，他兼爱这两种精神，但自己“像一个钟摆在这中间摇着”。20世纪20年代末，追求平淡冲和的内在充盈则成为他的思想主线。1927年，《语丝》杂志被北洋政府查封，重重愤懑郁积于心，他在《谈虎集·序》中说，“我这些小文，大抵有点得罪人

① 仲密（周作人）：《自己的园地》，《晨报副镌》1922年1月22日。
② 仲密（周作人）：《自己的园地》，《晨报副镌》1922年1月22日。
③ 周作人：《文艺上的统一》，载《自己的园地》，河北教育出版社2003年版，第24页。

得罪社会,觉得好像是踏了老虎尾巴,私心不免惴惴,大有色变之虑”。1928 年,时局之动荡,文坛之窘迫使他直言“关起门来努力读书,翻开故纸,与活人对照,死书就变成活书,可以得道,可以养生,岂不懿欤?”这是周作人对流氓鬼精神的一次诀别,此后他不再分裂示人,而是甘心做一个绅士鬼,让之前挣扎与心的隐逸气、绅士气坦然流露。学院是现代知识分子完成价值创造的精神家园,栖身校园、沉湎书斋实践了其立足更为深沉的文化创造,营造精神世界的人生取向。

1934 年,周作人在京派作家的同人刊物《水星》上发表了《〈论语〉小记》,其中更加明确了其对隐者的认同,“我对于这些隐者向来觉得喜欢,现在也仍是这样,他们所说的话大抵都不错。……他有一肚子理想,却便只安分去做个农工,不再来多管,见了那知其不可而为之的人,却是所谓惺惺惜惺惺,好汉惜好汉,想了方法要留住他。看上面各人的言动虽然冷热不同,全都是好意,毫没有‘道不同不相与谋’的意味,孔子的应付也是如此,这是颇有意思的事。外国的隐逸是宗教的,这与中国的截不相同。他们独居沙漠中,绝食苦祷,或牛皮裹身,或革带鞭背,但其目的在于救济灵魂,得遂永生,故其热狂实在与在都市中指挥君民焚烧异端之大主教无以异也。二者相比,似积极与消极大有高下,我却并不一定这样想。对于自救灵魂我不敢赞一辞,若是不惜用强硬手段要去救人家的灵魂,那大可不必,反不如去荷蒉植杖之无害于人了。我从小读《论语》,现在得到的结果,除中庸思想外,乃是一点对于隐者的同情,这恐怕也是出于读经救国论者‘意表之外’的罢?”①

作为新文化运动旗手,周作人这种沉潜对于后来选择北平的作家具有强大的聚合力,其平和冲淡的文人作风和宽容淡泊的文学风格都不知不觉吸引着大批京派作家。不断汇聚的作家群体接纳了周作人的文学观念,在创作中呈现出个性化的写作特征,但在京派的文学世界中,却形成了静穆、和谐、优美、典雅的共同美学理想,流露出一股植根于中国传统而又西化了的名士气。京派早期刊物《骆驼草》,正是在这样的精神轨迹中出现的,该刊是周作人在文化古城时期的文学活动的重要一维。1928 年前后,北平的文学刊物寥寥。周作人对当时北平文坛的静寂颇感荒凉,“近一年来北京毫无善状可以奉告,文章简直不曾做,不够偷闲读一点杂书,稍光见闻而已。”②而随着大批作家

① 周作人:《〈论语〉小记》,《水星》1935 年第 1 卷第 4 期。

② 周作人:《致胡适书》(1930 年 2 月 1 日),载《胡适往来书信选》中册,社会科学文献出版社 2013 年版,第 4 页。

的北归,北平的文坛仿佛窥见了沙漠中的绿意。1929 年 3 月,废名返回北大,毕业后讲授“新文艺试作”课程。1928 年,冯至返回北京并任职孔德学校,徐祖正任教北大,兼职清华。几名旨趣相投的作家汇集北平,同人刊物在此时呼之欲出。

1930 年春,废名提出动议,冯至参与筹备,在周作人全力支持下《骆驼草》创刊。刊物系小型周刊,从 1930 年 5 月 12 日到 1930 年 11 月 3 日,共计出版 26 期。关于刊名的含义,冯至在后来的回忆中曾说道:“骆驼在沙漠中行走,任重道远,有些人的工作也像骆驼那样辛苦,我们力量薄弱,不能当骆驼,只能充作沙漠地区生长的骆驼草,给过路的骆驼提供一点饲料。”① 此刊是对早期《骆驼》刊物的回应。② 刊物主要的编者是废名和冯至,同人写作圈子包含了周作人、废名、俞平伯、徐祖正、冯至、梁遇春、沈启无、程鹤西、朱自清、李健吾等人。在出版的 26 期中,仅周作人就贡献了 20 篇文章,其热情勤勉可见,刊物登载文章涵盖了散文、杂感、译文、随笔等诸种形式。在作家同人圈子中,对《骆驼草》贡献最大的莫过于废名。作为 26 期的主要编者,作为周作人衣钵的继承者,废名不但在该刊上发表了长篇小说《莫须有先生传》和《桥》,还贡献了诗歌、杂感、译文等文章。

对于这样的文学刊物,众编者在发刊词中鲜明地提出了该刊物同人的文学主张,“文艺方面,思想方面,或至于讲闲话,玩古董,都是料不到的,笑骂由你笑骂,好文章我自为之,不好亦知其丑,如斯而已,如斯而已”③。这昭示了现代作家生态群落的一种新生态,一种退居知识场不断追求自我完善的诉求。对此,身居上海的作家曾给予了鲜明的批判,直言这些退居北平的作家是“落到资本主义泥坑里的大学教授,领导了几百块闲暇安然地坐上骆驼,谈起了草,如斯而已”④。对此,“骆驼草”同人中的俞平伯给予了强力的回击,“若把《骆驼草》上几个东歪西倒的人当做攻击的目标,假如他们要讲求战略的话,我忍不住要通知他们:‘你们错了!’……在诸君心里,或许以为作品的价值都靠在读者的分量和他们的评判上。这果然然,也不尽然。作家喜被人赞,没有例外,可是若把创作的中心完全放在读者身上,而把刹那间自己的实感丢开,这很不妥。创作是自足的,无求与外,虽然愈扩大则愈有趣。”⑤回看这场暗流汹涌的辩论,已经成为后期的京派、海派论

① 冯至:《骆驼草》影印本序言,1984 年 10 月 15 日。

② 1926 年,周作人、徐祖正曾编办文学期刊《骆驼》,刊物出版一期即夭折。

③ 《发刊词》,《骆驼草》1930 年第 1 期。

④ 千因(谭丕谟):《读〈骆驼草〉上的几篇东西》,《新晨报副刊》1930 年 6 月 3 日。

⑤ 俞平伯:《又是没落》,《骆驼草》1930 年第 7 期。

争的前期演习。

《骆驼草》是早期京派作家文学活动的重要载体，刊物汇集了时居北平大学的老中青三代作家，清晰传达了以周作人为旗手的文学观念，即“近来作文极慕平淡自然的景地。但是看古代或外国文学才有此种作品，自己还梦想不到有能做的一天，因为这有气质境地与年龄的关系，不可勉强，像我这样褊急的脾气的人，生在中国这个时代，实在难望能从容镇定地做出平和冲淡的文章来。我只希望、祈祷，我的心境不要再粗糙下去，荒芜下去，这就是我的大愿望。”①“只有文艺界思想界是不妨有各有各的意见或竟是主张。……主唱个人的尊严这里面并不包含对团体国家的无视。团体国家须要建筑在有健强的判断，有敏捷的思索，有丰厚的情感的个体上的。只有文艺可以养成这种个体。”②这种耕种“自己的园地”的文学和人生态度便是京派知识分子群体的写作和文化选择，他们追求自我独立与个性完整的文化性格使其远离现实政治纷争，以沉静的学院姿态，高蹈的写作理念供奉希腊小庙，即“……现在中国情形又似乎正是明季的样子，手拿不动竹竿的文人只好避难到艺术世界里去，这原是无足怪的。”③

京派作家文学写作的独立姿态在其后的文学活动中得以贯彻和坚持。作为京派作家在20世纪30年代的谢幕之作，《文学杂志》可以说是京派作家的一次集体亮相。京派作家的核心人物朱光潜在刊物的发刊词中全面而系统地阐释了其文学观念和创作主张，这篇名为《我对文坛的希望》的文章是探求京派作家写作姿态的一个重要的窗口，在其中我们可以准确地厘清京派作家群体对当时文坛中理想文学写作状态的描述。

文中朱光潜针对当时左翼文学提出了批评性意见，他说：“看重文艺与文化思想的密切关联，并不一定走到文以载道的窄路。从文化思想背景吸收滋养，使文艺根植于人生沃壤是一回事；取教训态度，拿文艺做工具去宣传某一种道德的、宗教的活政治信条又是一回事，……强文艺就范于某一种狭窄信条的尝试大多是失败。”④

批判之后是建构，朱光潜接着提出了理想中的文学应该是“自由生发，自由讨论”。对自由的两次声明是对周作人耕种“自己的园地”的呼应和深化，朱光潜提出“健全的人生观和文化观都应容许多方面的调和的自由发

① 周作人：《雨天的书序二》，载《周作人自编文集·苦雨斋序跋文》，河北教育出版社2002年版，第26页。

② 徐祖正：《对话语独语》，《骆驼草》1930年第2期。

③ 周作人：《〈燕知草〉跋》，载俞平伯：《燕知草》，开明书店1928年版，第3页。

④ 朱光潜：《我对本刊的希望》，《文学杂志》1937年创刊号。

展”,让“不同的趣味与风格”互相摩擦、互相启发、互相匡正,“造成新鲜自由的思想潮流,以洗清我们的成见和积习”,“自由生发”强调的是作家主体创作的自由,反对文坛以某种强大的势力作为唯一的声音;“自由讨论”则是强调作家之间、作家与批评家之间的健康关系,文学批评不是只凭意气的指摘,更不是铲除和打倒,“造谣、谩骂、断章摘句做罪案,狂叫乱喊不让旁人说话,以及用低下手腕或凭仗暴力钳制旁人思想言论的自由——这些都不是‘公平交易’”,①唯有同样尊重作家和批评家的写作权和批评权,才能建立自由议论和批评的宽松艺术氛围,进而培养作家和批评家健康、纯正的文学性情和品格。自由生发、自由讨论的主张是京派文人写作姿态的一次完整表露,是其学院精神的具体外化。

京派作家充分认识和注意到文学作为一种人类特殊的艺术表现方式,其自身价值体系和审美观念的不可僭越性。

“创作是造成一个美的境界”,②在中国20世纪30年代的诸多文学写作流派中,可以说京派作家是最纯粹、最执着地完成了对文学审美价值的追求。“京派最深层的凝聚力,也许更在于每个成员大致相同的文学心态和自觉的文学追求。一般来说,周作人倡导的反集团、反君师、反载道的‘个人言志说’,朱光潜强调的艺术独立、不受现实政治干扰的‘审美距离说’、和周朱二人一直主张的对各种派别各种风格的文学意识同仁的‘批评宽容说’,在这些作家的内心都能引起或强或弱的共鸣。”③这种对文学独立品格和审美价值的自觉追求诚如沈从文所说的“我只想造希腊小庙。选山地作基石,用坚硬的石头堆砌它。精致、结实、匀称,形体虽小而不纤巧,是我理想的建筑。这神庙供奉的是‘人性’。”④这个精致、匀称的“希腊小庙”是彼岸审美世界的象喻,是超越现实、卓然独立的境界。文学在京派作家的眼里是超越政治形态和商业气息,引导人们涤荡心灵、美化人生的手段,京派作家群体正是借文学之梦以求审美理想之实现,他们“存心走一条从幻想中达到人与美与爱的接触的路……从自己的头脑中建筑一种世界,委托文字来保留,期待那另一个时代的心与心的相通。”⑤需要指出的是,京派作家对

① 朱光潜:《我对本刊的希望》,《文学杂志》1937年创刊号。
② 朱光潜:《文艺心理学》,载《朱光潜全集》第1卷,安徽教育出版社1987年版,第276页。
③ 戴光中:《京派作品选·前言》,华东师范大学出版社1994年版,第3页。
④ 沈从文:《〈从文小说习作选〉代序》,载《沈从文文集》第11卷,花城出版社1982年版,第42—44页。
⑤ 沈从文:《阿丽斯中国游记·后序》,载《沈从文文集》第1卷,花城出版社1982年版,第205页。

于文学写作的审美性追求并非是坠入了空泛的唯美主义的泥沼，而是对当时功利主义文学观的校正，他们力图以一种写作观念支撑起新的文化价值体系，并由此搭建他们的文化楼阁，究其实质是一种对文学者严肃态度的推崇和对文学审美价值的理性追求，其所追求的纯正文学趣味并非是完全超越现实世界的海市蜃楼，而是针对当时短视、激进的唯工具论的一种反拨。

京派知识分子通过纯文学的写作，绕过政治和商业文化对文学本身的干预和渗透，力图借助文学和文化建设建造审美乌托邦并且最终实现其终极理想。这条文化建设之路，虽然是建造在对社会责任的疏离基础上，但从另一个侧面补充了中国现代知识分子完善人格的构筑，向内转的自我追求显示出了在意识形态和社会功利主义之外的一种文化探求取向和价值尺度。

理性与严肃是京派作家写作上深受学院文化身份影响的重要表现，突出体现在作者在写作中对情感的节制和对形式和谐的追求。在中国新文学的发生期，由于新文学对传统文学的叛裂态度和西方浪漫主义文学的影响，始自郭沫若的《女神》和郁达夫的《沉沦》，在诗歌和小说两种文体中突出地存在着情感的恣肆宣泄而不加节制的弊病，这种情感在其后的作家创作中屡见不鲜。1928 年“革命文学”被倡导之后，普罗文学形势蔚然，多数普罗文学作品由于注重作品的宣传和鼓动功能而出现了情感流溢、外扬不加节制的弊病。有鉴于此，京派作家在写作上力主理性制约下的情感抒发，他们将文学视为一项严肃不可旁骛的事业，一种浸润作家生命的志业。在确立文学自主和独立性的前提下，他们高度重视文学写作的严肃性，任何不加理性节制的情感流泻在他们看来都是颓废情绪和激烈情感干预文学的结果。在京派作家的文学观念里，情感在写作中并非由大脑直接灌注到作品中，而是“要经过‘凝聚为深潭，平铺为湖泊’的体操，一种‘扭曲文字试验它的韧性，重摔文字试验它的硬性’的体操”。① 奔突直叙的情感并不能引起读者的深入思考和回味，只有经过摔打和过滤等主观控制后的情感才能够化平直为蕴藉，余韵悠长。综观京派作家的各种文体写作，感情的节制是一个共同的取向和特征：废名的小说刻意冲淡情节的紧张冲突，淡化人物的悲剧命运，而重在展露一种氤氲的诗意氛围；卞之琳等现代诗人绕开了情感充溢的左翼诗歌，认定诗歌不仅是情绪本身，发展了诗歌的主智倾向，还将诗情反复涵泳，在理性的思辨中透视人生和世界，原本浓郁的诗情经过诗人理性的过滤后扩展为人生经验的集合体。

---

① 沈从文：《情绪的体操》，《水星》1934 年第 2 期。

京派的批评家朱光潜专门作文《眼泪文学》有针对性地指出了文学写作中感情泛滥的危害，文中指出，“能叫人流泪的文学不一定就是第一等的文学”，“眼泪是容易淌的，创作作品和欣赏作品确是难事，我想，作者们少流些眼泪，或许可以多写一些真正伟大的作品”①。朱光潜直接指出，主观驾驭和控制情感在作家写作中的关键性作用及对此欠缺所带来的创作弊端，这种避免文字表现的悲伤和热情集中体现了京派作家和批评家的共同创作尺度和审美追求，其主旨恰如沈从文所说，“伟大的悲哀不一定有一滩血、一把眼泪，一个聪明的作家写人类痛苦或许是用微笑表现的”②。

匀称和节制的组织美和秩序美是京派作家在写作中的又一共同追求。在对作品形式的认识上，京派作家也保持了理性主义的适度原则。针对当时文坛上写作形式和技巧遭受鄙视的现象，沈从文曾旗帜鲜明地提出要力求技巧的“妥帖”和“恰当”，③一个作家在写作时，“关于运用文字铺排故事方面，能够细心选择，能够谨慎处置，能够妥帖，能够稳当”④是必不可少的素质，任何主题先行而忽略、漠视文学形式的文学写作都很难取得成功。而对作品形式的追求也要遵循适度的原则，文学的形式是与内部情感、思想多者合一的圆融整体，单纯的夸大和苦求形式的周密和纤巧也是一种写作的误区，即是才高害意。适度、妥帖的技巧运用才是写作中的合理状态，“技巧必有所附丽，方成艺术；偏重技巧，难免空洞。技巧逾量，自然转入邪僻。”⑤

二、学术研究、文学写作与文学批评

京派作家群中的核心人物朱光潜曾经将欧洲的作家分为三派：一曰经院派；二曰新闻纸派；第三者则是地道的文人派。具体说来“他们有经院派的训练而没有经院派的陈腐，有新闻纸派的流动而没有新闻纸派的油滑肤浅。文学是他们特殊的工作，也是他们特殊的职业，但他们的文学却没有完全走上职业化的路。他们能保持一种超然的态度，不泥古也不超时，只是跟着自己的资禀和兴趣向前走……他们有时也做经院派所做的考据批评，做新闻纸派的通俗化的工作，但是都比这两派人做得更好。”⑥从某种程度上

① 朱光潜：《眼泪文学》，《大众知识》1937 年第 7 期。
② 沈从文：《谈诗》，《创作月刊》1931 年第 2 期。
③ 沈从文：《论技巧》，《大公报 · 小公园》1935 年 8 月 31 日。
④ 沈从文：《论技巧》，《大公报 · 小公园》1935 年 8 月 31 日。
⑤ 沈从文：《论穆时英》，《大公报 · 文艺》1935 年 9 月 9 日。
⑥ 朱光潜：《中国文坛缺乏什么？》，《世界日报 · 明珠》1936 年 11 月 4 日。

说，第三类作家恰像是京派作家学院风格的写照。

京派作家的首席文化身份是学者、教授，研究和学术是其主要精力所在，而作为作家其创作又不能停止，故而形成了边研究、边创作，研究创作互渗、互融的特殊写作状态，也由此产生了带有学术气息的文学文本和带有创作气质的批评文本，这种互渗、互融的写作状态是京派作家的一个代表性风格，在现代文学的发展过程中也并不多见。正是这样的一种写作创作状态，带来了20世纪30年代中国现代文学批评和写作实验的两个高潮，这种创作和研究的蓬勃是与京派作家特殊的学术品格紧密相关的。

“真正的知识分子他们的活动本质上不是追求实用的目的，而是在艺术、科学或形而上的思索中寻求乐趣，简言之，就是乐于拥有非物质的利益。”①具有学院气质的京派作家区别于商业作家的最大不同就是创作目的的径庭，京派作家的首席身份是人文学者，这种身份的属性决定了他们以为人类增添精神财富和文化资源为目标，在这种目标和文化身份的影响下，其创作不可避免带有非物质功利性的审美倾向，甚至出现了学术研究和文学创作相互渗透的交融状态，这种具有学院气质的创作和具有创作灵性的学术研究构成了京派作家一个标志性特征。

京派作家在大学校园中是传道、授业、解惑的学者，在课余又是笔耕不辍的文人作家，在文化身份上他们是兼具文人和学者品格的特殊群体。与海派作家稿费决定生计的文学生产方式不同，京派作家显示了一种学术为主、创作为辅的写作形态，文学创作并不是他们换取生存资本的唯一途径，其创作的目的带有更多的主观自由主义色彩的同时，也暗淡甚至有意消弭了创作中的商业化元素。京派作家的创作不同于海派的流行文学符号的拼贴和有意反复使用，而更多地带有严肃文学试验场的性质，值得注意的是这种文学试验非常清晰地受到学术研究规范的影响，而这种精神恰恰是海派作家万难具备的，诚如鲁迅所说：“在北平的学者文人们，又大抵有着讲师或教授的本业，论理，研究或创作的环境，实在是比海派来的优越的。”②

学术研究是大学教师的专务，京派作家也是如此。文化古城时期北平的大学均以研究作为学校发展的一个重要方向，很多京派文学作家入主大学之后也逐渐开始将兴趣转移到古典文学中来。朱自清在重要的文章《那里走》中就套用了胡适的“哲学是我的职业，文学是我的娱乐”改说为“国学

---

① [美]爱德华·W.萨义德：《知识分子论》，单德兴译，生活·读书·新知三联书店2002年版，第12—13页。

② 鲁迅：《“京派”与“海派”》，载《鲁迅全集》第5卷，人民文学出版社1981年版，第433页。

是我的职业,文学是我的娱乐”。[①] 在清华大学除了开设“中国新文学研究”之外,还开设了“宋诗”“中国文学批评”等国学课程。闻一多也是如此,先后开设了“唐诗”“国学要籍”等课程,当时新文学在大学讲堂里还是试验性的选修课,大学中国文学系是国学当头,大多数新文学作家在讲坛上都是讲授古典文学或西方文学,对经典文学的研究是他们学术的主业。清华大学文学院 1937 年的教师成果著作统计显示,该院教师成果如下:“俞平伯专书 10 部,论文 3 篇,书评 1 篇;朱自清专书 8 部,论文 5 篇,编译 3 篇;闻一多专书 2 部,论文 13 篇;陈梦家专书 5 部,论文 8 篇。”[②]资料统计也许不尽全面,但充分显示学者作家在研究方面的成就和努力,以朱自清为例,同时期朱自清的文学创作相对从教之前有明显的下降,可见其逐渐将相当的精力用在学术研究上,这体现了学院身份对京派作家创作的影响。20 世纪 50 年代初,浦江清为代表的朱自清全集编辑委员会所拟定的目录中,朱自清学术和文学两部分数量大致持平,充分显示了当时以朱自清为代表的京派作家的研究实力。

研究创作两相宜的文学生产方式在当时京派为主体的北平期刊上也有清晰的体现。首先是几个具有标志意义的京派杂志都肯花费一定的篇幅刊登具有学术意义和价值的论文,这在其他地域的文学期刊中是不多见的,可见在京派作家的文学观念中创作与理论研究是并驾齐驱,合则双美的。以《文学季刊》第 2 卷第 3 期为例,该期共刊载小说 12 篇,译著 4 篇,论著 7 篇,包括了胡风的《张天翼论》、李健吾的《福楼拜的短篇小说集》等重量级的论著;散文随笔 7 篇,书报副刊 3 篇,其中就有刘西渭的《边城与八骏图》。其他几个期刊也不仅是单纯地刊登作品,而是结合着刊载论文、书评等具有学院气质的评论文章。

京派作家研究和创作互渗的另一个方面即是书评的大量创作,京派作家群中还出现了刘西渭、沈从文、毕树棠等擅为书评并较有影响的作家。当时北平作家的几个阵地刊物《骆驼草》《大公报 · 文艺副刊》《水星》《文学杂志》《文学季刊》均有大量书评登载,书评大多及时将当时国际国内文坛的著作以评论的方式较为快捷地介绍给读者,同时较之死板的学院派论文增添了很多阅读的趣味,常风等书评家甚至成为《大公报 · 文艺副刊》的版面支撑者之一。学术与文学兼具的创作姿态也为两种文本的生产带来了奇妙的化合反应:一是文学写作的多方实验,一是文学批评的直觉化、审美化。

---

① 朱自清:《那里走》,载《朱自清全集》,江苏教育出版社 1990 年版,第 229 页。

② 苏云峰:《从清华学堂到清华大学》,生活 · 读书 · 新知三联书店 2001 年版,第 123 页。

在京派作家的多种文体创作中,各种新式理论和手法的实验一直是自觉的追求。

林徽因在其小说《九十九度中》娴熟地使用了当时欧洲文坛兴起不久的意识流方法,全文时而如明珠串线,时而若散珠坠地,充分显示了具有学院气质的京派小说家在化用西方小说手法时的优势。废名的小说《桥》堪称现代文学中的奇文,全文弃用了传统小说重情节和故事链条的手法,将散文和诗歌的写作手法融注在小说中,散文和诗歌两种文体的优势精巧地被构筑在文本中,形成了轻灵、疏朗的意境氛围,加之丰富的想象和跃动的思维,整个文章汇集了诗歌、散文、小说三种文体的美感,是一次成功的跨文体尝试。自觉吸收和化用西方象征主义的理论入诗是20世纪30年代北平京派诗人的共同追求,值得一提的是,这种追求是以梁宗岱等学者对西方象征主义全面、深入、系统的诗歌理论引进、吸收和消化为背景的,辅之以慈慧殿三号新鲜的读诗会体验,尤其是梁宗岱对瓦雷里"纯诗"理论的引进和带有创造性的阐释将中国古典诗歌的意象传统与西方象征主义诗歌进行了有效的对接,体现了现代主义诗学中的"知性化"追求,这种追求在卞之琳等北平现代诗人的写作中得到贯彻,其华灼灼。

作品和作家批评是京派作家对现代文学的另一重要贡献。在短短不到十年间,京派作家群体先后出现了沈从文的《沫沫集》,李健吾的《咀华集》《咀华二集》,李长之的《鲁迅批判》等影响力卓越的著作。新文学发展到京派作家的创作时期并不长,还缺乏具有专业素质和学术根底的学者对其初级成果进行客观、冷静、理性的批评研究,李健吾等京派批评家取学院式的眼光,对中西文学批评的范式进行了有效的整合,并使之更加灵活圆融地运用到作品批评中。其中重要的是选取直觉主义的印象式批评方式,规避了传统学院批评的刻板嘴脸,融感性于知性,既有效地发挥了作家解读文本大量鲜活的阅读体验,又没有将作品的评论停留在纯感性的初始阶段,而是贯之以理论的思维和推演,通过理性的分析和剥离将初期阅读的感性体验落实在指向明确的合理内涵上,从而出色地达到了专业文学批评的目的。这种批评方式兼取学者和作家之长,兼具专业批评和作家体验之优,是京派作家特殊文化身份的特殊显现,也是为文、为学长期互渗的结果。

三、作为他者的海派

从1925年开始,中国相当一批作家受时代的牵引,思想上开始"左"倾,及至1928年"革命文学"论争和太阳社成立,左翼思潮成为当时文坛最具影响力的创作潮流。左翼作家的创作在当时社会具有很大的号召力,作为一个直接反对当时主流意识形态的文学潮流，左翼文学不仅吸引了当时文学颇有创作力的茅盾、丁玲、萧红、萧军、张天翼、沙汀等作家，并且最后还吸引了文学宿将鲁迅的加入。1930 年，中国左翼作家联盟的成立标志着左翼作家汇为一流，成为当时文坛最具有影响力的流派。

同时段，在上海另一批引人注目的创作群体就是与京派仿佛伴生的海派。海派的名称最初并非是文学界中的称谓，而是京剧中区分南北派别的代名词，由于与沪地文学同属于上海这一地缘文化母体，兼之在深层结构和风格上有很大的相似性，所以海派这个京剧中的概念也就被沈从文平行移动到作家圈中来，原文是“从民国十六年，中国新文学由北平转到上海以后，一个不可避免的变迁，是在出版业中，为新出物起了一种商业化竞卖。一要趣味的俯就，使中国新的文学，与为时稍前低级趣味的海派文学，有了许多混淆的机会。”①这种对海派文学的归纳和溯源带有很强的批判性，对此苏汶曾有过解说，“‘海派’这两个字大概最初流行于平剧界；平剧界中的海派与正统派之间的纠纷和是非曲直，我因为没有明确的研究，不敢轻议，不过近来北方的戏在渐渐研究起布景和做工起来了，却是一件事实；虽然这样，‘海派戏’却始终是一个恶意的名词”。② 海派的称谓虽说难脱恶意，但也确实道出了当时上海一部分作家的创作态度。作为当时中国城市中的商业前沿，1928 年之后的特别市，上海具有完备的出版和发行机制，这种成熟的客观条件吸引了当时相当一部分作家从全国各地云集于此，开始自己商业化写作的旅程。由于缺少稳定的收入来源和生存的安定感，海派作家的创作带有敏感、亢奋和不稳定性等特征。

这两种创作倾向在京派作家的眼中都是“不健康”的创作态度，于是一场有关“文学者态度”的论争势在必发。最先发起论争的是沈从文，有关京派论争的成熟研究成果已经较多，本书把视野集中在 1933 年京派论争之前京派核心人物沈从文发表过的两篇文章，文章虽非沈从文在北平所写，但笔者以为从文章的立场和观念的核心内容来看，对后来沈从文及整个京派的文学观念影响颇深。沈从文作为后来京派的旗手，这两则短文实是凝括了京派作家对文坛现状的核心观念，是京派研究中不可忽视的文章。而《文学者的态度》等文章之所以反响大、影响远，与沈从文主持《大公报 · 文艺副刊》的态度上升及由此带来的往来论争有关。重新解读和评析《现代中国文学的小感想》和《上海作家》两篇文章，是对既往京派论争研究的补充，

① 沈从文：《文学者的态度》，《大公报 · 文艺副刊》1933 年 10 月。

② 苏汶：《文人在上海》，《现代》1933 年第 2 期。

也是蠡测沈从文及京派作家文学批评思想的一个佐证。通过两篇文章作者对于当时文坛左翼文学和海派文学写作态度和方式的评价，进而昭示了京派文人作为学院派作家对意识形态写作和商业写作的反感和排斥。

京派作家在对沪地文坛作为“他者”的批判之中，也在无形中确立了自我的创作态度和文学理想，也就是说，批评的目的并不是要搅动文坛，招来回应和反击，却是京派作家基于自身的学院派观念和立场对意识形态作家和商业写作不满的不自觉流露，这种观念的差异以及由此而生的系列文坛纷争，在一个侧面说明了五四新文学运动之后，中国新文学作家在不同理论资源和社会环境的刺激和影响下的分流。京派作家由于北平文化空气和高等教育环境的浸润，更多地体现了一种“非功利”的纯文学追求，这种大学院墙内带有学院气息的立场不免对政治和商业元素干预文学的现状充满忧虑，由此生发的议论在冷静地指出左翼文学和海派文学在创作中出现的问题时，也从反证的角度初步阐明了北方京派文学的观念和主张，这是有关京派文学写作姿态的重要声明。

两篇文章分别是署名“沈从文”发表的《现代中国文学的小感想》①和《上海作家》②。两篇文章中，沈从文初步表示了他对当时中国文坛状况的忧虑和批评。在《现代中国文学的小感想》中，他批评了当时文坛向左转的倾向，认为当时人们纷纷“知道文学将成一种力，一种转动社会，倾翻一切的力，使文学由唯美的陶醉，成为对新的世界的倾心”。③ 对于这种新的创作倾向，沈从文指出向左转的风气并非国内文坛和现状发展所至，而是“转贩”所果，沈从文尖锐的笔端直指当时左翼文学创作中公式化、概念化的不足。沈从文作为京派作家圈中的核心人物，在1930年左翼文学的高潮期就注意到其生长和发展期中的部分偏颇，这也在另一方面彰显了京派作家对现代文学发展的深刻思考。文章中沈从文还就当时流行的急就章文学写作方式及其对文学青年的影响提出了批判性的意见，指出：“这些作家，除了在作品上间或不缺少努力使自己成为粗暴，而结果还是失败之外，是什么也办不好的！读高尔基，或辛克莱，或其他作品，又看看杂志上的文坛消息，从那些上面认识一切，使革命的意识从一个传奇上培养，在一个传奇上生存，作者所谓觉悟了，便是模仿那粗暴、模仿那愤怒，模仿那表示愤怒的言语和动作。使一个全身是农民的血的佃户或军人，以夸张的声色，在作品中出

① 该文于1932年12月15日发表在《小说月刊》第1卷3号上。

② 该文于1931年8月15日发表在《文艺月刊》第2卷8号上。

③ 沈从文：《现代中国文学的小感想》，《文艺月刊》1930年第5号。

现,这便是革命文学作品所做到的事。"①

接着作者提出了对理想中文学的描摹和畅想:"我们期待的文学,却不是上海几个人能够包办得下了。依我想象,内战的小小结束,一定能给一些机会,使一些不是创作家的年青人,也能从容的用他的笔,画出一些他所经验到的时代影子。即或是幼稚,是单纯,是缺少各种组织的技能,然而那在另一时,使可以使这作品成就在技巧之上,且可以从'幼稚'中称为'完全'的。"②在沈从文的视野中,文学的前途在于严肃的创作态度和纯粹的文学信仰,文学的希望在于使读者充实,这种带有宗教情结般的文学写作态度和观念,在后来的京派作家的具体文本中有着忠实的印证。与在大学讲坛上研究和散播知识需要把学术当成一种崇高的"志业"一样,文学作为人类文化财富的一种,也需要从事者以对待学术一样的忠诚和虔诚来耕耘,这就是京派作家学院文化身份和品格的具体体现。

另一篇文章是《上海作家》。文章集中抨击了当时在上海流行的"新礼拜六派"文学。在沈从文眼中这些作家"知道些西洋艺术文学,或装作知道的神气……倦于正视人生,被社会一切正当职业所挤出,也就缺少那种有正当职业对于民族自尊的责任观念,大家聚集到租界上成一特殊阶级,全只是陶情冶性,写点文章,为国内腹地一切青年,制造一种浓厚的海上趣味。"③短短几句话,不但道出了"新礼拜六派"与旧式海派文学的血脉联系,也指出了新式礼拜六派在接受西洋文学因子的"时代性"。在这篇文章里,沈从文第一次谈到海派作家的职业困境及由此带来的创作上的缺失,在丧失了民族自尊的责任和观念后,海派文学遁往纯粹的海上趣味中也由此找到了部分原因。接着沈从文带有几分天真气地给他们提供六条可资参考的意见,意见涵盖了重整办刊理念、调整写作态度、开展互相批评等,文章结尾处沈从文还对海派作家提出了期许,希望他们"不甘于自弃"。《上海作家》语锋并不激烈,并非对上海作家的一篇檄文。相反却是寓希望于批评中,文章充分注意到了海派文人由于生存方式狭窄带来的创作弱点,这种由文学生产方式来认识写作观念和风格的求实态度难能可贵。

上述两篇文章并非沈从文北上入主京派之后所作,但却能够帮助我们有效梳理出京派主力作家、批评家沈从文为代表的京派作家对作为"他者"的左翼文学及海派文学的批判性评价。我们可以发见1933年由沈从文发

① 沈从文:《现代中国文学的小感想》,《文艺月刊》1930年第5号。
② 沈从文:《现代中国文学的小感想》,《文艺月刊》1930年第5号。
③ 沈从文:《上海作家》,《文艺月刊》1932年第3号。

起的京派海派论争不仅是两个城市文学符号的差异，更是五四落潮后流派分化、观念径庭的必然结果，在沈从文发文不久之后就引起了上海各路作家的群起反驳，较之海派简单地“回敬了几手”的无力文章，鲁迅的出手则老辣智慧，写出了不偏不倚、各打五十大板的中立文章，最终给这次论争打上了意味深长的句号。通过这次京海论争，此后京派和海派作为一个既定的称谓被不断地符号化，而沈从文对文学写作责任和观念的认定及对海派作家的批评，由于其《大公报》的编辑身份而深深影响了后起的萧乾、卞之琳、何其芳、李广田等京派作家，这种由京派批判他者而起的论争可以说是京派作家的一次否定性告白，一次“不应这样”的宣言，宣言本身寄予了京派文人作为学院作家对理想文学写作态度和方式的期望。

四、乡土与边城：京派作家的古城书写

城市发展不仅是空间意义上的，而且是根据文化意义而构成的领土，城市也以此方式被理解，被展现出来。“北平有海一般的伟大，似乎没有时间和空间的划分。他能古今并容，新旧兼收，极冲突、极矛盾的现象，在他是受之泰然，半点不调和也没有。例如交通吧，在同一个城门洞里，可以出入着极时兴的汽车，电车，极轻便的脚踏车，但是落伍的四轮马车，载重的粗笨骡车，或挽或推的人力车，也同时出入着。”①“北平呈现出来是一种心理状态，是各种礼俗和传统构成的整体，是这些礼俗中所包含，并随传统而流传的那些统一思想和感情所构成的整体。”②国都南迁之后，从城市属性来说，北平是不折不扣的文化城。“上海则是另一番景象。政治文化氛围相对宽松，帝国主义的租界为革命作家提供了栖身之所，加上大都市经济的畸形繁荣，使上海这座孤岛逐渐成了一个新的文化中心。在1926—1927年间，文化人向上海的迁移形成一个高潮。1927年春，游历欧美归来的胡适不顾好友顾颉刚和高梦旦的劝告，在日本辗转三周后，回到了上海。9月，“鲁迅从广州出发，他和许广平的最后目的地也正好是上海。郭沫若、阳翰笙、李一氓等人参加南昌起义后辗转来到上海……不仅如此，《晨报》、《雨丝》、《现代评论》、北新书局、光明书局等诸多媒体和文化机构也随之迁往上海。1928年，上海的新书店如雨后春笋般出现。新月书店由望平街迁至四马路。春野书店、复旦书店、创造社出版部、良友图书印刷公司、商务印书馆虹口支店

① 老向：《难认识的北平》，《宇宙风》1936年第19期。
② ［美］罗兹·墨菲：《上海——现代中国的钥匙》，上海社会科学院历史研究所编译，上海人民出版社1986年版，第1页。

等落足于北四川路。银桂路上的乐群书店，老靶子路上的时代书店和骆驼书店，东宝路上的第一线书店也都开张营业。此外，光华书店、开明书店、新月书店、北新书局等从事新文学的经营活动，使上海的新文学出版业更趋活跃。"①

书店星罗棋布，出版公司数不胜数，出版业如此发达的文化中心上海在京派作家眼中为何不具有吸引力呢？而在城市学的定义之外，对于想之、念之、魂牵之、梦萦之的居留作家眼中，北平又是怎样的一座城呢？她是"具城市之外形，而又富有乡村的景象之田园都市"②，她是一个不折不扣的、让人陡然而生思乡之情的乡土北平。此时的北平几乎可以算得上是传统中国的象征，是更"乡土化"的城，它对于标志"乡土中国"与"现代中国"，有其无可比拟的文化形态的完备性，和作为文化概念无可比拟的语义丰富性。③京派作家对北平的故乡认同，并非作家对居住过的城市的偏爱，而是对北平作为乡土中国生动写照的内心认同。

"北京罩在头上的那块天，踏在脚下的那片地，四面八方卷起黄尘的那阵风，一些无边无际的那种雪，莫不带点野气。"④这种古城的野气，正是他们在中国文化符号系统中努力寻求的原始力量。"在我曾经住居过和偶然从那经过的城市中，我想不出更有比北平容易遇见熟人的了。中国的一切城市，不管因它本身所处的地位关系，方在繁盛或业已衰落，你总是能将它们归入两类：一种是它居民的老家；另外一种是一个大旅馆，人们为着办理事务，匆匆从各方面赶来，然后又匆匆的去，居民一代又一代慢慢生息，没有人再去想念他们，他们也没有在别人心灵上留下不能忘记的深刻印象，但北平是个例外，凡在那里居住过的人，不管他怎样厌倦了北平人同他们灰土很深的街道，不管他日后离开它多远，他总觉得他们之间有根细丝维系着，隔的时间愈久，它愈明显，甚至有一天，他会感觉到有这种必要，在临死以前，必须找机会再去一趟，否则他要不能安心合上眼了。"⑤

北京变成北平，城市剥离了文化之外的职能，大批城市资源南迁，北平成为了地道的乡土边城，这样的凋落城市、这样残败的古城却依旧绵延不绝地让人想念，让人复归，"当北京失去了国都光环的笼罩时，依旧能兼具并发扬传统精髓与现代文化的特质，展现融旧铸新与海纳中西的深广，这种城

① 周海波：《文化生态与文学发展：1920—1928》，中国社会科学出版社 2015 年版，第 156 页。

② 郁达夫：《住所的话》，《文学》1935 年第 1 号。

③ 赵园：《城与人》，北京大学出版社 2002 年版，第 5 页。

④ 沈从文：《如蕤》，载《沈从文文集》第 5 卷，花城出版社 1982 年版，第 268 页。

⑤ 师陀：《马兰小引》，花城出版社 1982 年版，第 1 页。

市生活也代表着中国城市探索现代性的独特面向”①。北平此时仿佛一个具有巨大召唤能力的漩涡，不断吸引着一批批作家复归，并用她自身丰富的历史文化信息感动了居于边城的作家们，召唤着他们不断完成有关乡土中国的文学想象，正所谓“凡在北京用笔写出他的胸臆来的人们，无论他自称为用主观或客观，其实往往是乡土文学”②。

北京仍被看作传统农业文明的故乡，被研究者们称为“一座扩大了的乡土的城”，这种北平生成的乡土田园的心理结构，对于现代作家是一种迷人的结构。从经济形态上看，古代到近现代的北京城市只能算是一种“复合经济形态”，作为元明清三代的帝都，北平自古以来就是一个消费性的文化城市，城市工商业一直很发达。这种不完全的经济形态形成了一种与中国文化传统结构高度相似的本体观，北京并没有培育起与现代工业社会发展相适应的商品价值观念，而是处处具有乡土中国传统生产生活方式以及由此而生的文化价值体系。“从土里长出过光荣的历史，自然也会受到土的束缚”③，传统农业生产形式，使得土地成为人们生存的根本，乡土中国的人们往往对土地有着强烈的依赖感和近乎宗教式的膜拜，这种情感已内化为深厚的集体无意识，并且不断衍化为一套贯诸日常，内化于心的心理文化体系。

乡土形态不仅局限于农村地区，甚至也波及和覆盖了都市。师陀曾做过一个有趣的分类：中国的一切城市，不管因它本身所处的地位关系，方在繁盛或业已衰落，你总能将它们归入两类：一种是它居民的老家，另外一种——一个大旅馆。在师陀眼里，北平“居民的老家”，是温馨的乡土，是心灵的故乡。北平的乡土特征：一是静默闲适，能够让离土离乡之人找到归乡的家园感；北平又是田园牧歌之城，小贩、市声、老字号、四合院等乡土符号体系构建起了作家的新的心灵支撑与价值依托。乡土老城加上一流的文化资源，北平着实成为了无可比拟的“最高贵的乡土城”，她既是乡土中国的缩影，又远远不止于此，她似乎包含了中国文化体系中静穆、和谐诸多富有美感的元素。可以说，京派作家对北平的认同也正是从乡土开始，其身居北平之后，复又被北平深蕴其中的文化精神深深影响，因为北平她太丰富，“由于深厚的历史原因，本身即拥有一种精神品质，能施加无形然而重大的

① 许慧琦：《故都新貌——迁都后到抗战前的北平城市消费（1928—1937）》，台北：台湾学生书局2008年版，第437页。

② 鲁迅：《中国新文学大系·小说二集·导言》，载《中国新文学大系》，上海良友图书印刷公司1935年版，第9页。

③ 费孝通：《乡土中国》，生活·读书·新知三联书店1985年版，第19页。

影响于居住、一度居住一直过往的人们。"①

京派作家对北平的眷恋之深,并不止于对北平乡土的认同,更与北平所处的边塞处境有关。这一时期,"北京"变成"北平"、"都城"成为"边塞",这种城市地位的变化使京派作家的文化乡愁因失落感的强化倍添了一层认同感。周作人自称是"京兆",那多是因为喜欢都城北京的缘故;"现在不但不是国都,而且还变了边塞,但是我们也能爱边塞,所以对于北京仍是喜欢。"②周作人语出平淡,但其深藏了对北平的一以贯之的情感,浸透着苍凉与悲壮。沈从文对于民族文化建构的使命感更为强烈,他对北平的边缘与没落有着更为激愤的情绪,"我们大家都明明白白,当前是住在一片被恶邻困辱也近于被家长所遗弃的土地上,这地方当前与将来的种种,是特别值得国人关心的"③。

京派作家对北平的故乡认同,不但表现出许多中国知识分子共有的那份割不断的乡土情感,而且还显示了大部分京派作家的乡村知识分子身份与他们潜在的"心灵之约",不仅是与城市的北平达成了某种和谐,而且还是对北平城市精神与乡土中国文化属性的深度契合。这种契合,在沈从文的文学世界中传递得尤为明晰。沈从文对北平有着一种"望到北平高空明蓝的天,就使人只想下跪"④的近乎崇拜的感情。李健吾虽说居留北平的时间并不太长,但它对北平的认知却与沈从文惊人的相似,他说道:"住久了北平,风沙也是清净。这里没有古刹的幽光,租界的喧嚣,年轻人宜于读书,老年人便于休养。每一个人有一个故乡。北平是你的第二故乡,你精神的归宿,所以是一个理想的故乡。"⑤

京派作家对北平的这种归乡式认同,已经超出了一般的感情依恋,而是内化为对当下工业文明和乡土中国,城与乡的冲突和思考。这种偏执的守望,并非作家对居住过的城市的偏爱,而是对北平作为乡土中国生动写照的内心认同。

一方面是寂寞破败的古都,另一方面是动感十足的上海,与海派作家陶然于现代都市的光影不同,京派作家对工业文学的都市映像是非常抗拒的。要找到最能代表古老中国的精神家园,北平是他们内心不二的选择,即使离

---

① 赵园:《城与人》,北京大学出版社 2002 年版,第 1 页。

② 周作人:《北平的好坏》,《宇宙风》1936 年第 19 期。

③ 沈从文:《对于这新刊诞生的颂辞》,《沈从文文集》第 12 卷,花城出版社 1982 年版,第 190 页。

④ 沈从文:《由达园致张兆和》,《从文家书》,上海远东出版社 2000 年版,第 36 页。

⑤ 李健吾:《切梦刀》,文化生活出版社 1948 年版,第 43—44 页。

开，也要不停地回望、想象和描绘。“那是一座非常古老，非常宽大，非常美丽的城市，人们既已在这里住下来了，便不想再走开，万一必须走开了，便没有方法不想念它，这里的山光水色，人情物态，使人悠然自得，单是蓝的透明的，高的不可捉摸的天空就吸引了多少人的梦想。住在这里的人们，尤其是青年人们，若说是忘记了民族的仇恨，或说他们不曾感到暴风雨之随时可以袭来，那是有几分错误的，但是若说他们已为这都市的雍容所涵化，并为一种奇怪的政治情势所逼迫，因而大都抱有一种无可如何之感，那确实并不冤枉的。他们有时候心里也感到不能奋飞的苦闷，然而一个国家的战争却不像一个人的短促旅行那么容易，没有可以飞的翅膀而徒有欲飞的志愿，终也不会有飞扬的可能。他们，尤其是他，就正是充满了这种感情的人。当他们要离开大学，为了生活要到故乡不远的泰山下从事教育工作的时候，他们才更感到了这种古城的可爱，而当他们担心这地方将来也许不幸变成东北失地之续的时候，就借了一次情感的爆发而不禁失声痛哭起来。”①

京派作家大多标榜为“乡下人”，沈从文如是说，“我是个乡下人，走到任何一处照例都带了一把尺，一把秤，和普通社会总是不合。一切来到我命运中的事事物物，我有我自己的尺寸和分量，来证实生命的价值和意义。我用不着你们名叫‘社会’为制定的那个东西，我讨厌一般标准，尤其是什么思想家为扭曲蠹蚀人性而定下的乡愿蠢事……这种人从来就是不健康的，哪能够希望有个健康的人生观。”②

作为“乡土中国”的他者，都市于京派作家而言是难以融入的彼岸世界，是被审视、批判的异己。尽管京派作家亦是在都市生活和写作，但北平特殊的城市形态和文化氛围使得京派作家对现代文明的态度迥异于海派和左翼作家，京派作家始终是以反省、质疑的姿态和立场表达他们对都市文明的理解。京派作家的城市书写没有乡土书写时的田园情调、古典趣味。其对城市的描绘抛开了具象的城市生活本身，停留在人性变异这一焦点上，乡村在这里更多的是一种理想参照，他们这种对现代城市人性异化现象而产生出来的“乡土眷恋”，使其“反映乡土，使用的是抒情笔墨，当他们以乡村中国的眼光，转过来面对城市时，便不禁露出嘲讽的尖刺。”③

与京派遥遥相对的海派作家，却在京派回溯的时刻，不停向前看，寻找着现代感的速度和力量。他们不满足于已有的文学表现手法，将眼光投向

① 李广田：《引力》，载《李广田文集》第二卷，山东人民出版社 1983 年版，第 260 页。

② 沈从文：《水云》，载《沈从文文集》第 10 卷，花城出版社 1982 年版，第 279 页。

③ 吴福辉：《乡村中国的文学形态》，载吴福辉编选：《京派小说选》，人民文学出版社 2011 年版，第 20 页。

日本和西方，一切和工业化城市表述相匹配的手法他们都不拒绝，日本的、欧洲的，电影的、戏剧的，都在海派作家的创作试验场中。“新感觉派”的圣手穆时英则将电影中的蒙太奇手法移植到小说写作中，这种镜头片段的截取和拼接手法进入到小说中，给读者带来一种新奇、快节奏的崭新体验，中国传统小说手法是单线条的历时叙述方式，蒙太奇的手法切割了时间链条，代之以拼接的一块块横截面，展示出来一种共时性的观感体验。《夜总会里的5个人》是穆时英较早使用蒙太奇手法的篇章，在第一、二节中他弃用了传统小说的开场方式，将多个人物并置横铺。“五个从生活里跌出来的人”来自上海不同的角落，金业交易所里被金钱燃烧疯狂的胡均益、大学校园里的伪情痴林萍、霞飞路上对年龄无比恐慌的黄黛西、哈姆雷特的超级拥趸季洁、数年如一日混在机关的书记员缪宗旦，就是这五个生活轨迹很难交叉的都市青年，在霓虹闪烁的皇后夜总会，在星期六的夜晚，“没有理性”“法官也想犯罪”“上帝都想进地狱”，夜总会的这一夜就是每个人的“末日”，黄黛西告别青春的生日，胡均益是全面破产的前夜，在上海这个巨大的、快速转动的机器里，摇晃着一个个脆弱的生命和灵魂。与京派作家向后看、沉静的表述不同，海派小说家的时空是加速和折叠的，动感十足，比较起来，京派小说的世界仿佛是时间延迟的慢动作画面，而海派作家的画面是动感富有力度的快速播映。

“现代都市建筑及其意象（包括留学生所在国的）是怎样激起作家的‘现代性’想象，并由此生发批判农村‘落后现象’，或者产生以‘乡下人’的道德重新关照‘城里人’的比较性视角的？大学是怎样（包括留学生）生产出中国的第一代‘现代作家’，是怎样通过‘大学的权力’确定文学经典，并且把它作为一种‘普遍性’的只是借助大学这座现代文化产业最后向社会传播的。”①值得一提的是，在对文明进程的思考中，以沈从文为代表的京派作家，其文化意识也并没有导向退化的文明观，其都市与乡村的对立乃是基于其独特的生命关怀，深深蕴含着文化改造的诉求。乡土中国输送给京派作家的文化血脉是一种思考的向度，使其孜孜以求地去塑造一种新型的国民人格。他们试图以充满生命活力乃至原始蛮力的“精神”注入现代都市人灵魂之中，匡正现代都市文明对人性的侵蚀。京派作家群体在时代的淘洗和民族的忧患里，展现了沉静和严肃的现实情怀。这种文化重铸的路径是进化的文明观，时至当下，对当代中国的国民品格构建仍有积极的借鉴意义。

---

① 程光炜：《文人集团与中国现当代文学》，人民文学出版社2005年版，第8页。

第四章　京派作家的多文体探索

京派作家在20世纪30年代的中国文学格局中扮演着学院作家的文化角色。他们一面履行着大学教师和研究人员的社会责任，一面从事着文学写作，双重的文化身份在一定程度上影响和规定了京派作家的写作姿态，同时影响着他们对各种文体的选择和实验。

北平的文化古城时期是一个政治低压、文化空气浓厚的黄金时段，而此时学者和大学教师所具有的职业优势对京派文人的写作观念影响颇深。大学教师或研究人员的职业首先影响的是京派作家的生存状态，大学校园是现代文明进入中国带给知识分子的一块相对独立的栖息场所，校园的院墙将社会上浮泛的商业文化和意识形态干预进行了过滤，在一定程度上净化了京派作家从事写作的动机。京派作家基于对文学独立性的追求分外强调文学艺术形态专有的特质和品格，不断挖掘和探寻在思想性和社会性之上的文学内部因素的共建与和谐，力图在此基础上确立专属于文学本身的文学性，体现在文体观念上就出现了京派作家对现代文学多种文体的探索性实验和改造。京派作家的文体选择和文体观念是建立在其文化身份以及文学追求之上的，是京派作家学院品格在文学写作中的集中体现。

在京派作家对文学内部因素的寻求中，对各种文体的实验和改进最为突出，在20世纪30年代中国文学的语境中，京派作家以学院派的气度和眼光对现代文学各种文体进行了推进和拓展。经过了十几年的探索和发展，新文学已经初步站稳了脚跟，各种文体发展也初步具备了一定的规模，在这样的历史基点之上，京派作家在写作中的文体选择主要体现在对各种文体内核的界定以及表现领域和方式的实验性努力。以小说为例，小说发展到京派作家进行写作的20世纪30年代，历史小说、社会剖析小说、心理分析小说等多种形式不断出现，而京派作家的小说写作，淡化了以往以情节为中心的小说样式，发展了现代文学中的抒情小说一路，同时大胆借鉴当时欧洲流行的现代小说技法，大大丰富了小说形态，其中既有沈从文、废名的抒情小说，又有林徽因充满现代派感觉的意识流小说，在现代小说受政治和商业夹攻的发展期，京派作家以学院派的眼光和自觉的文体意识默默耕耘，增强了小说这种文体的生命力。

京派作家多文体选择的另一个重要表现就是文体内部文学性因素的加

强。在京派作家看来,文学是自我生命追求的重要媒介,对生命理想境界的追求相应地需要对文学文本纯正文学性的探索,具体说来就是消减、淡化文本承载过多思想性的结构部分,放大、增加小说反映人物或作者自我世界的心理成分。以诗歌为例,京派诗人群深受法国象征主义的影响,翻译和介绍了一批“纯诗”理论的文章,在新诗发展到十字路口处潜心进行“纯诗”的写作,在意象选择、意境营构,以及诗人自我世界等方面不断探索,力图实现现代“纯诗”写作的目标,诗歌的音乐性、哲学思辨色彩在京派诗人的诗歌写作中尤为突出。

第一节 诗化小说的试作与成功

作为具有深厚学院知识背景的小说家,京派作家在进行创作的时候更多体现的是一种对小说叙述性功能过多的实验性改造。京派作家对小说的文体实验首先是淡化小说、散文、诗歌三者之间的文体界限,将散文、诗歌中的有效元素吸纳到小说写作中来,在小说结构、语言、意象体系建构等方面进行更新,以学院派的视野和理念发展了现代小说的抒情一路,同时进行了适量的改造,使其呈现了理性化的抒情效果。在写作视野上京派作家同时向中外文学传统寻求资源,在传统文化符号体系和西方小说技法的双重影响下,展现出了既古典又现代的文学风格。

小说这个文体在中国文学史上一直具有较强的阅读性。随着现代报刊出版业的兴起,报刊连载的消费属性对小说情节提出了写作时限迅捷和可读性强的要求,使得现代小说复又回头向传统小说的叙述模式寻找资源。与西方现代小说发展成熟期的反叙述方向不同,中国现代小说发展到了 20 世纪 20 年代,叙述性却不断被突出和强化。随着左翼作家集团和海派小说的兴起,小说的阅读性功能被放置在一个空前重要的位置。在 1928 年前后,左翼小说中还以蒋光慈为滥觞出现了“革命+恋爱”的模式化叙述,这种模式将青年人中的流行元素“革命”和“恋爱”杂糅在一起,深深契合了大革命失败后青年们迷茫、渴求突破现状的心理,一经出现就在上海掀起了一股红色革命文学的大潮,以致一些左翼作家乃至三流写手竞相模仿,蒋光慈连同“革命+恋爱”写作模式一时成为当时的流行文化符号之一。海派小说更是由于“名士才情+商业竞卖”成为被严肃作家所诟病的写作流派,京派作家沈从文甚至以“都市男女”“海上传奇”来概括其创作,这种以摩登味、时髦气和迷幻都市感觉为构件的小说模式“一眼望去,也许觉得这些东西比真的还热闹,还华美,但过细检查一下,便知道原来全是假的,东西完全不结实，不牢靠。铺叙越广字数越多的作品，也更容易见出它的空洞，它的浮躁”①。针对这种由于政治和商业文化影响带来的作家对小说情节的过度关注，京派小说家表现出了更为审慎的态度、更为纯粹的审美眼光和更具实验性的文体观念，其中最突出的就是对小说结构、情节等趣味元素的淡化和对散文化结构的追求。

京派作家的写作目的和方向与海派和左翼作家不同。左翼作家把文学看成“意德沃罗基”的“传声筒”，小说要完全、彻底地完成宣传、鼓动的功能，情节的功能不可忽视。海派作家作为中国较早的职业作家，期待阅读群体的阅读趣味更是他们写作之前需要思量的因素，满足市民群体的阅读期待势必要求小说通俗性、故事性功能的凸显，两种倾向同时抬高了小说这种文体的叙述性，弱化了小说的抒情性等非叙述功能。“内容上必要有悲欢离合，结构上要有葛藤，极点与收场，才得谓之小说；这种意见，正如十七世纪的戏剧三一律，已经是过去的东西了。”②有鉴于此，京派小说家提笔进行创作的时候充分认识到单纯强调小说的叙事功能对现代小说文体建构的消极影响，过多的政治和商业因素的干预往往与小说的叙事功能的放大结合在一起，进而成为一种共生的现象。要扭转政治和商业因素对小说文体的干预、突出小说的抒情功能，一个有效的途径就是增加小说的抒情性元素，弱化情节在小说结构中的地位，即打散小说中紧扣、密集的情节链条，将其还原为符合生活原生态的散点式结构。作者在叙写小说时并不力求叙述一个完整的故事，而是使叙述中的故事性让位给生活真实和情感真实。对于京派作家的小说写作实验，周作人给予了极大的肯定，他直接将废名的小说《桥》编进了《中国新文学大系·散文一集》并对此说明道：“废名所作本来是小说，但我看这可以当小品散文读，不，不但可以，或者这样更觉得有意味也未可知”③。小说家不仅仅要注重作品的阅读趣味，更要关注生活的真实和心理的真实，这种散文化、生活化的叙述手法更新了现代小说的观念，使小说能于故事之外发现更多的生活容量，丰富了现代小说的风格，使其在跌宕起伏的情节之外能有一种松弛、恬淡的美学风格。京派作家创作中的散文化的结构是对中国近千年小说观念的一个反拨，是小说文体的一种深化和拓展。

需要指出的是京派小说家这种散文化的结构是对中、西方两种文学资

---

① 沈从文：《论穆时英》，《大公报·文艺》1935年9月9日。

② 周作人：《〈晚间的来客〉译后记》，《新青年》1920年第5期。

③ 周作人：《中国新文学大系·散文一集》导言，上海良友图书印刷有限公司1935年版。

源选择性吸收的结果，尤其是西方意识流小说和中国古典诗歌中的意象观念。京派作家注重自由的生命状态，在小说观念上的体现就是关注人物自我的内在感觉，小说中心理书写的痕迹明显。意识流作为一种概念最初是在第一次世界大战前后的欧洲文艺界出现的，当时弗洛伊德的性心理学说震撼力犹在，加之詹姆斯的意识心理学和柏格森的生命哲学的影响，意识流的手法受到这些理论的影响更加突出作品中人物隐蔽的心理本源状态，通过时序穿插、自由联想、心理分析式的内心独白、象征等手法，充分传达出人物内心世界的非理性现实，恰如乔伊斯所说："人类社会具体体现了一些不变的规则，而社会中男子和女子的生存环境和他们的反复无常则包括这些规则，或团团围簇在他们四周。文学的王国是这些偶然的行为方式与情绪得以活动的王国——一个辽阔的王国，而真正的文艺家所主要关心的便是这种种行为方式与意绪。"①这种观念是对传统小说线性叙述手法的颠覆，是一次小说现代性的积极尝试。

20世纪二三十年代，随着普鲁斯特、乔伊斯和弗吉尼亚·伍尔夫等人熟练写作影响的散播，意识流不再作为一种单纯的概念，而是成为一个成熟的小说流派不断自我更新。意识流小说作家不甘于对现实世界的再现和摹写，而注重从作家的主体世界出发通过意识的力量锻造出超越现实的审美世界。在意识流写作中，作家不必刻板地拘泥于客观现实，而是力图捕捉到小说中人物内心世界的变化及由此带来的瞬间意象和细微感受，并以一种符合心理世界真实性的叙述方式将其展现出来，这种描写和叙述的意图促成了对单线叙述方式的突破和多元视野的复调叙述时期的到来。

意识流小说及其创作观念是在20世纪20年代开始传入我国的。郑振铎在1927年商务印书馆出版的《文学大纲》中对当时法国的意识流小说家普鲁斯特有过介绍和评价，认为"柏各司特是很值得读的"②。这是我们能够见到的较早的介绍意识流小说家的文章。随即，赵景深、冯次行等人接连对意识流小说作家及创作有过专门的介绍，赵景深在《一九二九的世界文学》一文中更是将弗吉尼亚·伍尔夫称为"小说家的爱因斯坦"，"因为她说人的身体有四度，时间也是人身不可缺少的本质，而其实所谓时间不过是心境变迁"③。这种对意识流小说观念内核的把握非常准确，也为中国作家准确地理解意识流小说提供了清晰的方向。

---

① [爱尔兰]乔伊斯：《戏剧与生活》，《意识流小说论》，翟世镜译，四川文艺出版社1989年版，第115页。

② 郑振铎：《文学大纲》下册，商务印书馆1927年版，第129页。

③ 赵景深：《一九二九年的世界文学》，上海神州国光社1930年版，第80页。

京派作家群体中有相当一些人曾留学或访问欧洲，彼时正是意识流小说在欧洲大行其道之际，林徽因等人甚至还参加过以意识流小说作家为核心的文学沙龙，这种亲历性的感受为他们归国后试笔于此道提供了充分的先决条件。最先译介意识流小说的京派作家是叶公超，他在1932年翻译了伍尔夫的意识流小说《墙上的一点痕迹》（后译为《墙上的斑点》），文后叶公超还介绍了伍尔夫在英国文坛的地位和影响，指出了伍尔夫的小说揭示了人类在理性之下隐藏的意识与下意识交错的内心世界，这种以心理世界的真实为经纬的小说叙述方式是“别开生面的”，“它所影响于读者的不但是一种新的技巧而已，而且可以更直接地指导我们如何去观察人生。”①当时的很多作家也注意到了伍尔夫的小说特点并开始在写作中借鉴和吸收这种新的小说技法，其中包括了京派作家中的凌叔华、林徽因和李健吾，而深得伍尔夫技法的作品就是林徽因的奇文《九十九度中》。

在林徽因写作《九十九度中》之前，徐志摩曾有一篇模仿伍尔夫《到灯塔去》的小说《轮盘》，而比起后来的作品《九十九度中》，其对意识流技法的运用显然不够娴熟。《九十九度中》最初发表在《学文》第1卷第1期上，小说较为典型地使用了散点透视的叙述角度，以明珠暗线的断面手法将一天时间里北平高温天气中十五个看似无关联的生活片段连缀成篇，全文覆盖了40多个人物，整个叙述风格给人一种跳跃、旋转的感觉。饭庄中的挑担像是小说中呈现画面的摄像机遥控杆，读者“跟随着饭庄的挑担，走进了一个平凡然而熙熙攘攘的世界”②。从三个挑担开始，作者以片段展示、迅速切换的方式给我们勾勒了当时古都北平的多个阶层的众生相。小说看似散乱，而细读后不难发现自有经纬。张家婚礼、寿筵庆典、脚夫毙命、杨三被捕是散点透视结构的四个主要故事，是将看似芜杂的场景串联起来的暗线，其他片段都是由这几个主要故事辐射出去的，最后也是同样归结到四个主要故事中来的。小说的叙述采用了两种方法：一是视角的切换。在切换到每个故事片断时，作者回避了传统小说中全知全能的视角，而是巧妙地转换成为故事片断中主体人物的隐性视角，如写阿淑成亲时，在故事发展到拜堂之后作者笔锋一转，恢复了人物的女性视角，将女性隐秘的内心世界昭示出来，“阿淑在迷惘里弯腰伸直，伸直弯腰。昨晚上她哭，她妈也哭，将一串经验上得来的教训，拿出来赠给她——什么对老人要忍耐点，对小的要和气，

① 叶公超：《墙上的一点痕迹》，《新月》1932年第1期。

② 李健吾：《九十九度中——林徽因女士作》，载《咀华集·咀华二集》，复旦大学出版社2005年版，第35页。

什么事都要让着点——好像生活就是容忍和让步支持着！她焦心的不是在公婆妯娌间的委曲求全。这几年对婚姻问题谁都讨论得热闹，她就不懂那些讨论的道理遇到实际时怎么就不发生关系……”①隐性转换的视角既使读者能够对人物背景有一定的知晓，也能让读者触摸到一些当事人复杂、细腻的内心意识活动，符合了意识流小说中人物内心世界真实性的观念。人物内心世界的感受与外在世界虚拟假象传递的感受形成了一个空间，一个夹层，两个世界间杂糅的全部信息就是小说力图昭示的现象世界背后的意义所在。

二是作者有意在相同的时间、相同的城市空间里并置不同人物的生活轨迹，通过不同人物命运的对比性描绘，传达作者对人生、命运的悲剧领悟。小说的第五部分，当写到脚夫因酷暑难耐不得医治而毙命的时候，下一个镜头随即组接到在同一个时间张府内的寿筵庆典，并巧借张秃子第三人称视角的视野和感受将悲凉感吐泻出来，“张秃子失望地走回到自己院子里的时候，天已经黑了下来，他听见李大嫂的哭声知道事情已经不行了，院里破罐子还放出浓馥的药味，他顿一下脚，‘咱们这命苦的’，他已经想到去捐募些钱，收殓他朋友的尸体，叫孝子们挨家去磕头吧”。而此时的张宅里，“更热闹，水月灯底下围着许多孩子，看变戏法的由袍子里捧出一大缸金鱼，一盘子王母蟠桃献到老太太面前，孩子们都凑上眼看金鱼的真假，老太太高兴地笑”。这种场面并置的散点式结构具有很强的叙述优势，比起大篇幅、长线条的完整故事情节展现，散点透视的结构更容易在比较的视野内展现人物的生存处境，李家命运的凄凉正是在张家的喜庆氛围衬托下更显悲怆，壮年命殒与老来寿庆更是形成了鲜明的对比，短短的两个镜头将人生背后复杂的信息浓缩进来，带给读者震撼的阅读体验，看似毫无关联的镜头序列里暗含了作者深厚的人性关怀，在这一点上，散文式的结构特点大大加深了作品的蕴含。

《九十九度中》在叙述技巧上深受意识流小说的影响。作者将小说的时间跨度锁定在一天内，以横切面的叙述方式串接了十几个片断镜头，在镜头衔接时不断转换隐含的叙述视角，以此更为便利地将多个人物不易为人察觉的内心潜意识剥离出来，并且通过镜头间的并置和跳跃在比较中形成不同生存世界人们命运的对照。《九十九度中》在小说外壳上与伍尔夫的小说《达洛卫夫人》也有着一定的相似处，其中最突出的就是两部作品都将

① 林徽因：《九十九度中》，载《林徽因选集》，人民文学出版社2005年版，第27页。以下关于此作品的引用均出于此版本。

时间跨度锁定在一天之内,都是透过散点透视的叙述策略展现了一个城市(分别是北平和伦敦)在一天之内的瞬息变化。

李健吾、凌叔华、萧乾等京派作家在小说结构的经营上也曾经受到过意识流影响,如李健吾的《心病》比较自觉和成功地运用人物潜意识为线索结构成篇,尤其是小说的上卷采用日记体的形式,第一人称的叙述将全知全能视角无法洞穿的内心世界铺陈出来,自由联想加之跳跃的意象打破了传统小说单线叙述的风格,形成了摇曳多姿的叙述效果。

林徽因等京派作家合理吸收、借鉴了西方意识流小说的因素,丰富了现代小说的叙述形态,在以情节为吸引读者眼球的商业化写作氛围中独辟蹊径,将散文的散点叙述模式引入到小说中,开辟了现代小说新的美学范式和风格,这种打通文体界限、有效借鉴的观念也是京派作家学院品格的典型体现。

有关京派小说结构的结构方式,朱光潜曾经有过一段生动的取喻,"第一流小说家不尽是会讲故事的人,第一流小说中的故事只像枯树搭成的花架,用处只在撑住一园锦绣灿烂、生气蓬勃的葛藤花卉,这些故事以外的东西就是小说中的诗。"①京派作家是如何构建起小说繁复的意象群落、使小说在叙述趣味性之外呈现含蓄的审美内韵呢?诗歌中的意象组合方式在京派作家小说的诗性空间营造过程中承担了重要的角色。

在中国现代小说流脉中,抒情小说自成一支。早在1920年周作人就曾提出过"抒情诗"小说的概念,五四小说写作实践中,鲁迅的《故乡》《社戏》等开创了中国现代抒情小说的典范。之后在发展中一些散文、诗歌等文体的因素与现代小说写作技法的融合大大促进了现代抒情小说的渐进和发展,到了京派作家集中写作的20世纪30年代,现代抒情小说开始呈现出两种发展态势:一种是郁达夫等人开创的抒情小说一路,在20年代末30年代初由太阳社、创造社等青年作家延续下来的普罗小说的激情模式,这种带有直白、宣泄味道的抒情小说在有效传达出作者激越的情绪之外却也显露了小说审美意味的缺失,随着华汉《地泉》三部曲五个序言对这种创作模式进行清算之后,左翼文学中此类小说的写作渐近沉寂。当时在文坛颇具名气的巴金的小说抒情创作,也曾经被朱光潜批评为"眼泪文学",可见直露、不加节制的抒情小说并非为京派作家所青睐。另一种抒情小说模式则是鲁迅等现代小说家开创的情感节制的抒情小说一路,这种创作风格经过王鲁彦、

① 朱光潜:《谈读诗与趣味的培养》,载《朱光潜全集》第3卷,安徽教育出版社1996年版,第49页。

台静农等乡土作家的传接后逐渐发展起来，而到了废名、芦焚等京派作家手中获得了进一步发展。

周作人很早就提出了小说可以承载抒情功能的观点，他说："在现代文学里，有这样一种形式的短篇小说，小说不仅是叙事写景，还可以抒情"①。他将小说的叙述功能与抒情功能放置在同样重要的位置上，给予了现代小说的抒情功能体认。在小说的渐进发展中，这种文体的功能一直偏向于启蒙而非审美，一方面现代小说在数量上确实取得了较大的发展，而在小说观念和内部形态上却前行不多，尤其是小说的叙事功能的过分发达挤压了其他品格，京派小说的新文体观既是对这种发展倾向的自觉校正，也是小说文体发展中的必经之路。

在具体写作中，京派小说家淡化了情节的功能，凸显小说的叙事功能之外的审美特征，而这其中较为合理地借鉴了中、西诗歌意象建构的手法，汇通了中国传统诗学和西方现代诗论的意象营建方式，将普遍运用于诗歌中的思维和结构方式横移到现代小说的写作中，半叙景物、半涉人事，在讲述故事之外营造一种意境，创作出了具有生命感悟和独特美感的小说文本，开辟了现代小说文章之美的疆域，其中最具代表性的京派小说作家是废名、沈从文、凌叔华、芦焚和林徽因。

我们来看看沈从文一篇关注度不高的小说《贵生》。1937 年 5 月 1 日，《贵生》刊于《文学杂志》创刊号小说栏之首。《文学杂志》是京派厚积薄发推出的大型文学刊物，朱光潜将《贵生》排在《文学杂志》小说栏之首，其用意颇深。《文学杂志》编辑虽然只署朱光潜的名字，背后却是联合起来的整个京派。朱光潜回忆《文学杂志》的创刊经过时说，一种文化在生发期应该"不拘一轨"，"在分歧冲突之中，各派思想仍能保持独立自由的尊严，自己努力前进同时也激动敌派思想努力前进"。一种文化的生发期过后就是凝固期，凝固期的特点是"新传统成为一种统一的中心势力"。凝固期同时也就预兆着它的没落期。当时的左派文艺"为大众"，"为革命"，为阶级意识甚至是"为国防"，而落伍的作家则"抱与人无争的态度而超然起来"。《贵生》是沈从文有意为之的作品。在左联劲猛迅捷的时代里，沈从文却有意选择用冲淡的口吻娓娓讲述一个乡村悲剧。贵生是一个以砍柴割草为生的山民，居所建在五老爷家的土地上，作为回报负责帮五老爷看守两个种桐子的山坡。他每天日出而作，用劳动丈量可期的幸福。他爱上了杂货铺老板的女儿金凤，却因金凤命里带克，迟迟不敢提亲，直到感觉五爷看上了金凤，

① 周作人：《〈晚间的来客〉译后附记》，《新青年》1920 年第 5 期。

贵生此时也怕夜长梦多,跑去城里跟给大户人家做厨子的舅舅商量。当贵生带了精心准备的聘礼回来准备迎娶金凤时,才发现金凤已经戴上了新娘的红花。在金凤新婚的当晚,杂货铺和贵生家的屋子都起了大火,贵生和杂货铺老板下落不明,但放火的显然是贵生。

《贵生》草蛇灰线,隐藏了两个主题:一个是对命运、对偶然的敬畏和思索,一个是对"化外之地"边民原始的力的赞美。金凤,就是命运设定的门环,欲望和危机同在,越是害怕命运的捉弄,却最终摆脱不了宿命。五爷和贵生,正是左翼文学中阶级斗争的样本,无产阶级的贵生汲汲于生,欲求普通人的幸福不可得,五爷终日闲在,却随手拿走了贵生珍视的幸福,对命运的畏惧导致了贵生的延宕,延宕最终成为悲剧的主因。文末鸭毛伯伯对贵生说的"你不先下手,怪不得人!"唤醒了贵生隐忍背后的蛮力。此时,左翼作品往往会选择将复仇的怒火烧向四爷、五爷,而沈从文在矛盾冲突到达最高潮时,却荡开一笔,写到了两处烧毁的房屋。前文贵生一句"我真要去当兵"给开放式的结局一个暗示,"一个人有一个人的衣禄,勉强不来"的乡民,最终告别了日常的生活,走向了广阔的未知。正如作者所言:"因为我们大家都明明白白,当前是住在一片给恶临困辱也近于被家长所遗弃的土地上,这地方当前与将来的种种,是特别值得国人关心的。即单单以这个大城一百五十万住民而言,人事上如专家学者的沉默努力,有血性人的悲愤呼喊,多幻想的青年与无心肝的汉奸的目的不同各自暗中活跃,小市民的苟安旦夕,以及四郊农民普遍的挨饿待毙,来表现描写,无事不可以着笔。这种作品毫无可疑成为中国人一种警告,一种兴奋剂。"①

京派小说家善于将诗歌中,尤其是中国古典诗歌和西方象征主义理论中的意象结构借鉴到小说文体中,通过选取具有丰富象征意义的单个或多个意象,织就繁复的意象群落,由此叙说人事、描绘景观,以象结意、以景结情。在中国的传统诗学中,意象是诗歌写作的核心元素之一,诗人往往借助意象将诗人的主观情感与客观世界搭连起来,外物与诗人驰骋的内心世界由此取得恰切的连接点,各个意象多层次、多角度的叠加、交错和承接,又组成了严密的意象体系,成为扩充诗人与外界的复杂感情关系的重要媒介,这种以象为诗的传统在中国古典文学发展中承传不断,并且逐渐形成了中国文学,尤其是中国古典诗歌独有的情感表达方式和诗歌叙事传统,进而内化为一种文学思考方式和审美表达情态,浸润在中国传统文

① 沈从文:《对于这新刊诞生的颂词》,《沈从文全集》第17卷,北岳文艺出版社2002年版,第119页。

学的庞大根系之中。

京派作家在革命文学蔚然成风的时代气候中,与主题先行的写作意识不同,更多的回归到文学的本体,即文学的研究和写作试验中,体现出一种盲目屈从之外的可贵的文学意识。正是这种学院派自觉的文体意识,在现代文学尤其是现代小说渐进发展中承担了关于文学本体建设的重要使命,使 20 世纪 30 年代中国文学格局呈现了多样和丰富的形态。由于接近古典诗歌传统的血脉,京派作家从取材上更加倾向于将眼光投射到田园乡土中国。从五四时期鲁迅的《社戏》等抒情意味较强的抒情小说开始,中国现代抒情小说从题材上与乡土、田园初具情缘,到了京派作家手里,借助诗化小说的合理形式,乡土中国所独有的风俗美、人情美、自然美和意境美被更加充分地开掘出来,不特具有丰富多样的美学价值,并且成为现代民族品格构建的要件之一。

诗化小说不同于小说的散文化。在小说的叙述节奏中,诗化小说更多的借鉴诗歌意象营构的方式,通过语言和意象的跳跃性,以人物的内心意识活动为链条,以心理真实取代经验真实,突破情节的束缚,达到诗化的效果。诗化小说的文体写作和实验是对五四以来接受的西方传统"人物、情节、环境"三要素文体观念的反拨和挣脱,是中国现代小说观念在西方当代文学观念影响下的自觉前行,从周作人 1920 年翻译《晚间的来客》开始一直到京派作家,现代诗化小说才真正在中国文学界开始形成规模。在诸多京派作家的诗化小说研究中,有关沈从文的部分已经较为成熟,本书则选取另一位比较有代表性的作家废名作为论述对象。

废名在京派作家群体活动中一直没有承担起主要角色,在京派作家可见的文学活动中,废名并不是一个积极的角色。由于性格所致,废名更多的是潜隐在人们的视线之外,深耕自己的文学实验田。废名对现代文学文体建设的追求非常执着,施蛰存曾经直言"谈到中国新文坛的文体家,废名先生恐怕应该排列在第一名了"①。在沈从文的小说中我们仍然能体会到情节的设计及由此带来的阅读兴趣,到了废名这里情节的铺展和人物的塑造被彻底放置在次要的位置上,重要的是弥散在小说中的意境和兴味。其中我们感受不到情节的缠绕、事件的曲折,真正能够体会的是一个建筑在文字上的梦境。"著作者当他动笔的时候,是不能料想到他将成功一个什么。字与字,句与句,互相生长,有如梦之不可捉摸。然而一个人只能做他自己

① 施蛰存:《一人一书》,《宇宙风》1937 年第 32 期。

的梦，所以虽是无心，而是有因，结果，我们看他，不免是梦，但依然是真实。”①文学在废名的眼中就是织就梦境，生活是梦、文学亦是梦，以诗意为内核的小说梦境正是废名小说的卓尔不群处。在具体的文本写作中，编织梦境的工具就是带有禅意和禅趣的小说意象和语言的使用。

在对废名的小说解读中，周作人第一个将冲淡为衣的废名与温婉秾丽的温李联系在一起，他说：“《桥》的文章仿佛是一首一首温李诗，又像是一幅一幅淡彩的描画”②。从色彩上来说，废名的清雅与温李的浓酽大相径庭，但周作人确实捕捉了废名小说营构与温李诗歌意象搭建之间的内在联系。后来朱光潜也认识到了这一点，他说：“《桥》的文字技巧似得力于李义山诗……其突出特征是跳，即废名所说的‘因文生情’。”③可以说，在废名小说的结构经营上，温李的影响是很难忽视的。对此，废名本人曾说过：“我最后躲起来写小说，乃很像古代陶潜、李商隐写诗。”④而且在诸多的中国古代诗人中，废名对温词和李诗的赏誉最多，在其北大讲义《以往的诗文学与新诗》中，废名使用了大量温李的诗歌文本进行细读，给学生们解析其诗词意象的独特处，“温词是整个的想象，大凡自由的表现，正是表现着一个完全的东西。好比一座雕刻，在雕刻家没有下手的时候，这个艺术的生命便已完全了，这个生命的制造却又是一个神秘的开始，即所谓自由，这里不是一个酝酿，这里乃是一个开始，一开始便已必然了，于是我们在欣赏这一件艺术品的时候我们只有点头，仿佛这件艺术品是生就如此的。”温庭筠词最大的好处在废名看来是“幻想，作者是幻想，作者是画他的幻想，并不是抒情”⑤。

比起五四以来直抒胸臆的抒情小说，废名从古典文学那里借鉴的资源是他清醒地认识到抒情小说的架构并非要一泻千里，毫无遮拦，而是要通过主观与客观连接的载体意象来实现，而在废名看来李诗又高于温词，其缘故在于李诗是曲子中缚不住者，“李诗的典故就是感觉的联串，他们都是自由表现其诗的感觉与理想……是‘星沉海底当窗见，雨过河源隔座看’。”⑥

温李的诗词在废名的文学资源库里占据了重要的位置，这种重要的地位也渐渐改变着废名的写作之路。废名曾经直言这种影响，“就表现手法

① 废名：《说梦》，载《冯文炳选集》，人民文学出版社 1985 年版，第 319 页。
② 周作人：《书房一角》，载《知堂书话》，海南出版社 1997 年版，第 55 页。
③ 孟实（朱光潜）：《桥》，《文学杂志》1937 年第 3 期。
④ 废名：《废名小说选・序》，载《废名小说选》，人民文学出版社 1957 年版，第 1 页。
⑤ 废名：《以往的诗文学与新诗》，载《新诗十二讲》，辽宁教育出版社 2006 年版，第 30 页。
⑥ 废名著，陈子善编：《论新诗及其他》，辽宁教育出版社 1998 年版，第 23 页。

说,我分明地受了中国诗词的影响,我写小说同唐人写绝句一样,绝句二十个字,或二十八个字,成功一首诗,我的一篇小说,篇幅当然长的多,实在用写绝句的方法写的,不肯浪费语言。这有没有可取的地方呢?我认为有。运用语言不是轻易的劳动,我当时付的劳动实在是顽强。读者看我的《浣衣母》,那是最早期写的,一支笔简直就拿不动,吃力的痕迹可以看出来了。到了《桃园》,就写的熟些了。到了《菱荡》,真有唐人绝句的特点,虽然它是五四以后的小说。"①

具体到文本中,诗化小说表现有二:一是诗歌意境的构筑。从废名自道的《菱荡》看,作者确实将古典诗歌中意境的结构方式横移到小说中来,为现代小说的文体多样性提供了有益的实验。《菱荡》全文几千字,不落尘音。通篇像是将散落在地上的珠玉串联起来,个个有荧光,个个有面貌。小说开头出笔不凡,"瓦屋""泥墙""石灰画砖"在阳光的照射下具有一种光泽,这种恬淡、闲适的乡野之风为全文定下了意境的调子。接着作者笔锋一转,这样的乡野之处也并非全是烟火气,陶家村也是有灵气的地方。洗手塔和桥就是着了仙气的,平常看来没有任何特别的摆渡人原来也是有故事的人,他们是没有升天的摇橹者。然后作者切入文题,写出了亦城亦乡的陶家村内的菱荡,菱荡之美带有禅意,菱荡是花篮的形状,却没有一束花,散落的绿油油的一片,油菜花开后菱荡却又换了面容和皮肤,由绿叶而尽为花了。叶落花开间,尘世的光阴悄然流过,以菱荡得名的菱荡圩也由此带上了氤氲的色彩。至此景物的铺叙告一段落,人物开始出场,陈聋子就是生活在这样的菱荡里的白描人物。他在陶家村打了十几年长工,起居、劳动就是在菱荡里完成的。而作者赋予了他的日常劳动以别样的诗意,陈聋子划着筏子进入菱荡里采菱角,在作者看来好似"在菱叶上打回旋",提着满是菱角的竹篮去送也是"走路不带声响",陈聋子的劳动仿佛具有些许的庄禅意味,并不带有人间的尘垢。景物与小说的人物恰当融和,人物带有了景物的品格,而景物也沾染了人的气息。整篇小说没有跌宕的情节和夺目的人物,展现给读者的只是一幅幅墨色点染的田园生活图景,意境隽永,回味悠远。

对于此,沈从文较早地给予了废名作品诗意的描绘,他甚至将自己与废名进行并置和对比,从中各找出叙述的短长。"把作者,与现代中国作者风格并列,如一般所承认,最相称的一位,是本轮作者自己。一则因为对农村观察相同,一则因为北京地方风俗习惯也相同,然后从同一方向中,用同一单纯的文体,素描风景画一般把文章写成,除去文体在另一时如人所说及同

① 废名:《冯文炳选集》,人民文学出版社1985年版,第394页。

是不讲文法的作者外,结果是仍然在作品上显出分歧的。如把作品的一部并列,略举如下的篇章作例:

《桃园》(单行本)《竹林故事》《火神庙和尚》《河上柳》(单篇)

《雨后》(单行本)《夫妇》《会明》《龙朱》《我的教育》(单篇)”

接下来沈从文更是精当分析道,“冯文炳君所显示的是最小一片的完全,部分的细微雕刻,给农村写照,其基础、其作品显出的人格,是在各种题目下皆建筑到‘平静’上面的。有一点忧郁,一点向知与未知的欲望,有对宇宙光色的炫目,有爱,有憎,——但日光下或黑夜,这些灵魂,仍然不会骚动,一切与自然协和,非常宁静,缺少冲突。作者是诗人(诚如周作人所说),在作者笔下,一切皆由最纯粹农村散文诗形式下出现,作者文章所表现的性格,与作者所表现的人物性格,皆柔和具母性,作者特点在此。《雨后》作者倾向不同。同样去努力为仿佛我们世界以外的那一个被人疏忽遗忘的世界,加以详细的注解,使人有对于那另一世界憧憬以外的认识,冯文炳君只按照自己的兴味做了一部分所欢喜的事。使社会的每一面,每一棱,皆有机会在作者笔下写出,是《雨后》作者的兴味与成就。用矜慎的笔,作深入的解剖,具强烈的爱憎又有悲悯的情感,表现出农村及其他去我们都市生活较远的人物姿态与言语,粗糙的灵魂,单纯的情欲,以及在一切由生产关系下形成的苦乐,《雨后》作者在表现一方面言,似较冯文炳君为宽而且优。”①

《枣》则是另一种风格。小说开篇就写到了“我”漂流多年的流浪感而渴求安歇的念头,这念头好比野花芳草般少年的欢喜,思乡总需有情寄,何物以托此思乡之情呢?因为来北京的日子往来皆住客栈,少了些家的意味,在“我”现在的住所后有一株高大的枣树,行笔于此,作者没有直抒胸臆地生发对故乡之情,而是宕开一笔,写到了先生造访和苦雨之灾。接着“我们”不由谈到江南景物,此时的“我”不由得无语了,一触乡情,作者没有继续铺排,而是戛然而止,采用诗歌收尾的方式将全部的情思放置在空白和想象之中,这种处理方式带给小说更多的意韵和回味。八月里枣子渐渐熟了,前院也搬进了新人,“我”在与他聊天时谈到了府上何处,近况如何,直至此时,作者的乡情、乡愁才开始倾吐,“我”方开始想将树上疏疏几吊枣子吃了。以废名为代表的京派小说家在传达现代化浪潮之下乡土中国微茫的哀愁时,并非是袒露无遗的宣泄,而是有节制的抒情,其态度恰如京派旗手沈从文所说,“神圣伟大的悲哀不一定有一滩血,一把泪,一个聪明的作家写

---

① 沈从文:《抽象的抒情》,复旦大学出版社 2004 年版,第 101 页。

人类痛苦或许是用微笑表现的。”①

诗化小说的另一种表现就是语言的诗化，这在废名的小说中尤为突出。废名语言的奇诡在现代文坛上为人所公认，他常常追求文字的简净，在小说中嵌入一些古诗、古字，造成语言的跳跃性和陌生化。而需要关注的是，废名在小说中使用的古诗、古字并非是古代汉语的简单复活和移用，而是站在现代汉语体系中对传统诗学语言因素的有效吸取。在小说中大量使用意象化的结构方式的同时，如何有效而简练地传达出完整的意境感觉而又带给读者言不尽意的阅读感受，对古典诗词的化用无疑是一种简洁、可取的途径。在《桥》等作品中废名大量化用，甚至移用了古典诗词中的句子，如形容细竹炼字是“寒壁画花开”，描绘琴子的面容则是“鬓云欲度香腮雪”，细竹之流泪则是“泪流玉箸千条”，等等。除了直接移用之外，废名还以己之思，对很多古典诗词进行再造：如由庾信的“寒壁画花开”破而为“树如床头，花开镜里”；由李商隐的“我是梦中传彩笔，欲书花叶寄朝云”转而为“花是夜里红了”；等等。这种移用和化用并非是对古典诗词个别章句的简单移位，而是在现代汉语体系中对一些古典诗词资源的盘活和再生，这种异质语言的切入打破了惯有的现代汉语传统，是一种煅烧语言能力的语体尝试，也是古典诗歌与现代小说远距离发生关联的生动体现。

废名的语言诗化还有很多其他表现，比如已有研究充分注意到的打破词语原来的词性，以活用的词汇更新人们的日常感觉，进而带来陌生化的语言体验，如《四火》中说到四火“一走走到城隍庙，城隍庙的石头上睡午觉”，《桃园》中的“王老大一门闩把月光都闩出去了”，《碑》中的“和尚的道袍好比一阵云，遮得放马场一步一步的小，渐渐整个摆在后面”，等等。这些特殊的文字处理方式，打破了语言通常的节奏感和速度感，甚至异于人们平日思考的逻辑关系，带给读者奇僻的阅读体验。

另一种语言的实验是打破语言与语言之间的关联性，将小说句段中的介词、连词、副词省略掉，增强句段之间的跳跃性，如《桥》中写琴子“话没有说，只是笑——她真笑尽了花红山，同时那一棵松树记住了她的马！玩了一半天，休憩于上不去的树。以后坐在家里，常是为这松荫所必遮，也永远有一匹马，鹤那样白，最足惜者，松下草，打起小小的菌伞，一定是她所爱的东西，一山之上又不可以道里计，不与同世界，它在那里——青青向人瞧吧。”作者下笔似蜻蜓点水，以思维的跳跃带动语言的省略，在物象拟人化、物象主观化的多重手法中实现了奇异的效果，增强了语言的容纳力和表现力。

---

① 沈从文：《谈诗》，《创作月刊》1931 年第 2 期。

第二节　美文式的独立散文

京派批评家李健吾在其批评著作《咀华集》中曾对散文文体的特殊性如此解释，“散文缺乏诗的绝对性，唯其如此，可以容纳所有人世的潮汐，有沙也有金，或者犹如蜿蜒的溪流，经过田野村庄，也经过阛阓城邑，而宇宙一切现象，人生一切点染，全做成她的流连叹赏。”①这种表述在很大程度上道出了散文文体的特殊性。

1921 年，周作人发表了《美文》，在确立现代散文文体合理性的同时，将古文中的序、记、说等也归入了美文一类，这种归纳扩充了现代散文的类别和种类，但也模糊了本就不甚清晰的散文文体的特质，同时这种归纳并没有区分现代散文与旧式散文的边界，可以说没有给予现代散文一个明确的文体边界。周作人在五四时期的散文观念深受英国、日本随笔理论的制约，其对现代散文的定义在一定程度上忽视散文内在的文学性和审美价值。随着现代散文创作实践和理论的渐进发展，树立散文文体在现代文学中的平等地位、确立现代“散文的艺术”，②使散文成为“与诗、小说、戏剧并举，而为新文学一个独立部门的东西”③已成迫切之举。

基于散文在诸种文体中的特殊地位，京派作家进行散文创作时一面非常注重散文这种文体文学性元素的凸显，一面力图丰富现代散文的叙述和表达方式。散文文体在发展的同时，也在急需孕育新变，“在新文学的部门中，散文的生长不能说很荒芜很孱弱，但除去那些说理的、讽刺的、或者说偏重智慧的之外，抒情的多半流入身边杂事的叙述和感伤的个人遭遇的告白”④。那么在京派作家的视野里，理想散文的写作应该是怎样的呢？

何其芳曾经直言过他对现代散文独立性的认识，“每篇散文应该是一种独立的创作，不是一篇未完成的小说，也不是一首短诗的放大”⑤。李广田更是深入细致地将散文与小说、诗歌三种文体的异同、短长进行了细致的分析，就散文和小说而言，“小说中或有故事，或无故事，但必有中心人物；散文中或有故事，或无故事，却不必一定有中心人物。小说宜作客观的描写，即使是第一人称的小说，那写法也还是比较客观的，散文则宜于作主观

---

① 李健吾：《咀华集 · 咀华二集》，复旦大学出版社 2006 年版，第 79 页。
② 梁实秋：《论散文》，《新月》1928 年第 8 号。
③ 朱自清：《文学百题》，上海生活书店 1935 年版。
④ 何其芳：《还乡记代序》，文化生活出版社 1949 年版。
⑤ 何其芳：《还乡记代序》，文化生活出版社 1949 年版。

的抒写，即使是写客观的事物，也每带主观的看法。小说以人物行动为主，其人物之思想、情感、性格等，都是在行动中表现出来，即使偶然描写一些自然事物，也还是为了人物的行动；散文则不必以人物行动为主，只写一个情节，一段心情，一片风景，也可以成为一篇很好的散文。小说须全作具体描写，即使是议论，是感想，或是一种观念的陈述，也必须纳入具体的描写之中；散文则可以作抽象的言论，如说明一种思想，一种感情，一种论断等。”①散文和诗歌同样是两种具有独立性的文体，“诗须简练，用最少的语言，说最多的事物；散文则无妨铺张，在铺张之中，顶多也只能是委曲婉转的叙述。诗的语言以含蓄暗示为主，诗人所言，有时难免恍兮惚兮；散文则常常显豁，一五一十摆在眼前，令人如闻如见。诗人可以夸张，夸张了，还令人并不觉得是夸张；散文则常常是老实朴素，令人感到日用家常。诗可以借助音乐的节奏，音乐的节奏又是和内容不可分的；散文则用说话的节奏，偶然也有音乐的节奏，但如有意地运用，或用的太多，反而不对”②。散文是区别于小说和诗歌的独立创作，在以语丝体、谈话风确立的自由生发、任性而谈的文体之外，它应该更加明晰文体本身的构件、审美元素和价值，从而具有扎根土壤的内在生命力，这种努力在京派作家的散文创作中可以说是身体力行的。

京派作家散文创作最大的特征就是呈现了一种难能可贵的文体独立意识，这种独立意识不仅体现在对现代散文文体新元素的尝试和发展，更加体现出一种立志修补既往的散文概念，为现代散文正名的强烈诉求。一个清晰的例子就是京派作家萧乾首本散文集《小树叶》，在这本散文集中他自觉地将几十篇文章进行了归类：《小树叶》《路人》《我与文学》《古城》等带有明显抒情散文色彩的文章被归入“美文”类，而其他带有新闻体通讯报道性质的文章，他没有采取模糊的处理方式将其统以散文命名，而是冠之以“游踪”，这种分类方式在当时不免显得过于苛责，而却从另一个角度显示了京派作家对散文文体建设的认真和严肃。正是由于这样严肃的态度，京派作家的散文创作虽然没有数量上的极大丰收，却出现了多种方向的尝试和文体实验，他们在立足于明晰散文文体与其他文体界限的同时，合理将小说、诗歌中一些有效的叙述和构思手法有选择地移植到散文的创作中，为现代散文的生长提供了更为丰富的滋养。

鲁迅、周作人等开辟的语丝文体在现代散文建立的初期，自由生发的观念有助于扩充小品文的叙述容量，使其呈现较为自由的书写状态，但这种观

① 李广田：《谈散文》，《中学生》1948年三月号。

② 李广田：《谈散文》，《中学生》1948年三月号。

念也在另一个方向使现代散文走向缺少束缚的随意状态，任意东西、思接千载的文思带给读者大量阅读信息的同时，也打碎了本就模糊的散文结构，使其变得更加散乱，这种观念延滞了现代散文文体的自我确立过程。那么如何在扩充散文的叙述容量和紧密现代散文的结构中寻求一个平衡点呢？借鉴小说的叙述模式，增加现代散文的叙述功能就是京派作家在散文创作中的一个有益尝试。

散文这种文体“长处大概在于自然有致，而无矜持的痕迹，它的短处却常常在于东拉西扯，没有完整的体式”①。改良散文结构拖沓、主线不清晰的一个重要尝试就是将叙述性文体中的叙述元素吸收到散文的文体写作中，将漫无边际的任性而谈转为有目的、有侧重、有经营的叙述方式，将散落在地上的珠玉串联起来，成为一条打磨而成的项链。

沈从文的《湘行散记》就是这种尝试的表现。作为一名善写小说的作家，沈从文将在小说中的叙述本领不自觉地使用到散文写作中。1934 年 1 月，沈从文回到了他阔别多年的故乡，在行程中他开始记叙旅途的见闻和感受，最终系列文章成形为《湘行散记》。《湘行散记》是作者在都市尝试了各种故乡想象之后一次归乡旅程的告白，由于此时的湘西与原本记忆中的发生了巨大的翻转，“农村社会所保有的那点真正朴素人情美，几乎快要消失无余，代替而来的却是近二十年来实际社会培养成功的一种唯实唯利庸俗人生观。”②这种态度一定程度上影响和规定了沈从文在重新描绘湘西时很难采取优美的抒情笔调，而更加倾向于借鉴小说写法而使用叙述笔法，将故乡的人、事、风土不断地展现出来，使读者在湘西现实人生的横向描绘和历史的纵向刻画中感受到这块地域的殊异风格和品貌。作者没有停留在对奇特风俗和浪漫人事的反复抚摸，而是将笔触直接按压在现实人生图景背后的人性生存状态，将人性的现实和生存的现实揭示给读者看。

《湘行散记》名之为散记，即是用散点透视的方法将归乡途中的见闻串并在一起，单篇散文的名字包括了人物、地名甚至是明确的时间，在故地重游的叙述框架内将埋藏的历史和阳光下的现实交错展现，散文的叙述空间得到了很大的扩充。《一个戴水獭皮帽子的朋友》是《散记》中的第一篇散文，也是颇见作者叙述能力的一篇。文章开头便介绍了“我”的行踪和陪“我”同游的朋友，这个朋友以水獭皮的帽子为标识成为了远近“吃四方饭”③女人注意的

---

① 李广田：《谈散文》，《中学生》1948 年三月号。

② 沈从文：《〈长河〉题记》，载《沈从文文集》第 11 卷，花城出版社 1982 年版，第 314 页。

③ 沈从文：《一个戴水獭皮帽子的朋友》，载《沈从文文集》第 9 卷，花城出版社 1982 年版，第 231 页。以下关于本篇散文的引用皆为此出处。

人，年轻时他便放浪过，而现在“白脸长眉毛的女孩子”已不再使他心跳。然后，作者将视线重新拉回到归乡的旅途中我与水獭皮帽子朋友的对话，朋友在与我谈及沈石田等明四家的字画时也使用略带粗野的村语，这种行为并没有使在湘西生活过的“我”觉得不适，相反却觉得他“粗中有细，且带点妩媚，真可算得一个妙人！”接着作者开始使用了折叠时间、今昔并置的叙述方式，从十三年前的“我”与带水獭皮帽子朋友的相识开始，时而夹入此时二人的对话和旅途中的见闻，使现实和历史都是在一个摇动的参照系中展现，由此所叙述的内容也增添了情姿。文章最后以朋友起早送我离开为结尾，带水獭皮帽子的朋友一面喊着“一路复兴”，一面“同一匹豹子一样，一纵上了岸”，他离开了“我”的行程，“我”又将写我的故事。文章最着力处在于对“我”这位朋友传奇色彩的描绘，作者时而淡彩、时而浓墨，将这位朋友的性格鲜活地展现出来，在刻画人物时作者巧妙借用了小说中人物描绘的方法，尤其是在描绘朋友年轻时的经历一段，情节跌宕，具有很强的阅读趣味，这种尝试使得现代散文在抒情性之外大大加强了叙述功能，对散文可读性和趣味性是一种很好的益进。

《一九三四年一月十八日》则是以时间作为叙述的线索，在舒展的时间线上悬挂旅途中的见闻，可以说是《湘行散记》的微缩版本。“我仿佛被一个极熟的人喊了又喊，人清醒后那个声音还在耳朵边”，①一句话诗意地将在现实旅程中沉浸在过去的“我”的情感状态昭示出来，接着前半部分作者主要以小船中的“我”为视角，描绘出了靠船吃饭的水手们艰难、惊险却不失浪漫的生活。激流中水手必须下水推船使船活动，可水手跃入激流中即刻为水带走了，只回答了一些有关遗嘱的话便不见了，此类事情从船上人看却很平常，而这种对于生命的消逝的态度在读者看来则委实震惊不小。船行艰难处，“我”出资寻找纤夫，一位“牙齿已脱，白须满腮，却如古罗马人那么健壮”的老头子与船上的水手因为一分洋钱讨价还价，拉纤之后老人一五一十地数钱，在当地船上人看来老头子不过是一个狡猾的东西罢了，而于“我”来讲他却是一个“努力执着于生存的人”。两组镜头将船上人眼中的生活与“我”的感受对比而谈，引出了离开这里十几年的“我”对这个世界的疏离感。接着作者在叙述旅程见闻的间隙夹入了一段抒情文字，“原来我离开这地方已十六年，十六年的日子实在过的太快一点。想起从前这堆日子中所有人事的变迁，我轻轻的叹息了好些次”。对于他们历史毫无意义，而对

① 沈从文：《一九三四年一月十八日》，载《沈从文文集》第9卷，花城出版社1982年版，第253页。以下关于本篇散文的引用皆为此出处。

于历史，他们的生存也不过是尘芥。于是“我”试图以现在的“我”干预历史，通过对辰州验关人的抵牾走进曾经从军的历史，而这种企图在验关人的连续通过之后化为乌有，“我”接受了命运的安排，其实“一切皆如十六年前的样子”。整篇文章以回忆为主调，在叙述的线索中杂糅了现实与回忆的双重影像，通过对几近常态的故乡叙述人已经变化的感受，写出了试图寻找梦境的“我”的哀戚。文章没有像普通的游记散文一样，在描绘景物的同时夹杂一些个人的感受，而是切实加强了叙述的因子，在为读者细心描绘故乡风貌、人物乡情的同时，使读者能够贴近作者的感受，在“我”的视角之下，读者同样对故乡进行了精神游历，在此番游历中方能体会作者深切的历史感和悲怆感。

在作者后来的散文集《湘西》中，这种对历史的描绘更见功力。其中《一个传奇的本事》是以湘西二百年历史变化为经，以黄家几番人世遭际为纬，两相交织而成的篇章。文本虽是散文，却具有非凡的叙述容量，较之以往现代散文简短的篇幅和有限的叙述内容。《一个传奇的本事》无疑是一种文本实验和突破。文章没有采用一般散文的单线叙述模式，而是横移了小说叙述中多条线索的方式，国家战乱、“我”和“黄家”诸人的遭际盘旋曲折，一同呈现了繁复的文化状态和历史状态，这种对宏大历史和个人命运的多重讲述，丰富了现代散文以个人遭际和描绘风物为主的狭窄模式，在扩充散文叙述容量的同时，以小说等文体为借鉴，丰富了现代散文的叙述方法，是一次成功的文体实验和突破。

现代散文的写作和实验立足于追求散文的独立审美品格和价值，廓清它与诗歌本应具有的文体界限，而在确立了散文文体的独立性之后作家又必须从诗歌中吸收、借鉴一些文学元素来丰富和完善散文文体的表达方式和思维术，使散文在明白晓畅之外能够增添内蕴和余味。具体说来，就是打破散文单线的叙述逻辑，通过吸收西方现代抒情文学中的有效元素和表现技巧，将象征暗示、自由联想、梦幻冥思、意象堆砌、直觉交错等表现手法移植到散文写作中，为单篇或系列散文的写作酝酿一种氛围和情境，打破五四以来抒情散文中感情直露、恣意宣泄的弊病，将感情的表露和传达建立在意象和感情氛围的营造上，通过间接物的感情寄托和作者的主观情感重筑，构建一个意象丰富、充满联想和暗示的感情世界，借助诗歌的眼睛，使散文换就一副妆容。

在京派作家的散文写作中，何其芳对诗歌元素的借鉴最为着力。当时文坛很多人认为散文应该以纪实性为先导，是“写在纸上的谈话，其选材和表现都可以随便些”。① 这种对散文文体的松懈要求带来了文体内核的不

① 周作人：《自己的园地》，北京晨报社 1923 年版，第 1 页。

确定性和文体界限的模糊,进而直接影响到散文的文体地位,其中深层次隐藏了作家对散文这种文体的轻视,将其视为一种缺少技巧含量的文学形式。作家若要重建散文文体的尊严,就要在一定程度上革新原来随意而为的写作态度,用新的语言和沉思来重构散文的结构,从理论来源说就是合理扬弃五四散文写作中占据主体的英国、日本的随笔理论,改变散文明白、直露的情感方式,使散文中情感的传达更加蕴藉和含蓄。当时,在京派诗人群中法国象征主义和英国诗歌 T.S.艾略特的诗歌理论非常流行,他们有选择性地从西方英美现代派那里找寻到了通向"纯诗"的道路,这种以异域理论重新架构诗歌的主张和努力也同样被使用在了何其芳等人的散文写作中,他们同时将眼光指向具有数千年诗歌资源的中国古典诗歌,并选择将其中晚唐五代时期的诗歌作为与西方诗歌理论对接的有效资源,由此,在中、西方诗论的双重启发下,何其芳等京派作家开始了崭新意义的散文写作实验。

在写作时,由于对诗歌中元素的借鉴,何其芳等人没有从既定的概念出发进行写作,"不是从一个概念的闪动去寻找它的形体,浮现在心灵里的原来就是一些颜色,一些图案"①。而是通过意象的借用大大深化散文的内涵,丰富了散文的表述手段。作为《大公报》文艺奖散文集的作品,《画梦录》是京派作家散文文体写作的重要代表,而何其芳也成为对现代散文多样化发展做出重要努力和实践的作家。作者力图"以很少的文字制造出一种情调",以意象作为传达散文意境的方式。在《画梦录》中,我们可以发现诸多精致而繁复的意象甚至意象群落,尤其是作者善于选用一些多重象征内涵的意象,如《墓》的开头和结尾作者都选取了核心意象"墓"作为描绘对象,同时选用了"横屏""清溪""雪鳞"等辅助意象,衬托全文凄美、哀伤的意境,"墓"作为题目和主要意象又引人思考良多,少女的墓、青春的墓、爱情的墓等多重意蕴被包裹在意象中,需层层剥离方解真味。

《雨前》是作者在多处提到的作品,也是意象特征较为明显的一篇。作者以"鸽群"和"笛声"开篇,用"鸽群"的消失引出风雨将至,然后写出了"大地""树根"对雨的期待以及"雨"的迟疑。接着作者充分调动记忆和时间的力量,在回忆与现实之间跳跃,形成了时空交错的画面效果。文章从故乡的雷声与雨声开始,对故乡的回忆漫漶开来,渐渐这些怀想将"我"的乡愁慢慢牵扯出来,此时"我"的心境也像这北方的大地一样渴望"一滴温柔的泪",而雨仍没有下。此时,视角复又回到现实的描绘中,"野鸭"开始烦躁,它们在岸上参差地站着,而"我"却又不自觉想到了故乡"放雏鸭的人"

① 何其芳:《何其芳文集》第 2 卷,人民文学出版社 1982 年版,第 66 页。

了，夜色中的放鸭人在辽远的平原上，那种自在和自由与“我”现在“多尘土”的国度里判若两个世界，现在的“我”不由得期望有一丝雨滴来浸润灵魂，而此时“天空如灰色的雾幕，落下一些寒冷的碎屑到我脸上。一只远来的鹰隼仿佛带着愤怒”，“从天空中斜下，几乎触到河沟对岸的土阜，而又鼓扑这双翅，作出猛烈的声响腾上了”，然而此时雨还是没有来。全文以自然景物取喻人物心理，物我两观，鹰隼等待的风雨没有来到，而滋润我心田的甘霖也没有降临，作者借自然景物描绘了期望和光明没有到来之前内心的挣扎和困惑，在回忆与现实之间充分展开联想，令人更加回味。《黄昏》更是如此，黄昏作为中国古典诗歌中一个经典的意象，其本身已经带有深厚的文化含义，作者选取黄昏作为散文的题目，显然是借助了这个意象在人们心中已经具有的文化指向性，作者甚至延续了《登幽州台歌》中孤独者与荒原的外壳，辅之以“马蹄声”、“古旧的黑色马车”、“整饬的宫墙”和“半山的亭子”等意象，在新的意象群落中展示了现代知识分子在十字街头的矛盾和彷徨。

《画梦录》的努力正像当时批评家所评论的，“作者避免抽象的牢骚，也绝少把悲哀直然裸露。他用比喻见出他的才分，他用技巧或者看法烘焙出一种奇异的情调，和故事同样自然，而这种情调，不浅不俗，恰巧完成悲哀的感觉”。[①] 唯其如此，何其芳在散文文体上的努力得以实现。京派作家用散文写作的实践使散文焕发出与诗歌、小说一样的文体光芒，并给予了这种文体新的魅力和生长点，《大公报》文艺奖评选委员会选择了《画梦录》作为散文奖的得主，其评奖词对何其芳为代表的京派作家的创作给予了充分的认定，其词曰：“《画梦录》的出版雄辩地说明了散文本身怎样是一种独立的艺术制作，有它超达深渊的情趣。”[②]

第三节　中西双重视域下的“纯诗”写作

与小说、散文等文体相比，京派作家对诗歌文体的追求更为纯粹和坚决。从胡适的《尝试集》印行以来，有关中国现代新诗的走向一直处在争论中。胡适设立的新诗存在的前提是将其与中国文学中原已存在的白话传统对接起来，尤其是取“元白”一路作为现代新诗的先例，将现代诗的语言形式圈定在明白晓畅一途，这种说法在冲破了中国古典诗歌的格律传统的同

---

① 李健吾：《咀华集》，复旦大学出版社 2005 年版，第 92 页。

② 《〈大公报〉得奖作品评语》，《大公报》1937 年 5 月 12 日。

时,也将诗歌文学语言推向了散文化的边缘,消解了诗歌这种文体独具的音乐性。一时间小诗、散文诗勃兴,而以音乐性和格律为中心的诗歌写作和实验成为逆流。这种情况到新月派出现以后有了翻转,新诗的散文化传统在丢弃了诗歌的语言和形式元素后很快滑向创作的歧途,此时对新诗格律化和音乐美的召唤成为一种必然,此后,徐志摩、闻一多、饶孟侃、叶公超等人开始了新诗格律化的实验,矫枉过正地过度追求新诗的形式,而忽略了诗歌文体的"诗意"内核,在现代诗歌发展史上,新月派的诗人一方面矫正了白话诗歌过于放纵的语言态度,但也将现代诗歌引入了格律的死胡同里。

于是,人们力图在一个新的起点上将中、西诗学资源,新诗的内容与形式统一在一起,从而完善中国现代诗歌的文体。李金发最先将法国的象征主义引介到中国诗歌传统中来,并且写作了一些具有象征主义色彩的诗歌,但李金发对中国传统诗学的领悟不深,很难从中国古典诗歌资源中获得有针对性的营养来丰润诗歌的语言,故而他的诗歌读来跨文化的界墙仍然存在,很难为中国读者接受。但李金发启发了中国现代诗人,使人们看到西方象征主义与中国古典诗歌思维形式的共通之处。在另一个向度上,中国现代诗人也在不停地探索,回望中国数千年的诗歌传统,究竟哪些合理资源是对现代诗歌有所益进,胡适选择了"元白"作为接续的对象造成了诗歌的形式和格律的缺失,那么又应该将眼光投向哪里来丰富和改进现代诗歌的去诗化现象呢?在对重理趣的宋诗传统否定之后,人们很容易将眼光投向此前的唐代,在唐代诗歌理论和写作文本中寻求有效的路径,在这样的文学发展背景中,梁宗岱、卞之琳、何其芳等京派诗人开始了在中、西诗学资源中寻找和整合,进而肃清诗歌文体的尝试。

京派诗人在登上文坛之后发现,"到文学运动后期约在十九二十年左右,'载道'和'言志'这两个名词换成了两个更明朗具体的名词,即'政治'和'抒情'。诗从政治效果来看,以为'浅'有效果,就唯恐不浅。另一面从抒情观点出发,以为需见出个人性情和风格,即不知不觉为晦。诗既在两个观念两种势力下被分割,新月派诗人如徐志摩、闻一多、朱湘等从民十四起始,在作品中建立的格式标准,到此就无形打破,诗的共通性因之越来越少。出于政治要求,诗不可免成为社会科学名词堆积物,公式口号化是必然的趋势。"①那么,在这样的诗歌发展形势面前,如何确立现代新诗发展的方向并躬身实践,笔者以为京派诗人是从两个方向进行这种探索和尝试的,具体来说分别是截取中、西诗学的有效部分进行整合,在新的界面上为新诗正名;

① 沈从文:《新废邮存底三五七——谈现代诗》,《益世报·文学周刊》1948年第74期。

同时将戏剧、小说中的合理成分引入到新诗写作中，通过增强叙述成分、虚拟戏剧化情景实现新诗的去散文化。

京派作家在向中、西方理论资源的寻找中是较为理性的。在对诸种西方文学理论资源进行甄别和思考后，他们选取了意象派、象征派和英美现代诗作为取法的对象，同时兼顾“十四行体”等资源，为现代新诗的新一轮写作实验铺平了道路。中国现代诗歌的“女神期”一直到“新月期”，郭沫若、徐志摩等人多半取法于19世纪浪漫派雪莱、济慈、惠特曼等诗人的写作方法，尽管在格式上有自由体和格律体之分，但在情感实质上却是一致的，都是看到了英美浪漫派直白的感情抒发方式与个性主义、自我解放要求的内在一致性，“革命与逃避，憧憬与幻灭的交替无意中在浪漫派诗里表现得最显豁”。① 而当新诗完成草创初期的宣泄和憧憬之后，当大革命失败后单纯、简单的浪漫主义再也无法抚慰诗人和读者的心灵之时，如何更加凝练地进行新诗的写作、如何矫正新诗文体上的偏移使其更加接近诗歌的本质，这些都是20世纪20年代末30年代初进行写作的京派诗人所面对的。

京派诗人在胡适和新月派等人之后登上诗坛，一个集中的努力就是还原诗歌的本质，剔除现代诗作中的非诗元素，打造“纯诗”的文体。胡适等新文化运动初期的诗人写作意图以白话为利器，刺破传统诗歌封闭、陈因的语言形式，以语言的充分自由书写客观世界；新月派的诗人不满于这种对诗歌语言的不节制状态，以严谨的格律诗作为写作的目标，力图实现诗歌的“三美”，这种诗歌的主张匡正了诗歌语言的无序化，将新诗语言的发展引入到自觉建设的路径上，但由于过分倚重诗歌语言的格律化，反将现代诗歌引入了过于追求形式的死胡同中。在京派诗人眼中，漠视或沉迷诗歌语言的形式都是非诗的，语言形式本身并非诗歌这种文体的关键所在，那么在怎样的向度之下去界定诗歌文体的纯粹性，理想的纯诗文体又是怎样定义的呢？

对这个问题最为有力的回应就是对纯粹诗歌的追求。在京派诗人群体中，梁宗岱对诗歌理论译介最为着力，也是他在中西诗学的框架之下，提出了“纯诗”的概念。“纯诗”概念或者说“纯诗运动”是象征主义的后身，从法国的波德莱尔开始，经过了马拉美的进一步丰富，直至瓦雷里为大宗。1920年，瓦雷里在为柳西恩·法布尔的诗集《女神的诞生》书写“序言”时，第一次提出了“纯诗”的概念。此后的几年时间里，瓦雷里在《诗》等文章中不断丰富自己的“纯诗”理论。这种诗歌的纯粹性认识深深影响了当时留

① 卞之琳：《开讲英国诗想要的一些体验》，《文艺报》1949年11月10日。

学法国的梁宗岱，并使其在回到中国之后一直致力于有关纯诗的研究和实践。梁宗岱在任教于北京大学之后，又于1936年与卞之琳、戴望舒合办了《新诗》杂志，身体力行地为新诗发展努力耕耘。同时他还先后创作了《保罗·瓦莱荔评传》《象征主义》等论文，将瓦雷里的《水仙辞》等西方象征主义诗作家的重要作品引介到中国来。

在梁宗岱的诗学系统中，中西诗论是互生、互补的，在他的“纯诗”概念之中，瓦雷里的影响非常显著。在瓦雷里看来，“纯诗”是一种类似于梦幻般的理想状态，在剔除了一切非诗歌的杂质后，“纯诗”的形成以梦幻中的精神状态为支柱，产生了一个与现实世界的秩序和关系体系完全绝缘的纯粹状态，这种状态就是诗歌里的纯诗。但因各种诗歌介质的客观性原因，实际上在瓦雷里看来，理想的“纯诗”状态只能是一种难以企及的目标。[①] 瓦雷里的纯诗理论对梁宗岱启发较大，尤其有关诗歌中非诗元素的干扰、滤除以及独立、和谐诗境的营造观念，构成了梁宗岱纯诗理论的关键部分。

作为更大背景的象征主义影响也不可忽视。在《象征主义》一文中，梁宗岱将象征的特点归结为：“融洽和无间、含蓄和无限，所谓融洽是指一首诗底情与景，意与象的惝恍迷离，融成一片；含蓄是指它暗示给我们的意义和兴味底丰富隽永。英国十九世纪底批评家卡莱尔说得好：一个真正的象征永远具有无限底赋形和启示，无论这赋形和启示底清晰和直接的程度如何；这无限是被用去和有限混融在一起，清清楚楚地显现出来，不但遥遥可望，并且要在那可及的。换句话说，所谓象征是藉有形寓无形，藉刹那抓住永恒。”[②]在抓住了象征的要义之后，如何寻求象征之道呢，梁宗岱给出的答案是契合。大自然不过是一片巨大的象征的森林，象征就是以充满暗示力的意象符号为媒介，借助人的触觉、听觉、嗅觉等，构成自我心灵世界与外在世界的融洽，“把我们完全委托给事物底本性，让我们底想象灌入物体，让宇宙透过我们的心灵，因而构成一个深切的同情、交流”[③]。这种以意象作为联结主、客观世界的诗歌思维方式是梁宗岱“纯诗”概念的又一重要组成部分，是以其为代表的京派诗人超越胡适和新月派诗人诗歌观念的力证。

进而梁宗岱正式提出了“纯诗”的概念。所谓纯诗，“便是摒除一切客观的写景，叙事，说理以至感伤的情调，而纯粹凭藉那构成它底形体的元素——音乐和色彩，产生一种符咒式的暗示力，以唤起我们感官和想象底感

---

① 瓦雷里：《瓦雷里诗歌全集》，中国文学出版社1996年版，第305—306页。

② 梁宗岱：《象征主义》，载《梁宗岱文集》第2卷，中央编译出版社2003年版，第66页。

③ 梁宗岱：《象征主义》，载《梁宗岱文集》第2卷，中央编译出版社2003年版，第77页。

应,而超度我们底灵魂到一种神游物表的光明极乐的境域"①。这种"纯诗""自己成为一个绝对独立,绝对自由,比现世更纯粹,更不朽的宇宙"②。同时,梁宗岱鲜明地强调这种纯诗写作并非没有情绪和概念,而是"它得到化炼到与音韵色彩不能分辨的程度,换言之,只有散文不能表达的成分才能入诗——才有化为诗体之必要"③。这就将诗歌中情感、概念的使用与散文区分开来,也明确地划分了诗歌和最邻近文体散文之间的界限,他在纯诗理论中尤其强调将非诗的元素即"一切客观的写景,叙事,说理以至感伤的情调"都要从诗歌写作中过滤出去,是针对中国现代诗歌发展中的散文化不良倾向的矫正,从诗歌本体学意义上鲜明地划清了与散文之间的界限。

同时,作为建设诗歌美学的理论家,梁宗岱对现代诗歌写作中的音乐性和格律性的态度较之新月派处于一种更加理性的状态。新月派对诗歌语言形式和音乐性的追求是在矫正白话新诗"有什么话说什么话"过于随意态度的一种反拨,其态度本身就具有很强的主观性和功利性,极易将新诗的语言形式放置在一个超越内容的平面上,这种倾向一方面将新诗的发展从早期放纵态度的歧路中撤回,使新诗朝着自我建设的方向上发展,同时,也过分夸大了诗歌形式的作用,使现代诗歌发展坠入了形式主义的泥藻中。那么吸取以上两种倾向的教训,京派诗人力图将新诗的自由化与音乐性有机结合,在"形似分行的散文中,同样可以表达一种文字的或诗情的节奏,"④即在更高的视角中把诗歌的内容、诗情和音韵、格律融会在一起,使诗歌"在创作最高度的火候里,内容和形式是像光和热般不能分辨"⑤。

除梁宗岱之外,一批京派诗人也在致力于对纯诗理论的译介和研究。李健吾、朱自清曾经译介过安·塞·布拉德雷(Andrew Cecil Bradley)的《为诗而诗》和詹姆斯(R.D.Jameson)的《纯粹的诗》。但是,朱自清的贡献更在于对京派诗人卞之琳、李广田等诗人作品的创造性阐释批评上,从新诗实践层面上建构纯诗理论,并对诗歌创作向纯诗化发展起到了推动作用。卞之琳、何其芳、李广田、曹葆华等人的诗歌写作则是在写作层面上具体实践了有关"纯诗"的观念,将其从观念形态的不可解转化为实际的诗歌文本。这样,从理论的引介到具体的写作,京派诗人躬身实践了其对现代诗歌文体的

① 梁宗岱:《谈诗》,载《梁宗岱文集》第2卷,中央编译出版社2003年版,第87页。

② 梁宗岱:《谈诗》,载《梁宗岱文集》第2卷,中央编译出版社2003年版,第87页。

③ 梁宗岱:《谈诗》,载《梁宗岱文集》第2卷,中央编译出版社2003年版,第88页。

④ 施蛰存:《〈现代〉杂忆》,《东方赤子·大家丛书:施蛰存卷》,华文出版社1999年版,第34页。

⑤ 梁宗岱:《谈诗》,《梁宗岱文集》第2卷,中央编译出版社2003年版,第85页。

创造性发展,将新诗从新月派格律化的弯路上牵引回来,并将其导向“纯诗”的正途。

李健吾从“纯诗”立场对卞之琳的《鱼目集》和李广田的《画廊集》给予高度评价,肯定其在中国现代新诗格局中的写作地位。《鱼目集——卞之琳先生作》是李健吾比较集中地论述新诗发展的批评性文章。文章开头作者使用了大量篇幅梳理了从胡适新诗写作开始,中国现代诗歌的流转渐变。在新诗的开始阶段,胡适等人的诗歌“只限于对传统的破坏”,①这种对中国诗歌音律传统的破坏在后来的一些诗人眼中看来是一种遗憾,这群诗人就是新月派。他们主张“诗歌回到音乐,因为诗是音乐的”,②新月派借用外国的形式作为典式,希望对新诗有所建设,却不自觉地形成了颓废的趋势。此后的李金发等人借用了法国象征主义的外壳,“却因不太能把握中国的语言文字,有时甚至与意象隔着一层,”这种脱离了本国语言传统的纯粹借鉴难免使人渐渐厌弃。在李健吾看来,真正将中国现代新诗推向一个新高度的是一批年轻的京派诗人,他们“和李金发先生具有相同的旗帜,然而他们属于不同的来源。一个显明的区别,是他们用心抓住中国的语言文字,所谓表现的工具。一个尤其根本的区别,是这些年轻人不止模仿,或者改译,而且企图创造”③。这种站在本国语言和文学传统上对西方诗论的合理借鉴是中国新文学一个健康的发展方向。接着李健吾对其诗歌观念做出了阐释,所谓诗歌并非单指语言的格律这种外在的形式,“所谓的纯诗(pure poetry),歌唱的是灵魂,而不是人口”。④ 正是这些年轻诗人的崭新写作成为了新诗的另一种规范,他们尊重的是诗歌的本身规律,是有关诗歌的内在真实。

在另一篇文章《答〈鱼目集〉的作者》中,李健吾坚决使用瓦雷里的诗歌标准进行分析,文中先是对胡适的《湖上》进行了解读,分析出胡适写诗时重明白和透明,而这种缺乏共时经验的直白叙述很难引起读者的亲历性感受,此时李健吾引述了瓦雷里的话,“一行美丽的诗,由它的灰烬,无限制地重生出来”。⑤ 进而得出结论:只有诉诸丰富的象征体系,一首诗所唤起的经验才能是多方面的。诗人在这里“好像雕绘一个故事的片段,然而从各方面看来,光影那样匀称,却唤起你一个完美的想象的世界,在字句以外,在

① 李健吾:《咀华集》,复旦大学出版社 2005 年版,第 58 页。
② 李健吾:《咀华集》,复旦大学出版社 2005 年版,第 59 页。
③ 李健吾:《咀华集》,复旦大学出版社 2005 年版,第 60 页。
④ 李健吾:《咀华集》,复旦大学出版社 2005 年版,第 61 页。
⑤ 李健吾:《咀华集》,复旦大学出版社 2005 年版,第 76 页。

比喻以内，需要细心的体会，经过迷藏一样的捉摸，然后尽你联想的可能，启发你一种永久的诗的情绪”。[①] 正是于此，我们才可以看见现代诗歌写作中的“纯诗”的曙光。

京派诗人的诗歌文体意识一方面体现为对“纯诗”理论的研究和实践，另一方面则体现为在中、西诗学资源的基础上，将意象化和戏剧性处境引入到新诗写作中，进而大大丰富现代诗歌的装载容量，将现代诗歌导向了主智一途，这种倾向在后来西南联合大学的九叶诗派那里得到了延续，带来了诗歌美学观念的更新。

京派诗人对中国古典文学的兴趣比较集中在温庭筠、李商隐二人身上。与初唐和盛唐诗人的豪兴和直抒胸臆不同，晚唐诗人更多地体现了戏剧性的话语特征。这种诉诸诗歌的寄兴和意象化手段，透过多重的意象群落将主体的情绪和思想隐藏起来的客观化叙述，与法国象征主义的主张具有相当的共通性，“李义山和许多晚唐诗人的作品在技巧上很类似西方的象征主义，都是选择几个很精妙的意象出来，以唤起读者多方面的联想”。[②] 较之盛唐诗歌，晚唐诗人由于时代的关系，诗风开始内转，从描摹外在世界转而回归内心，注重以诗歌的意象作为关注主观意绪的载体，以戏剧性的处境弥散个体的主观情绪并使之更加幽晦曲折，“晚唐人的诗，何以能说不及盛唐的呢？他们用同样的方法作诗，文字上并没有变化，只是他们诗的感觉不同”。[③] 这种诗歌写作的倾向更加注重诗歌文体的“质”，切合了京派诗人整肃现代诗文体的字句追求。由此，京派诗人对晚唐诗人的青睐几乎是种共同的取向：废名在论述中国诗歌的古典传统时，否定胡适的元白诗派说，而认为“胡适先生所认为反动派‘温李’的诗，倒似乎有我们新诗的趋势”[④]；何其芳也曾经坦言所受晚唐诗人的影响，“这时我读着晚唐五代时期那些精致的冶艳的诗词，蛊惑于那种憔悴的红颜的妩媚，又在几位班拿斯以后的法兰西诗人找到了一种同样的迷醉”。[⑤]

在京派诗人的视野内，法国的象征主义与中国的晚唐诗风具有很明显的对接性，这种发现的形成与当时北平高校文学系教师对象征主义大力译介深有关系。清华大学的西洋文学系是翻译和介绍西方现代诗歌理论的重镇，这种环境的熏陶对年轻京派诗人在写作中对象征主义的借鉴影响颇深。

① 李健吾：《咀华集》，复旦大学出版社 2005 年版，第 67 页。
② 朱光潜：《朱光潜全集》第 8 卷，安徽教育出版社 1996 年版，第 409 页。
③ 废名：《新诗十二讲》，辽宁教育出版社 2006 年版，第 228 页。
④ 废名：《新诗十二讲》，辽宁教育出版社 2006 年版，第 27 页。
⑤ 何其芳：《论梦中道路》，《大公报·文艺》（《诗歌特刊》创刊号）1936 年第 182 期。

清华大学学生李健吾“在清华大学读四年法文课，随老师的兴趣，读的是一些当时流行的象征主义诗歌”。[①] 梁宗岱在文化古城时期曾供职北京大学文学院，其著名的《象征主义》一文就是在北京大学为同学做演讲时的稿件加工而成。另外，梁宗岱的课堂讲授、翻译和介绍的系列有关法国象征主义的文章在北京大学的讲坛上发生了切实的影响，当时的学生卞之琳在“学习的一年法文之后，写诗的兴趣实已转到结合中国传统诗的一个路数，正好借鉴以法国为主的象征诗了”。之后，卞之琳在象征主义的影响下又陆续翻译了《魏尔伦与象征主义》《恶之华拾零》等与法国象征主义直接相关的文章，这些有关象征主义的教育经验和翻译经验影响了京派诗人在20世纪30年代的诗歌取向和写作手法，使其能够及时接触到当时西方较为先锋的诗歌观念，并在写作实践中完成与中国传统诗学的融合。

在晚唐诗风和法国象征主义的双重影响之下，京派诗人对诗歌本体的追求更为纯粹，其中主要的手段就是意象化及诗歌戏剧化处境的营造。在新诗写作早期，一些诗人或将诗歌看作直抒胸臆的工具，或把诗歌看作直陈叙事的载体，诗歌往往呈现出线性的单向叙事和抒情，这种叙事和抒情方式一面过于直接，情感和诗情在文本阅读结束后缺少回味和蕴藉；同时文本承载的信息量较小，线性结构承担的叙述身份和抒情因子较为单一，难以表达复杂的情感和思想。京派诗人力图打破这种线性叙述和抒情模式，他们借鉴法国象征主义和晚唐诗人的意象营构模式，以意结象，将丰富而复杂的主观情感投射到具体物象上，将诗歌中的人物、环境设置为戏剧性的环境，在意蕴丰富的环境中客观地呈现诗人的感觉和思想，将诗人主观直露的感情曲折化、隐约化、模糊化，以网状的意象结构完成对现代诗体单线结构的突破。

除了在京派散文中大量地使用意象之外，作为诗歌本体的语言表述方式，京派诗人在诗歌写作中对意象的使用更为纯熟精炼。诗歌文体在文学的各种门类中对语言的柔韧性、多义性要求最为苛刻，因其文字简练，文字和语词承担的意义群落就需丰富而精准，故而诗歌是最能考量语言、文字弹性的创作型文体。在诗歌写作中，若将诗人的主观情感直泻到纸面上，则以其文体的短小决难胜于戏剧、小说等叙述功能强大的文体。而要扩充诗歌的表意空间，一个最为有效的方式就是凝练，择取表意丰富的意象词汇将诗人的主观情感灌注其中，在情感与意象闪烁、隐约、富有弹性的对应关系之中，实现诗歌的简练不失含蓄的表达效果，由此对诗歌意象的选择尤为重

---

① 《运城文史资料·李健吾专辑》，政协运城市委员会文史资料研究委员会，1989年，第3页。

要。美国诗人理论家庞德将意象定名为“在一刹那时间里,呈现理智情感的复合化的东西”,京派诗人在诗歌意象的选取中也颇具特色,其在诗歌意象的使用中也呈现了一定的共性:既包括了“晚鸦”“梦”“镜”“月”“妆台”等传统诗歌里煅烧出来的表意丰富的意象,也包括了“影子”“白帆”“夜明表”“灯”等具有西方舶来品色彩的意象,可以说以中、西合璧的语言方式将中、西文化冲突中现代人难以言尽的丰富感受真切地传达出来,其中最具代表性的即是北平这个古都意象。

京派文学从传统与现代、乡村与城市、野性与文明的多重文化冲突中,做出自己的文化选择,以文学的道德力量和美学力量介入民族救亡的历史进程。最具代表性的沈从文和废名始终以乡村道德视角,烛照当时中国的现实。《篱下》的作者萧乾,匠心选取了兼具儿童和乡村属性的环哥,以乡下人进城的移动视角,锐利的环哥作为乡土中国中走出来的透视城乡二重世界中人性的伪善,露丝·本尼迪克特(Ruth Benedict)认为现代的社群文化已不仅仅是单纯地按照地域分布,而是形成一个和地域有一定联系,并有传统所供养,由时间凝固起来的文化有机体。① 作为身居其中的城中人,居留在北平的京派诗人对北平有着复杂的感受。他们“借助强大的适应能力,按照自己的意愿对所见事物进行选择、组织并赋予意义”。② 大革命失败后,失去了政治中心的北平经济出现了衰退,原本消费型的城市仅靠几所大学支撑下来。就社会结构来说,北平还是一个传统形态的都市社会,缺少同时期上海社会人员的流动性,主要还是一个消费型城市,其工商业以传统的金银玉器、食品、纸张和药材为主,且大多数都是传统的手工业作坊。③ 更为重要的是失去国都地位的城市在政治地位下降的同时,却在文化学上意蕴更加醇厚,成为缪斯女神眷顾之所。当时在北平作学生的卞之琳有一段话讲述了这种心境:“1930 年的秋冬之际,我们在北平尽管有意无意的表面上逃开了革命叛徒集团统治下残酷的现实,连表面上也总逃不脱半殖民地半封建社会没落中的凄凉的现实。北京大学民主广场北边一部分以及灰楼那一带当时是松公府的一片断垣废井。那时在课余或从文学院图书馆阅览室中出来,在红楼上,从北窗瞥见那个景色,我总会起一种无可奈何的感觉。我想写诗。……西洋资本主义的衰亡感又不自觉地配合了中国封建社

---

① [美]露丝·本尼迪克特:《文化模式》,王炜译,生活·读书·新知三联书店 1988 年版,第 226 页。

② [美]凯文·林奇:《城市意象》,方益萍、何晓军译,华夏出版社 2002 年版,第 4 页。

③ 北京大学历史系《北京史》编写组编:《北京史》,北京出版社 1985 年版,第 335 页。

会的衰亡感,因此我动起笔来就是白话新诗了。”①

古城北平在中国现代社会演进史具有多重的文化意义,其在1928年起成为了中国现代社会的废都,这种城市处境既与法国象征主义和英国现代派诗人进行写作时的物质环境具有极大的相似性,又同晚唐诗人面对的凋敝现实具有相通之处,于是在20世纪20年代末30年代初的中国北平,在法国象征主义和中国晚唐诗风的浸润下,在古城北平的大学校园里寂静地长出了诗歌的嫩芽。

除了城市给诗人提供的物质环境之外,北平城市本身具有很强的可意象性,或者说北平对于京派诗人本身就是一首古旧的诗歌。“没有什么地方是没有生命的。每个地方都在努力向我们展示它那里曾经发生过的,足资炫耀的辉煌。这些东西,一边同它的自身相互妥协,一边就构成了她的一个独特的空间。就巴黎而言,这种情况就更加明显了,以至于这座城市被看作是一个拥有大量图像的城市,这种想法不同程度地压在我们心中。作家、画家、艺术家和学者们,他们都为这座城市变成一个属于自己的具有象征意义的地方做出了贡献。”②北平城市的容貌、状态和当时整个中国政治文化环境之间的张力,仿佛就是京派知识分子心灵世界的扩充性想象,对没落城市北平文化风景的诗意表达也就成为京派诗人自我书写的同构性话语。“北平的美是与她的守旧、落后共生的,她是一曲中国传统城市夕阳黄昏的田园诗歌,具有一种迟暮的、退让的美。”③这种复杂的城市表情和情感状态形成了一个强大的召唤结构,一个无限神秘的黑洞,吸引和诱惑着那些怀有同样心境的诗人。失却了政治中心的“古城”“古都”“京都”等意象与京派诗人退身到文化建设的自觉之路具有隐蔽的深层联系。“古城”意象在京派诗人的诗歌中并非是单体的呈现,而是以“古城”为中心,整个废都文化符号的集合,其中包含了“宫城”“城楼”“长城”“荒街”“骆驼”“游子”等与北平城市意象关联性很强的意象群,在这层叠的意象群落中,京派诗人完成了他们对古都甚至可说是废都北平的书写和描画,在这里,我们摘取一些他们对古城的刻画,拼贴出京派诗人对古都北平的整体肖像。

这座城“是古老的,又狭小的,年久失修的城楼,倾颓了”,④“宫外有劳苦人,枕着大的凉石板凳睡着了,说是听见了哭声,或远或近地。在重门锁

---

① 卞之琳:《人与诗:依旧说新》,《文艺报》1949年11月10日。

② [法]克里斯托夫·普罗夏松:《巴黎1900——历史文化散论》,王殿忠译,广西师范大学出版社2005年版,第1页。

③ 杨东平:《北京与上海的文化精神》,新星出版社2006年版,第188页。

④ 李广田:《行云集》,载何其芳、李广田、卞之琳:《汉园集》,商务印书馆1936年版,第86页。

闭的废宫内，在栖满乌鸦的城楼上，于是更有奇异的回答了，说是一天黄昏，曾看见石狮子流出眼泪”①。

此时“我们在城楼上，今天，白鸽，（你准知道是白鸽？）飞过面前”②。

“西风里换了毛的骆驼群，举起了四蹄的沉重，又轻轻踏下，街上已有一层薄霜。”③

“风掠过灰瓦的屋顶，大街上的沙土旋转着，像轮子，远远的郊外，一乘古式骡车在半途，停顿，四野没有人家。”④

“但长城拦不住胡沙，和着塞外的大漠风，吹来这古城中，吹湖水成冰，树木摇落，摇落浪游人的心。”⑤

这种对废都北平不自觉的集体书写也深深显示了城市的自然环境和文化氛围对京派诗人的影响，类似于意象派的一个个定格瞬间，从多个角度刻画了北平古都的社会景象。读者也可藉此瞭望扩散，将“古城的心”和“古城中诗人的心”隐约传神地表现出来，北平之于他们“一方面是因为那里是五四运动的发祥地，一方面又因为那里是故都；实际上也是统一的，对二者都像是一种凭吊，一种寄怀”⑥。

诗歌中意象使用的一个直接效果就是叙事成分加强、呈现出主智诗的倾向。由于搭建了诗人与客观世界的间接物意象，作者的主观情感和描写倾向不会一览无余地流泻出来，而是以客观化的形式加以呈现，这种效果深受世界诗歌发展浪潮的影响，是诗歌由主观抒情向客观转向的集中表现，其中以卞之琳和废名为代表。

在京派诗歌写作中，使用戏剧性手法最为突出的就是卞之琳，他在晚年时曾经直言过有关的想法，“我总喜欢我国旧说的‘意境’或者西方所说的‘戏剧性处境’，也可以说是倾向于小说化、典型化、非个人化，甚至偶尔用出了戏拟（parody）”，⑦这其中浸润了现代诗学意识的融入。卞之琳在20世纪30年代的主要作品是《三秋草》、《音尘集》和《鱼目集》，三部诗集都实践了作者的诗歌观念。在诗作中，卞之琳经常选用具有智性的意象，在诗中

① 何其芳：《夜景》，载何其芳、李广田、卞之琳：《汉园集》，商务印书馆1936年版，第38页。
② 林徽因：《城楼上》，《大公报·文艺副刊》1935年11月8日。
③ 何其芳：《岁暮怀人》（二），载何其芳、李广田、卞之琳：《汉园集》，商务印书馆1936年版，第32页。
④ 何其芳：《风沙日》，载何其芳、李广田、卞之琳：《汉园集》，商务印书馆1936年版，第32页。
⑤ 何其芳：《古城》，载何其芳、李广田、卞之琳：《汉园集》，商务印书馆1936年版，第40页。
⑥ 卞之琳：《〈雕虫纪历〉自序》，载《卞之琳文集》中卷，安徽教育出版社2002年版，第444页。
⑦ 卞之琳：《〈雕虫纪历〉自序》，载《卞之琳文集》中卷，安徽教育出版社2002年版，第446页。

各种对象物构成的想象性情境中，有意省略掉关联意象之间的逻辑链条，从而使意象之间留有大量空白，使诗味更加醇纯。

卞之琳诗歌中经常出现的就是“相对时空”的情境，《水成岩》中作者有意选取了具有三种时间指向的人物，“大孩子”、“小孩子”和“母亲”，“大孩子见小孩子可爱，问母亲我以前也是这样吗?”首先构成了一种时空的对照关系；而“母亲想起了自己发黄的照片，堆在尘封的旧桌子抽屉里，想起了一架的瑰艳，藏在床前干瘪的扁豆荚里”。由大孩子对过去的追问激起了静静流淌的时间的涟漪，母亲开始追忆自己辽远的过去，而过去只能藏在寂静的角落里。整首诗中，三个人物的存在形成了时间上的对照关系，而三个人物由于没有明确的历史背景，又具有超时空的恒久象征力量，在这样的时代层叠中，时间在作者眼中才不过为“悲哀的种子”，默默前行的历史也就极似那层叠的“水成岩”。

卞之琳的时空观念在很多其他的诗作中也有呈现，如《航海》中轮船向东方直航了一夜，而此时的蜗牛不过在窗槛上爬行了一道痕迹，这种时间的对照在茶房的眼中仿佛是孩提时自己与月亮赛跑的类似，时间和空间在诗中辗转交叠，不知不觉启发了读者对时间和生命的思考。同时卞之琳还经常在诗歌中将“你”“我”“他”等人称互换，透过人称之间灵活的对话关系，阐释诗人对时间、宇宙、生命的理解。其名篇《断章》中虚化地使用“你”“我”的人称称谓，而旨在构成一种空间的对话关系，在相对层叠的空间中完成哲理的思考。《圆宝盒》更是如此，“我”是全诗幻想的主体，在虚拟的圆宝盒中听到了关于“你”的青春故事，接着作者频繁地切换人称，“你看了我的圆宝盒，跟了我的船顺流而行了，虽然舱里人永远在蓝天的怀里，虽然你们握手，是桥——是桥——可是桥也搭在我的圆宝盒里”，人称的切换还带来了空间的置换，在桥、蓝天和船之间，人物和时间、空间纷飞跳跃，让人充分感受到作者的叙述之美。诗歌的结尾更具深意，“你们”的一切都装在“我”的圆宝盒中，而“我”呢，“我”的圆宝盒不过是“你们”或者“他们”耳边的“珍珠”、“宝石”或是“星”。

卞之琳诗作中这种人称的切换是作者跳出个人化叙述，实现诗歌内容和思想非个人化的手段，在闪烁、腾挪的人称对换之间，属于个人的生命体验被扩大，成为了一种关于人类的共同体验。读者在阅读之时，也很容易淡化与诗歌之间的屏障，顺利地进入诗歌营造的客观化情境中，进而体验到作者力图昭示的生命情怀。

除了卞之琳之外，废名诗歌中的主智色彩也较为明显。废名的诗作不多，但主智倾向较为突出。由于具有深厚的古典文学修养和渊博的佛学知识,废名的诗中信息量本身就较为庞大;同时作者有意切断传统诗歌意象之间的关联性,而以禅趣作为意象生发的触媒,所以诗作禅味颇重,甚至被贯之以晦涩之名。这种文笔"另外有一个特征,却得到显著的效果和欣赏,……废名先生的表现方式,那样新颖,那样独特,于是拦住一般平易读者的接识"。[①] 在谈及《掐花》的写作动机时,作者夫子自道是"我忽然觉得我对于生活太认真了,为什么这样认真呢?大可不必,于是仿佛要做一个餐霞之客,饮露之士,心猿意马一跑跑到桃花源去掐一朵花吃了。糟糕,这一来岂不成仙人吗?我真个有些害怕,因为我确是忠于人生的,于是大概就跳到水里淹死了"。[②] 通读全诗,我们可以看出诗人在仙人和凡人之间的角色对换,恰恰体现了一种在入世和出世之间的焦虑和徘徊,"此水不见尸首,一天的好月照彻一溪哀意"更是将诗人的这种两难处境意象化,欲成仙而囿于羁绊的心态跃然纸上。

《妆台》是废名的一个重要诗作,是在编辑诗集时林庚为废名选的篇章,也是作者最喜欢的一篇。诗文不长,但含义深远。诗中选用了亦真亦幻的镜子作为梦中"我"所期望变身的目标,而"他沉在海里将也是个镜子","我"和"他"从不同处来,却最终都成为了"镜子"。这一面镜子被一位女郎拾去,化身为镜的"我"登上女郎的妆台,在妆台上女郎的倩影投入镜中,一瞬间"我"复又化身为女郎,与之合二为一了。这种人生际遇的相识和重叠不过是在镜中,不过是在"我"梦中化身的镜中,由此人生欢喜的相识、相恋不过是镜花水月,不过是空自欢喜罢了。《妆台》一诗看似描绘"我"与"女郎"的际遇和爱情,实则以此为媒,诉说了人生的悲凉和哀戚。在《小园》《海》《理发店》《寄之琳》《街头》等其他的诗歌中,废名也是充分运用诗歌的联想功能,通过时间和空间的组接,以禅尽意。与卞之琳更多地从西方诗歌营养中获取诗歌的智性化特征不同,废名是从传统诗学和佛理禅趣的向度完成了其对新诗现代性的建构,一中一西恰恰印证了京派诗人在诗歌理论和诗学视野中的气度和精神。

第四节　跨文化戏剧的"写出去"与"译进来"

与其他文学形态相若,京派作家的戏剧写作也是在现代文学第二个十年的文学场域中具有结构性特色,成为与左翼戏剧、海派戏剧共生的一元。

① 李健吾:《咀华集》,复旦大学出版社 2005 年版,第 85 页。
② 废名:《新诗十二讲》,辽宁教育出版社 2006 年版,第 222—223 页。

王文显作为引路人的清华戏剧写作群体无疑是需要书写的一个结构性存在。正是因为清华西洋文学系赫然的西洋文化印记和开放的文化采撷姿态，使得王文显等人的戏剧写作具有跨文化传播、跨语际书写的基因，这是京派戏剧迥异于同时代戏剧写作形态的重要特质。

大革命失败后，国内的阶级斗争形态更加胶着国民党加强了军事“围剿”和文化“围剿”，共产党及左翼作家不得不进行文化反“围剿”。在如此的革命低潮时段，汇聚于上海的左翼作家，如创造社、太阳社的主要成员李初梨、成仿吾、蒋光慈等人，于1928年积极创办系列左翼文学刊物《创造月刊》《太阳月刊》等。他们深谙戏剧作为左翼文学创作的利器，积极倡导无产阶级戏剧写作。其不满于当时的左翼戏剧写作状况，进而指出：“民众戏剧的革命化，根本地，若不站在民众自身的社会关系上，代表他们自己阶级的感情、意欲、思想，它永远不会成为民众自己的戏剧。”①郑伯奇更是旗帜鲜明地指出，“中国戏剧运动的进路是普罗列塔利亚演剧，因为普罗列塔利亚是现代富有历史使命的唯一阶级，一切艺术都应该是普罗列塔利亚（无产阶级）艺术。”②在这样的红色戏剧氛围之下，大量的艺术剧团和创作者云聚上海，1930年3月19日，在上海的戏剧协社、南国社、艺术剧社等联合推动下，“上海戏剧运动联合会”正式成立。1930年8月23日，“中国左翼剧团联盟”成立，随后1931年1月，中国左翼戏剧家联盟成立。左翼戏剧家联盟成立之后，在北平、上海、天津、武汉等地成立分支机构，开展了一系列左翼戏剧运动实践。

左翼戏剧运动如火如荼，而同在上海，相伴相生的还有以中国旅行剧团为代表的职业戏剧生产。1933年，中国旅行剧团在上海悄然成立。旅行剧团成立伊始，即将职业化作为运行和持续发展的路径，走出了中国话剧职业化的一条探索之路。此外，熊佛西等人在中华平民教育促进会的支持下，开展的河北定县农民戏剧实验也是20世纪30年代极具特色的戏剧实验。熊氏先后创作了《儿童世界》《赛金花》等多部戏剧，显示了鲜明的实验戏剧品格。

现代文学发展到第二个十年，中国文学与域外文学的关联度更加紧密，在世界文学的场域中看待中国文学，其表现出来的跨文化和现代性特征愈加明显。作为现代文学戏剧发展中的重要力量，京派作家的戏剧书写不仅展现出了开阔的文化气度，并且呈现了多元的戏剧实践。

① 冯乃超：《中国戏剧运动的苦闷》，《创造》1928年第2期。

② 郑伯奇：《中国戏剧运动的进路》，《艺术》1930年第1期。

田本相在谈及现代话剧的跨文化书写时,强调“在中国话剧史上,外国的戏剧改编主要采取两种方式:一是‘中国化’方法,即把原作中的人物、时间、地点、情节、风俗等全部或基本上改成发生在中国的故事,力求符合中国的现实;另一种是‘西洋化’的方法,即‘洋人洋装’,人物、时间、地点、情节风俗等全部或基本上按照原作”。[①] 作为对中西文化兼容并蓄,且具有深刻西方文化背景的京派作家戏剧创作群体,其写作感觉和视野一直置于世界文学的场域中。比如王文显及其清华弟子李健吾的戏剧写作、翻译实践。王文显、李健吾等戏剧实践者积极将具有丰富文学营养的异域写作经验融入当下创作中,以其宏阔的中西文化视野,在西方读者和东方读者两个场地垦殖,其戏剧写作从未将受众仅仅局限于国人或汉文化圈内部。20 世纪 20 年代,王文显在哈佛大学期间,受美国知名戏剧教授乔治·贝克的影响,用英语写作了《委曲求全》(*She Stoops To Compromise*)和《北京政变》(*Peking Politics*,又名《梦里京华》)等多部戏剧,戏剧在美国公演之后反响巨大,可以说王文显的跨文化戏剧书写取得了良好的传播效果。然而这些戏剧在国外开花之后,其传播路线没有就此停止。当时已经投身戏剧界,且具有中西文化视野和戏剧文学素养的李健吾敏锐地捕捉到了这份异域写作富含的多重文化信息,“于是在听到王文显先生有一出三幕喜剧,易于上演,同时在中国还没有上演过时。就向作者借了稿本来看,看过之后,决定用《委曲求全》,作为戏剧社实验的计划。不幸,这是英文的,我们没有十一位英语流畅的演员。我要求作者同意,由我译成中文”[②]。王文显的《委曲求全》《北京政变》等重头戏在国内重又掀起了竞演的风潮,北平、天津、上海等多地连演不辍。

域外写作、域外演出转为国内翻译、国内演出,这种现代戏剧独辟蹊径的传播曲线,自然产生了别开生面的传播效果。跨文化的异域书写,即王文显等人的旨在异域受众中以端正视听为诉求的跨语言创作,这种写作具有双响炮的实际传播效果,以王文显的几部英文戏剧创作为例,对于为何要有跨语际书写的动议,创作者本人自有其文化诉求。王文显从小在英国长大,其英语近乎自然习得。20 世纪 20 年代,王文显赴美国专攻戏剧研究,他师从当时已然开设“47 工作室”的戏剧名家乔治·贝克。贝克的戏剧观念对王文显无疑产生了深刻的影响,对于跨语际书写、英语戏剧创作的深层动因,有一段贝克教授的话可以作为注解,“自从西方接触中国以来,外人曾

---

① 田本相:《中国现代比较戏剧史》,文化艺术出版社 1993 年版,第 640 页。

② 李健吾:《〈委曲求全〉的翻译和演出》,《华北日报》1935 年 3 月 12 日。

经努力表达各方面的中国生活;传教士,官员,游历者和小说家,在文学和舞台上,出奇制胜,刻画中国,因为并不公正,结局大多数人于中国人形成一种定性的看法:刺戟,邪恶,古怪,但是《北京政变》努力表现中国人民生动的风俗人情,可能尽一分力克服西方人士的误解”。① 这部力求改变西方世界对中国刻板印象的王氏作品《北京政变》,于 1928 年 5 月 31 日和 6 月 1 日在耶鲁大学剧院上演,当年 9 月在回忆戏剧写作缘起时,王文显如是说:“在以西方戏剧技巧写作这样一部表现中国生活的剧本(即《北京政变》),我给自己设定了两个目标。首先,我希望找到一种最合适的尺度来进行中国戏剧的现代化尝试。其次,之所以用英文写作,缘于我想向西方展示切实的中国人的形象。但我不是宣传员,任何真正的艺术家都不可能是宣传员。我认为,中国人和其他任何民族一样,既有美德也有恶习,美德是占支配地位的,否则中国人无法作为一个民族延续下来。而在展示中国人的性格弱点和苦难生活这方面,我亦并无犹豫和担忧。我所唯一想做的,是向西方观众展示一幅真实的中国图景,当然,为了便于他们理解,我也做轻微的调整和艺术加工。我想,争取公平而真实的自我展现,对中国人来说,是一场漫长而艰巨的斗争。富有想象力的西方作家已经以虚构的方式,描绘了耸人听闻的中国人形象:或者是荒诞不经的堕落者;或者是不食人间烟火的浪漫家。要纠正这样根深蒂固的错误观念,或许需要有神降奇才才行。总要有人迈出第一步,无论这第一步看起来多么微小和乏力。”②

对于当时身处西方的戏剧写作者王文显,面对西方戏剧的受众,拿起笔来用自己谙熟的对象国语言进行写作,以更正其对中华民族文化的误解,委实是一次颇有企图的跨文化实践。他“所有的人物写了一个轻利、严正而流畅的英语。书本气息并不重,所以演员易于演、观众易于懂。对话活泼,而且是自自然然地把性格表现出来。并且这里笑着一种柔和的、恶嘲的微笑,自然是王文显先生在那里微笑,这是法国人最得意的舞台笔墨,然而这里来的更加漂亮,实在是中国人对于喜剧的一种贡献”。③ 与这种明确的文化诉求相呼应,王文显的剧本显示了强劲的跨文化能力和跨语际沟通能力,该剧无处不充盈着中国世态喜剧的轻盈,那种恰到好处、不可增减的揶揄,那种气泡到达极限似的张力,那种九曲连环、转瞬平顺的戏剧矛盾对于中华文化认知长期阙如的西方观众来说,具有一种崭新的力量和冲撞。王文显,

---

① 李健吾:《梦里京华·跋》,《新文学史料》1983 年第 4 期。

② “Developing the Drama in China Teaching the West”, *South China Morning Post*, 1928.9.27.

③ H.T.P:《〈委曲求全〉的胜誉》,《波士顿报》1930 年 5 月 12 日,转引自王文显:《王文显剧作选》,李健吾译,人民文学出版社 1983 年版,第 168—169 页。

这个剧本的调度者冷静、克制，眼看剧中人物陷入各种境地，他却从未失去自己对作品的节制，他时刻谨慎避免出现一种激情控制万端的单向度局面。而那种处处浸润着英伦喜剧与中国世态融合的新鲜，那种中国传统审美与现代戏剧叙事方式的杂糅，那种中国社会独特切面的剪影式呈现，给予初飨现代戏剧的中国观众一种不同于以往的沉醉。正是基于这种语言和戏剧素养的双重能力，使得王文显的多部剧作在美国反响强烈，在当时的西方文学中剪开了一道小小的缝隙，让对中国文化隔膜的西方观众瞥见到一丝有关中国、中国文化的"真相"。

王文显戏剧在美国的成功，很快传递到了国内。如此抢眼的文化事件和文学生产范例对于其弟子李健吾产生了不小的震荡。他深感文坛大剧作阙如，对于厚重文学作品充满渴望，"我们未尝不想实验出一部大剧，然而这才是真的一桩难事。我们到什么地方物色一出中国人写的长剧，合乎我们的标准？所谓我们的标准，几乎是我个人的标准。我向来不喜欢肤浅的东西，而且不大随和；我所爱好的，又多半是文学或艺术气息浓厚的作品。说句很不恭敬的话，当时除去少数改译以外，我还没有读到过一出比较成功的长剧，无论在取材上、技巧上、字句上、人物的性格上，我都知道我们的时代不过是一个创始，一切只是一个准备，什么都还等着未来。"①对于王文显剧作的成功，李健吾未尝没有思考。由此，对于王文显剧作的翻译和排演似乎具有了更为明晰的背景和缘由，李健吾不仅深谙王文显的种种苦心，并且接过了老师的传播接力棒，孜孜做起了英文剧作改翻译和编排、上演的后续工作，让王文显的戏剧写作路线不断延展、生发，产生了意料之外的多种效果。"仅仅从这一点介绍真正的现代中国的心力来看，白克教授的盛意已然值得感激。当然，王文显先生的心力——那似乎不为中国人感到，然而实际却为中国争光的心力，也不见得就是浪费。"②

于是，多部在美国公演引起巨大反响的王氏剧作，不断被翻译、排演到中国舞台上。对于具体的演出背景和经过，当事人曾如此回忆，"一九三五年初春，一些戏剧界的朋友会晤于北平青年会，感到国民党反动派高压下的言论不自由，想演出一出喜剧发泄一下胸中郁闷之气。我当时推荐清华大学外文系主任王文显用英文写成、由李健吾翻译的三幕喜剧《委曲求全》。大家一致同意，就以青年剧社名义排演此剧。由李健吾担任导演，司徒乔、秦宣夫和林徽因担任舞台美术设计。司徒乔和秦宣夫是著名画家，林徽因

① 李健吾：《梦里京华·跋》，《新文学史料》1983年第4期。

② 李健吾：《〈委曲求全〉的翻译和演出》，《华北日报》1935年3月12日。

是建筑学家梁思成的夫人，梁启超的儿媳。演员全部中装，使它具有民族风格。”①

现在，我们来看看《委曲求全》和《北京政变》这两部典型作品。在现代文学第二个十年京派、海派的戏剧实践中，甚至在整个现代戏剧的视野下来考察王文显原作、李健吾翻译的几部作品，都可以对王、李二人戏剧的文化诉求和戏剧包纳能力给予较高的评价，甚至可以说，一直以来，王、李二人的跨文化戏剧实践是大大被低估的。“只要把《委曲求全》和《北京政变》，与一直被话剧史家以及现代文学史家，誉为代表了这一时期，即史称‘从文学革命’到‘革命文学’的第一个十年——1917—1927 年的中国话剧著名剧作试作比较，只要不是先入为主，而是着眼于艺术素养与戏剧技巧方面衡量，也许就不得不承认，至少在这第一个 10 年里，任何一位现代话剧先驱，似乎都还没有具备王文显当时已经显示出来的艺术功力。”②

我们先来看在彼时美国、中国均享受极大盛誉的《委曲求全》。该剧共计三幕。全剧的剧情起伏和矛盾冲突均源于剧中北平一所大学的人事调整纠纷。一日，北平崇达大学顾校长正在筹谋将其上司和亲属安排在自己管理的学校内。为了腾出位置便于安置，他必须辞退两名职员。关于人选他首先想到的是会计科的王先生，因其管钱过久疑尾大不掉，并且他唯一的靠山叔父也已经过世，将其辞退不必再有顾虑。另一位要辞退的是注册课的宋先生，此人阴险狡诈，善于见风使舵，最为重要的是宋先生和密谋篡权的关先生颇为交好，并且前几日他协助学生作弊，证据确凿，将其开除理由充分。再有就是自己身边的佣人陆海，他终日贼头贼脑、中饱私囊，也应该把他从身边赶走。裁人主意已定，消息不胫而走。宋先生和陆海结盟，第一时间探听消息；王先生的太太风姿绰约，来和顾校长理论，求得一个相对满意的结果时不禁捧起了顾校长的手，这幕正巧被进门的陆海撞见。于是，关教授四处散播顾校长和王太太的桃色传闻，并开始拉拢陆海、宋先生和一些学生把事情搅乱，崇达大学的情势引起了董事会的关注。董事会派来了专门调查此事的张董事，张董事也被王太太的美貌吸引，意乱情迷间与王太太接吻时被撞见，戏剧的冲突在最高潮突然释放，裁人风波瞬间瓦解，看似没有改变的生活却将北平崇达大学中一干人等的相貌淋漓尽致地刻画出来。“《委曲求全》这出戏的一半的愉快是由于他的中国的空气，虽说事情发生在学校里面，中国的空气依然十足。穿过那一层西方的学府的表皮，显出它

① 魏照风：《〈委曲求全〉的演出》，《新文学史料》1983 年第 4 期。

② 马明：《王文显与中国现代话剧》，《艺术百家》1997 年第 3 期。

的本来的面目。一个人没有说是放松，不是翻翻椅垫，便是摸摸墙角落——希望自己发现点什么。没有一个配角甚至于忘掉他的微笑——或者重要的机会。正为了蕴藉的筹划，不动良心的坦易，注册课的宋先生同陆海才没有把诙诹的难以令人相信。"①

该剧在北平公演时，具体角色分工如下：由李健吾扮演张董事，赵希孟扮演顾校长，舒又谦扮演关教授。魏照风回忆当时的演出盛况："全剧三幕一景，一共排练了三个月，于一九三五年三月十一日在协和礼堂公演，立刻轰动了文化界。此剧第一次演出，是在美国耶鲁大学，其后又是美国波士顿，北平协和医科大学，北平清华大学等处重演。在演出中，由萧乾负责宣传工作。司徒乔海特意为作者王文显画了像，刊在天津《大公报·文艺副刊》(沈从文主编)的《〈委曲求全〉演出特刊》上。《北平晨报》《京报》《益世报》《世界日报》《天津庸报》都发表了文章，形成了强大的舆论力量。"②可见，王文显、李健吾的创作和改编在当时的文坛影响不俗。

与《委曲求全》的鲜活生动的世态相比，《北京政变》(《梦里京华》)仿佛离了展示真实的中国情态稍远些。《北京政变》的故事曲笔描述了以袁世凯为原型的窃国大盗王承权复辟称帝的故事，此时，王文显有意选取了一个"复辟称帝"的王承权作为戏剧的核心人物，更加使得整个戏剧像是一出主题先行的政治剧。但细读之后，不难发现在政治主题的外壳下，包裹的是关于中国式亲情、爱情的绵密表达。如以政治铁腕著称的王承权，对杀死阻碍政治利益的人无比冷血，对成为大一统中国的帝王势在必得，完全就是一个满身流淌着政治血液的集权者。然而，王文显的企图远不在此，就是在这样一个西方人认知中的"中国帝王"，一个原本应该极其单向度和刻板的扁平人物，被王文显赋予了非常温情的一面：

王传宝：爸爸，您忙吧？
王承权：传宝，你来看我，我总喜欢见你的。
王传宝：爸爸，您决议接受臣民的要求了没有？
王承权：传宝，你知道，我是为你才这样做的。
王传宝：那么，我就是太子殿下了。
王承权：你开心了吧？
王传宝：还不是仗着爸爸。

---

① 《王文显剧作选》，人民文学出版社1983年版，第171页。
② 魏照风：《〈委曲求全〉的演出》，《新文学史料》1983年第4期。

王承权：怕的是你将来做不到半年皇帝，你就要怨恨自己不要生在帝王家了。

……

王传宝：爸爸，我想告诉您点儿事。

王承权：什么事？

王传宝：我私下里好久就准备着治理天下了。

王承权：治理天下？

王传宝：我用了好些年研究政治原理。

王承权：（笑）政治原理？

王传宝：爸爸，您是笑我吗？

王承权：好孩子，我不是笑你。政治原理是教书先生的玩意儿，你学它干什么？

王传宝：爸爸，请您告诉我，您统治中国成功的秘诀。

王承权：你年纪轻，我怕你不懂事。①

这是一段中国传统等级社会中层级最高的父子对话。在乡土中国的格局中，父子之间是最为紧密的存在。在王承权这样第一个"帝王"身上，获取权力的终极动力不同于西方政治人物，而是"为了儿子才这样做的"。这番对话对于解读王承权这个角色，仿佛一把钥匙，能够打开他铁面人物的心锁，向观众展示一个多情、鲜活，充满人情味道的丰满形象。

另一个富有意味的形象是蔡锷的原型，剧中的革命党人蔡同。以蔡同为内圆，剧中若干人物为了革命之真理、朋友之义气，通过方珍、冯执义等人的"义举"，传递出"舍生取义"这个儒家文化的重要价值观。义在甘心自杀身，人情天理此为真，方珍为了蔡同能够早日脱离魔爪，不惜假意与唐世龙交好，不料最终为其玷污；冯执义为了蔡同率领的"义军"能够取胜，不惜献出了自己的生命。冯、方二人是执"义"而舍生，为的是"义军"可以荡平敌寇，恢复中华，实现革命之理想。

除却塑造人物之外，王文显深知一部好读、好看的戏剧，必要有荒谬、富有张力的结构性部分，方能让整部剧作更加立体、更富有观赏性，也更加能让临场观众获得更深的带入感。在《北京政变》中，他富有匠心，特意设置了王承权登基时的闹剧场面，让王的两位夫人在登基仪式上大打出手，在戏剧

① 王文显：《梦里京华》，李健吾译，载《王文显剧作选》，人民文学出版社1983年版，第119—120页。

意义上完全消解了整个称帝仪式的庄严感,同时增添了趣味性和观赏性的情节。这个细节,是王文显在美国向贝克教授学习之后,考虑到剧本的潜在受众是美国观众的特殊考量,是彼时向异域输出中国文化的策略之一。

另一种是对西洋戏剧的跨文化改写。回看 20 世纪中国文学,"从创作方面说,仿效性成为这一个世纪文学整体特征之一。"①戏剧,作为最为典型的舶来品艺术,更是需要中、西方审美习惯和艺术元素的嫁接。在戏剧中国化的实践中,李健吾等京派作家在"民族化"的试验场上开启了多维度的探索。对于话剧的改译和再作,李健吾可以说是个中翘楚。他善于使用中国化的方法,套用中国文化、典籍的元素,充分考量本土受众的审美习惯和预期,对异域戏剧进行改写和移植。在面对一个个需要改写的话剧文本时,李健吾果断地采取了中国化的表达,他把原作中的人物、时间、地点、情节、风俗等全部或大部分切换成发生在中国的故事,使其在中国的历史语境中产生生命力量。他将莎士比亚戏剧的形式和内核,按照中国式审美和接受习惯进行细致地改装和重组,精巧地对接了中国历史中极为相似的语境和人物,李健吾在进行大量的民族化改译时,保留了原著的精神内涵,使得整个剧作传达了莎翁剧作的思想内核,凸显了跨越不同文化的共同困境和诘问。正如他自己所言,"朋友,你若问我这戏剧家的头衔有没有比较可观的东西可以比配,我愿意厚起脸皮来说,除非是莎翁的那两出伟大悲剧的改编。我在《王德明》和《阿史那》两出戏里下过功夫,他们是我在改编之中最唐突也最高攀的冒险。以后我不相信我再改编什么剧作了。"②他的改译诉求极其清晰,即梦想去抓住属于中国的一切,完美无间放进一个舶来的造型的形体中去。在"中国的一切"中,政治的批判意识要用艺术的形势来表现,莎剧也就自然成为了其选择改编的剧目之一,是他借用外来形式的话剧阐释批判,暴露人性的生动注脚。③

"改编越具备再创造的情况,价值也就越大"。④ 如何让改编后的剧本产生迥异于原著的焕活生命力和特质,这是话剧"民族化"探索和跨文化改编之路上的重要历程。从这个角度来说,《王德明》的改编是具有里程碑意义的一部作品。《王德明》是一出六场历史悲剧,此剧是李健吾受莎士比亚名剧《麦克白》启发而改编。李健吾在借用了莎氏剧作基本内核的基础上,进行了大量的中国化加工和改写,真正使剧作达到了"似是而非"的改编境

---

① 刘纳:《从五四走来:刘纳学术随笔自选集》,福建教育出版社 2000 年版,第 7 页。

② 李健吾:《阿史那前言》,《文学杂志》1947 年第 2 期。

③ 李健吾:《以身作则 · 后记》,《大公报 · 文艺》1936 年 1 月 20 日。

④ 李健吾:《李健吾戏剧评论选》,中国戏剧出版社 1982 年版,第 200 页。

界。在时代背景上,《麦克白》发生在英国历史上较为动乱的时代,李健吾将其横移至中国古代藩镇割据的五代时期。所谓乱世出英雄,李健吾特意选择了极具时代特色的背景,为人物开展系列活动提供了生动的底色。在人物设置上,莎士比亚笔下"四大恶人"之首的苏格兰贵族麦克白弑君篡位,是最为嗜血的暴君和恶魔。而王德明的人物设置则更进一步,他选择了让王德明弑父篡位,这种情节设置在乡土中国、重孝重亲的中国观众眼中更加具有冲击力。富有机巧的是,李健吾借鉴了赵氏孤儿的部分桥段,设置了忠臣换子救主的情节,忠臣李震为了留住王室血脉,将自己的孩子李荃代替为王琮的幼子进献给王德明,同时,为了辅佐王室遗脉王琮复仇成功,他不得不忍辱负重地接近王德明,获取王德明的信任。种种细节巧妙对接了传统剧目中的经典预设,为莎士比亚剧作的软着陆,穿上了精巧的民族化外衣。在剧本语言设定上,李健吾进行了更加精细的改写和加工。作为留学欧洲且古典文学修养深厚的学者型戏剧家,李健吾大量用典,将大量中华传统故事、神话及民间口语引入到剧本中,却毫无西方情节内核的违和感:

> 麦克白夫人:难道你把自己沉浸在里面的那种希望,只是醉后的妄想吗?它现在从一场睡梦中醒来,因为追悔自己的孟浪,而吓得脸色这样苍白吗?从这一刻起,我要把你的爱情看作同样靠不住的东西。你不敢让你在行为和勇气上跟你的欲望一致吗?你宁愿像一只畏首畏尾的猫儿,顾全你所认为生命的装饰品的名誉,不惜让你在自己眼中成为一个懦夫,让"我不敢"永远跟随在"我想要"的后面吗?①
>
> 独孤秀:想不到你竟是这样一个三心二意的软弱东西!九天玄女娘娘说你贵不可言,天会看中了你,一个没志气的脓包!记得你娶我的第一个晚上,你大言炎炎,自命不凡,说你有日平步登天,取天下如翻掌拾芥一般容易。我当真相信你,你的作为叫我相信。有胆有识,敢作敢为,到了战场,人为你担心,你不把人放在眼里。我骄傲有你这样一位丈夫,像一颗大树,直把我这女萝往高里带。(叹气)什么意气凌云,叫我看来已和雨下成烂泥!活活一个楚霸王,匹夫之勇,妇人之仁,到头是四面楚歌,乌江自刎!贪又贪,敢又不敢,好像一个白面书生,十年苦读,一事无成!(绝决)算啦!算我晦气,嫁了一个懦夫,一个口心不应的懦夫!②

---

① [英]莎士比亚:《莎士比亚悲剧》,朱生豪译,译林出版社 2013 年版,第 19 页。

② 李健吾:《李健吾文集》第 4 卷,北岳文艺出版社 2016 年版,第 86 页。

与麦克白夫人西方语言习惯鲜明的对话相比，独孤秀的语言仿佛涂抹了中国式审美的各种油彩，雅俗相济，泼辣诙谐，将人物的性格烘托得生动、立体、可信。既加入了中国百姓熟稔的神话人物九天玄女娘娘，让人直接感受到了扑面而来的中国文化气息，又将“晦气”“懦夫”“烂泥”等口语的词汇杂糅到对话中，使人物生活感十足，分外亲切。尤其是规避了早期话剧语言过分欧化、不符合中国观众审美的弊病，让莎士比亚这个传统的西方剧目通过跨文化的嫁接走进了普通中国观众的审美视野里。

《阿史那》是李健吾对莎士比亚经典戏剧的又一次努力和尝试。他根据莎士比亚的经典悲剧《奥赛罗》，翻译、改编成了颇具民族化特色的剧本《阿史那》，剧本发表在《文学杂志》1947 年第 2 卷第 1 至 3 期上。李健吾在评论本剧创作时坦言，“材料的库藏是唐书和新唐书。阿史那真有一位定襄县主下嫁阿史那……他觉得远非形骸上的接触所能比拟……东拼西凑出来的形骸，不会就止于形骸吗？莎士比亚会因他的冒昧在中国活过来吗？”①李健吾将《奥赛罗》的中国移植放置在唐高宗时期，讲的是高宗因突厥人阿史那勇立军功，故而把定襄县主李燕真赐婚于他的种种曲折。

莎氏四大悲剧《奥赛罗》中奥赛罗因其轻信伊阿古的谎言杀死了妻子苔丝德蒙娜，事后他不但全无悔意，甚至在自刎之前仍然自信地表达说，“且慢，在你们未走以前，再听我说一两句话。我对于国家曾经立过相当的功劳，这是执政诸公所知道的；那些话现在也不用说了。当你们把这种不幸的事实报告他们的时候，请你们在公文上老老实实照我本来的样了叙述。不要徇情回护，也不要恶意构陷；你们应当说我是一个在恋爱上不智而过于深情的人；一个不容易发生嫉妒的人，可是一旦被人煽动以后，就会糊涂到极点；一个像印度人一样糊涂的人，会把一颗比他整个部落所有的财产更贵重的珍珠随手抛弃；一个不惯于流妇人之泪的人，可是当他被感情征服的时候，也会像涌流着胶液的阿拉伯胶树一般两眼泛滥。请你们把这些话记下，再补充一句说：在阿勒坡地方，曾经有一个裹着头巾的敌意的土耳其人殴打一个威尼斯人，诽谤我们的国家，那时候我就一把抓住这受割礼的狗子的咽喉，就这样把他杀了。”②

而在李健吾的改编之后，奥赛罗转换成了唐代的阿史那，伊阿古的角色置换成了令狐建，阿史那虽然勇敢实则鲁莽，他偏听偏信令狐建以致铸成大错。与《王德明》的跨文化改编相似，在《阿史那》中李健吾同样巧妙对接了

① ［英］莎士比亚：《阿史那》，李健吾译，《文学杂志》1947 年第 2 期。
② 莎士比亚：《奥赛罗》，朱生豪译，译林出版社 2013 年版，第 103—104 页。

与剧情极其吻合的时代背景,以此将阿史那塑造成了具有中国式审美的悲剧英雄。李健吾雄心勃勃,他意图向莎翁的经典戏剧致敬,从中找出东西文化共同的精深和高贵,找到人性最深处的隐秘和伟大。在《奥赛罗》的原义之外,李健吾用心糅入了具有鲜明民族化特色的主题线索,《阿史那》中的女主角李燕真一直恪守中国传统的“妇以夫荣”“从一而终”的思想,这是李健吾对莎氏剧作主题之外的民族化的阐释,正是这样的角色设置,让后来的剧情走向更加合理,也更加符合中国观众对李燕真角色的审美预期。

第三种是王文显、李健吾、杨绛等人的风俗喜剧的写作,风俗喜剧的戏剧滋养来源驳杂,既有以莫里哀为代表的英法戏剧的因子,也有契诃夫等俄国戏剧的营养,融合中国戏剧的传统,实现了现代戏剧风俗喜剧写作的实验。

在风俗喜剧上深耕且颇有收获的仍旧是京派戏剧写作的圣手李健吾。他的喜剧“给人的印象是技巧圆熟,在同时代的剧作家中有他独特的风格。这些戏一律是布局谨严、骨肉停匀的三幕,时间集中(不超过一、二天),地点集中(不超过一、二个场景),戏剧冲突集中在高潮边缘——正如箭在弦上,所谓‘包孕最丰富的片刻’。这些特点表明作者对欧洲戏剧艺术传统的造诣;语言的凝练生动,富有弹性,又显示作者锻炼祖国文字的功力”。①

《以身作则》是颇见李健吾实力的一部剧作,最初于 1936 年发表在《中学生》杂志第 62 期上。故事发生在华北某县的徐姓举人家,三幕剧极为紧凑,容量较大。李健吾笔力精到,仅仅两个小时就将徐举人假道学、伪君子的面目刻画得入木三分。在这个中原土壤培育出来的纯中国旧式知识分子的身上,可以见到李健吾广阔的世界文学视野,我们在徐举人身上不难看到莫里哀“达尔杜弗”的映射。

《以身作则》全剧三幕,故事均发生在华北某个县城的徐宅里,时间间隔只有短短两个小时,戏剧的起承转合严格遵守了“三一律”。戏剧着力描写了一个典型的旧式知识分子徐守清,他是“本县唯一中过举的”,是当地最高知识阶层的代表。当年他寒窗苦读,中举之后刚要进京考取进士,却不料辛亥革命革了科举制的命,徐举人从此对民国及新文化的一切颇为不满,并由此过上了笃信封建礼法,严格遵守“周公之礼”的生活。他秉持三纲五常,终日训诫女儿恪守妇德,最害怕的就是女儿逾越“男女授受不亲”的藩篱,然而在年轻的佣人张妈面前,道学的一切训诫轰然崩塌,不禁把持不住自己,羞怯地说,“你的手是极好看的”。

---

① 柯灵:《李健吾剧作选·序》,载《李健吾剧作选》,中国戏剧出版社 1982 年版,第 2—3 页。

李健吾对徐举人的剖析、拆解和微微辛辣的讽刺绝非鞭笞，他在本剧的题记中特意添加了《论语·子罕》中的“棠棣之花，偏其反而。岂不尔思？室是远而！子曰，未之思也，夫何远之有”，传统的儒家思想内核的仁义道德并非是真正毒害“徐举人们”心灵的鸩汁，而是长期在如此制度下，人的僵化、教条使其“未之思”，“不知远”。正像李健吾在《以身作则》后记中特意澄清的，“我爱广大的自然和其中活动的各不相同的人性。在这活动里面，因为是一个中国人，我最感兴趣的也最动衷肠的，便是深植于我四周的固有的品德。隔着现代五光十色的变动，我心想捞拾一把那最隐晦也最显明的传统的特征”①。

京派作家的风俗喜剧经由王文显跨语际创作和引介，经李健吾的翻译、改译、创作、导演和表演等一系列实践，传递到杨绛手中，已经小有志别派，自成一家之势。“假如中国有喜剧，真正的风俗喜剧，从现代中国生活提炼的地道喜剧，我不想夸张的说，但我坚持的说，在现代中国文学里面，《弄真成假》将是第二道纪程碑。有人一定嫌我过甚其词，我们不妨过些年回头了看，是否我的偏见具有正确的预感。第一道纪程碑属于丁西林，人所共识，第二道我将欢欢喜喜的指出，乃是杨绛女士。”②

杨绛具有代表性的剧作为《称心如意》和《弄真成假》，两部剧作先后被收录进孔令镜主编的《剧本丛刊》系列丛书。《称心如意》于1944年1月出版，收入《剧本丛刊》第一集。剧本以女主角李君玉为唯一的线索。李君玉的先母是上海赵氏家族的阔小姐，自由恋爱远赴北平嫁给了不名一文的穷画家，最终潦倒病死。李君玉在父亲去世后返沪投靠母亲的赵家人，由此君玉的行踪像渔夫荡网一样徐徐引出赵家一干人众，这个穷亲戚，这个不得不承认的、有着赵家血脉的孤儿像皮球一样被踢来踢去，杨绛笔端浸润着智慧，将之前推倒的多米诺骨牌重又扶起，最终几家一反旧态，争抢起穷亲戚来，最终阴差阳错君玉喜得良缘，且意外获得不菲的祖产，命运的琴弦轻拢慢捻抹复挑，最终奏出了戏谑又不失谐趣的喜剧。《称心如意》的戏剧风格别出一家，“恰如早春的一阵和风复生了冬眠的大地、万物，平添上欣欣的生意”③。

杨绛承接了王文显等人风俗戏剧的传统，并以女性独有的视角将风俗喜剧别开一路呈现出了新的样态。杨绛戏剧中的“各色人等，无论上层下

---

① 李健吾：《以身作则·后记》，《大公报·文艺》1936年1月20日。

② 孟度：《关于杨绛的话》，《杂志》1945年第2期。

③ 孟度：《关于杨绛的话》，《杂志》1945年第2期。

层，都是我们在旧中国随处可见的人物，只是作者挑精拣肥，经过选拔，把他们当做样品搬上舞台，公开展览。对那些名门望族的绅士淑女，是透过衣冠楚楚的外表，脱衣舞似的细细剥露他们又丑又脏的灵魂（但其中也有风趣盎然的形象）；对那些蓬门小户的男女老小，是带着深深的同情，指出他们盲目的营营扰扰，可笑可悯，怜惜地抚摸他们的伤痛。解剖的锋芒含而不露，婉而多讽。这是作者深入生活、体察人生的结果，出发点是对人生的热爱，所以精神上站的高，看的透彻。"①

第五节　与创作互文的书评写作

京派作家兼具学者和作家的文化身份深深影响了他们的创作。除却创作之外，学者的文化身份使京派作家在创作之外较之职业作家更加重视对作品的译介和批评。创作是呈现作家文化理想的一种方式，与之相比，文学批评对于传达作家的文学观念和审美理想具有更加直接的效果。与左翼理论家相比，京派批评家寝馈于东、西方文化的双重资源，显示出更为稳健的气度，并且在批评形态上也展示出了多样的形态：既有朱光潜、梁宗岱等学养深厚的学者体系严谨的鸿篇大论；也有李健吾、李长之、常风等青年批评家的短篇小语，二者互补、共同织就了京派批评多样的形态。

已有的京派文学批评研究多半着眼于其理论来源、思想特色等有关批评本体的研究，而就有关批评的形式和载体，尤其是京派批评家多半使用过的书评形式很少给予足够的关注。本节拟从京派批评的特色文体书评为着眼点，由此梳理和探求借助于这种短小、精悍，却又具有很强针对性的文体，京派批评家是如何生发、阐述和构建起旨意深远的文学理想的。

相对于专著或大部头的文学批评论文，书评在中国文学批评的形态序列中并没有很长的历史。书评的产生是伴随着现代出版业的勃兴而出现的，尤其是现代杂志的出现，给书评提供了稳定的载体和阅读群体。五四时期著名的期刊《新潮》第3卷开始就曾经特辟"名著介绍专号"，以书评的形式将西方经典名著介绍到中国来。此后一些出版商看到了书评的热度和效应也开始在杂志和报纸副刊上开列书评专栏，而真正将书评这种文学批评形式做出内容和规模并使之成为一种较强阅读性和欣赏性的批评文体则是

① 柯灵：《"衣带渐宽终不悔"——上海沦陷区文学管窥》，载《柯灵文集》第3卷，文汇出版社2001年版，第322—324页。

到了20世纪30年代的一批京派批评家那里，其中主要的阵地是《清华周刊》《大公报·文艺副刊》《文学杂志》等，代表性人物是刘西渭（李健吾）、沈从文、李长之、萧乾、常风等。

曾经有人将书评划分为四种①：一是学者型的。执笔的多为专家，但这种书评"有时标准定的太高，对普及的著作缺乏同情。二是欣赏的。多出自敏感的批评家。但"评者学力不逮，超出原著的见解不常见到。三、四分别是谩骂的书评和报纸的书评，二者只求热闹而不重评论。四种批评中一、二两种分别为批评学者和批评家所作，而两种书评的优长和短处都同样突出，学者式书评通常理论渊达而情感不足，容易给人掉书袋的感觉；而欣赏型的书评家则易自感受始，以情感终，对于所评文章缺少高远的视野和文化观察。京派作家的文化身份则兼具二者的优长，一面他们具有渊深的学养，接受过系统的文学理论和文学知识的教育，对于东、西方文学传统和文学历史具有较为清晰的了解；同时他们又并非是一般的大学学者，而是具有作家的第二身份，能够对文学作品具有丰富的阅读感受和体会，双重的文化身份决定了京派作家选定书评这种文体形式，改变人们对于书评市侩气息的认识，将学者的严谨与书评的鲜活结合起来，使书评这种文学评论方式在京派作家的手中焕发出异彩。

选取书评作为阐述文学理念的窗口，首先要将书评视为一个庄重的文体。书评并不仅仅是报章边角上就作品而急就的感受文章，它实际上是批评家与作品纸面接触而生的产品。对于一名文学批评家来说，"真正批评的对象永远是作品，真正的好的批评家永远是书评家，真正的批评的成就永远是对于作品的兴趣和热情的养成"②。只有针对具体的作品生发出来的批评才有的放矢，而对于具体作品的评论书评无疑是一种得心应手的文体形式。

针对当时文坛一些作家和批评家忽视书评文体的独立性，而把书评的写作视为标榜自我、砍斫对方的武器和工具的现象，京派批评家表明了书评写作"不诽谤、不攻、不应征"③的态度，具体而言就是"一个批评家有他的自由。他不是一个清客，伺候东家的脸色；他的政治信仰加强他的认识和理解，因为真正的政治信仰并非一面哈哈镜，歪扭当前的现象。他的主子是一切，并非某党某派，并非若干抽象原则，然而一切影响他的批评，……没有是

① 具体划分参见萧乾：《书评研究》，商务印书馆1935年版。此处转引自《萧乾文集》第8卷，浙江文艺出版社1998年版，第5页。

② 朱光潜：《谈书评》，《大公报·文艺》1936年8月2日。

③ 李健吾：《咀华集·咀华二集》，复旦大学出版社2005年版，第185页。

非可以说服他，摧毁他”[①]，批评的独立价值正所谓“不为用，并不碍其有大用”[②]，书评为代表的文学批评其实质不仅是服务于作品，使其为读者接受的一种介绍性文体，而更加是一种具有独立品格和美学价值的文学艺术形式，其本身有着庄严的意义。

京派书评独立而庄严的意义，在于其站在高远的平台上以公正的态度、摒除文坛的门派之见，跳开出版商和书商的媚悦，以学者和批评家客观的眼光给具有文学和文化意义的作品，“尤其是被流行的有商业味的观念所抑扬的作品加以分析和解释，扼要而具体地指出内容的得失……，见解既深刻透辟，态度又诚实坦白”[③]。唯其如此，才能使“书评能够成为新文学一部门，帮助新文学在建设上繁荣”。[④]

具体而言，京派作家又如何使书评确立自己独立的批评标准和尺度，使其成为作家的诤友和作者的良友呢？正如李健吾所说，“批评之所以成为一种独立的艺术，不在于自己具有术语水准一类的零碎，而在具有一个富丽的人性的存在。”[⑤]只有基于这样的认识，才能予书评以独立的生命和价值，而不是附属在某种文体之上的一种形式。单纯的理论和语言符号架构起来的只能是没有灵魂的干瘪文字，只有批评家以自我的生存为根据，与作品、作家进行贴近、交流和对撞，才能于作家、作品之外搭建自我的世界，叙述其“灵魂与杰作之间的奇遇”[⑥]，这种以富丽的人性为批评前提和标尺是京派书评家一个近似共通的取向，以人性和作品的文学价值、审美价值为批判的尺度是对政治标尺、商业标尺的一个有力对抗，也是保持批评家公正心的一个坚实保证。

兼具学者和作家、批评家文化身份的京派书评作者，特殊的教育背景和文化资源对其写作影响颇深。首先是深厚的学养。很多京派批评家在谈论文学批评尤其是书评时，都强调博且专的知识结构是一个重要的前提。这其中又分为基本知识和专业知识，具体说来“什么是文艺批评家的基本知识呢？语言学和文学史学是文艺批评家的基本知识。……凡是成为一种艺术的，都有它特殊的工具，文艺的特殊工具是语言文字，所以语言文字之学是以这门艺术为研究对象的人——批评家——的基本知识。迨到这门艺术

① 李健吾：《咀华集·咀华二集》，复旦大学出版社2005年版，第185页。
② 李长之：《李长之书评》，河北教育出版社2006年版，第46页。
③ 沈从文：《我对于书评的感想》，《大公报·文艺》1937年1月17日。
④ 沈从文：《我对于书评的感想》，《大公报·文艺》1937年1月17日。
⑤ 李健吾：《咀华集·咀华二集》，复旦大学出版社2005年版，第1页。
⑥ 李健吾：《咀华集·咀华二集》，复旦大学出版社2005年版，第3页。

成立以后：经过了如何的演进，在每一个演进的阶段上都是占有什么意义，这是文艺史学的事。没有这种知识，就很难明白当前的单个的文艺作品的来历，所以这也是文艺批评家的基本知识。什么是文艺批评家的专业知识呢？这里只有文艺美学，或者叫诗学。文艺美学者是纯以文艺作对象而加以体系研究的学问。例如什么是古典，什么是浪漫，什么是戏剧，小说，诗，……从根本上而加以探讨的，都是文艺美学的事。这是文艺批评家的专门知识。”①

除此之外，文艺批评家还需要有更加广博的知识结构，从而支撑起他阅读、分析、评价作品时的视野，概括起来“有四类：一类是生物学和心理学。没有这种知识不能了解人性，不能了解创作过程。二是历史。为的是人类社会一般演进的认识，不知往，无以知来。三是哲学。哲学和文艺同为人类某一个进化阶段的反映，……二者关系密切，所以当有这种知识：哲学或者更直接的表现人类对于人生的企求吧，而文艺恰正是以这为对象的，因此哲学是文艺的内容了，所以也当有这种知识。哲学之分析性、体系性，对事物而探其根本的彻底性，是一个批评家应有的精神，以哲学为训练看，批评家尤其要有这种知识。四是政治经济，所谓社会科学，为的是要明了社会的剖面，不然不会了解这生长在外面的东西——文艺——的”②。

只有具有扎实的基本知识、通晓的专业知识和广博的辅助知识才能使一个批评家在面对文本时具有批评的气魄、广阔的视野和冷静的分析判断能力。除却具有扎实的基础之外，书评家还要具有文学批评的能力，具体说来“一个批评家对古往今来的大著作不但要过目，还得要有自己的理解，划然地在心上留下一个清楚的痕迹。他对于文学史要有一个概观，而且不能不由自己对文学的演变有一个深透的认识”③，书评家必须能够掌握有关文学文本和文学史的宏观信息，使其在阅读作品时将其放在历史、文学的坐标系中对其进行解读。“一个理想的书评家要有充足的知识和鉴赏力，对实际生活又要怀有莫大兴趣。历史沿革他不生疏，而拾起每本书来，他仍能持涉猎的好奇心，发现它自身的价值”④，立体、多能的知识结构和明慧的文学鉴赏力是京派批评家进行书评写作的一个重要而坚实的基础。

公正、严谨、科学的批评精神则是京派书评家面对文本进行批评的核心

① 李长之：《李长之书评》第1卷，河北教育出版社2006年版，第56页。

② 李长之：《李长之书评》第1卷，河北教育出版社2006年版，第57页。

③ 李长之：《李长之书评》第1卷，河北教育出版社2006年版，第50页。

④ 萧乾：《书评研究》，商务印书馆1935年版，此处转引自《萧乾文集》第8卷，浙江文艺出版社1998年版，第20页。

要素。公正的态度是一个书评能够具有说服力的根本前提。京派的书评家既没有依傍的政治团体,也没有俯就的商业出版组织,大学教师的文化身份是其进行书评写作时自由公正心态的前提。以李健吾的《咀华集》《咀华二集》所涉及的作家来看,共计20名,其中除了茅盾、巴金二人在当时的文坛有一定的声名之外,大部分都是新出茅庐的青年作家;从作家的构成来看,既包括了萧军、路翎等左翼色彩明显的作家,也包括了林徽因、沈从文、卞之琳、何其芳等自由主义作家,这种批评的视野具有明显的包容性。京派批评家在大学里不仅获得了完备的知识结构,更加获得了一种理性的批评精神,这种精神对批评过程的突出影响就是以作品的文学价值、审美价值即真和美作为评判的标尺,在面对作品时能够从属于文学本身的语言和要素去看待、解读、剖析,正如书评家自己所说:“一个批评家,与其说是法庭的审判,不如说是一个科学的分析者。科学的,即如我说的是公正的”①。这种文艺批评时的公平并非“司法家的公平”,而是印象式批评家的公平,“后一派人永远流露的是‘偏见’,永远说的是良心话,永远能宽容别人和我自己异趣”②,绝对地具有普遍价值的公平并不存在,批评视野中的公平是指批评家在接触作品之前,剔除自我与所面对的作家、作家背后的流派、思想体系、信仰之间的异趣和成见,抛开友谊以及商业背景的控制进而“自行缴械,把辞句、文法、艺术、文学等等武装解除,然后赤手空拳”③,进入到作品中去,这就是京派批评家确立公正心态解读作品的过程。

京派书评家在整体上呈现了一种风格:精细广博。不同于左翼作家的概念化、口号化的宣传式、批评式书评,京派作家经过正规的学院教育,具有良好的知识构架,传统文化与西方思潮兼具,其学院本色和学术性体现在对批评对象的冷静分析上,其中不论是以朱自清、朱光潜为代表的理性主义的书评家,还是李健吾等人重直觉的印象主义批评家,都以文学本身的审美意义和价值作为评判作品的直接标准,而果断地将商业因素和意识形态影响排除在作品评价之外。沉浸在作品的温习、抚摸和玩味中,书评家经过选择、剪裁、重组、弥补,进而在普通读者和作家之外发现一种新趣味、新意境、新思想,这种发现和寻找的过程就是书评家的专职,书评也由此具有真正的生命力和独立价值,这种价值是在作家的创作和读者的阅读体验之外的第三种可能,是特殊的群体使用独特的武器对文本的再生发,这种生发本身就是

① 李健吾:《咀华集·咀华二集》,复旦大学出版社2005年版,第24页。
② 朱光潜:《谈书评》,《大公报·文艺》1936年8月2日。
③ 李健吾:《咀华集·咀华二集》,复旦大学出版社2005年版,第5页。

一种融汇自由和尊严的文学行为，“无论是作者或是读者，对于一篇有价值的书评都只能当作一篇诚实的主观的印象记看待，容许它有个性，有特见，甚至于有偏见”①，这是赋予书评这种批评形式以独立意义和价值的重要前提。

“欣赏一首诗就是再造一首诗；欣赏一部书，如果那部书有文艺的价值，也应该在心里再造一部书。一篇好的书评也理应是这种‘再造’的结果。”②书评并非是一种作品成就之后的续貂，而是一种融会书评家审美体验的再创作。一篇成功的书评决不仅仅是对作品和作者思想的通透观察，而是站在更高、更深、更远的文化视野下对作品内涵和审美价值的创造性阐释，也正是这样，书评家很难与作者就作品的内容和意义达成共识。“因为能深入，想象看得到常人多看不到的美，能将平凡的事物排列成新的格局”③，故而也就常常出于作家想象之外，这种抵牾是作家和批评家文化身份和个体差异的必然结果。“心理学家所研究的个体的差异是创作家、批评家和读者所应该同样地认清而牢记的。”④

作家在完成了文本的生产环节之后，可以说他与文本的关系已经暂时告以结束。文本成为一个相对独立的个体，在读者和批评家另一种视野解读之下，才能获得新的阐释空间。与读者对文本的解读不同，书评家的解读是一种双向甚至三向的多重关系，书评作者是“俗语‘一石打三鸟’的那个石头，要打中的是作家，读者，和他自己”⑤，首先书评家要对作家写作的背景有所了解，这样才能够在解读作品时不会发生太大的游走。无论如何，作为文本的生产者，作家对文本的文和质影响不小。其次，书评的写作不是即兴写来自赏自娱的应景文章，而是带有介绍和普及的性质，书评家的一个重要身份就是以自身的文化背景和知识体系对文本进行二度创作和解读，这种解读是引领文本读者和书评读者一同领略书评和作品妙处的过程，书评家至少要“对于一个作品的价值和内容得失能欣赏且能说明”⑥，这样的书评才算是有意义的。最后是书评者自己，书评本身不是被动的商品介绍，而是一种带有融合了人生观、审美观和文学观念的再创作，这种写作本身就是书评者自我和文本发生互涉的过程：一方面书评者在对文本阐释的过程中，

---

① 朱光潜：《谈书评》，《大公报·文艺》1936年8月2日。

② 朱光潜：《谈书评》，《大公报·文艺》1936年8月2日。

③ 萧乾：《书评研究》，商务印书馆1935年版。此处转引自《萧乾文集》第8卷，浙江文艺出版社1998年版，第36页。

④ 朱光潜：《谈书评》，《大公报·文艺》1936年8月2日。

⑤ 沈从文：《我对于书评的感想》，《大公报·文艺》1937年1月17日。

⑥ 沈从文：《我对于书评的感想》，《大公报·文艺》1937年1月17日。

能够将其文字背后隐含和埋藏的意义和价值挖掘出来，成为文本的阐释者，同时文本本身是一种召唤结构，其本身的内容、结构、文化讯息也唤醒了阐释者头脑中的储备，使其在与作品接触的环节里生发出作品之外的其他作品、别国作家、文化学、历史学等等广博的信息，可以说只有在这样的环节发生时，一个成功的、文化含量深厚的书评才有可能出现，而仅仅匍匐在作者和文本脚下，小心剥离作家的书评永远是作品的说明书，而无法具有独立的意义和价值，从这一点来说，京派批评家的书评写作就是一种成功的自我书写。

京派文艺批评家的书评文本为现代文学的批评作品提供了多种发展的可能，李健吾、李长之、沈从文等人的书评文字甚至成为文学作品之外的美文。这种入人性灵的传情文字的出现首先是京派文艺批评家重视感受和文学内部价值的结果，“一个人在文艺方面最重要的修养不是记得一些干枯的史实和空洞的理论，而是对于好作品热烈的爱好，对于低劣作品能彻底的厌恶”①，在灵魂与杰作之间的奇遇本身显示了李健吾等京派批评家对文学阅读感受的青睐。在京派文艺批评家的理论资源中，印象主义是一个重要的来源，其中又以对法朗士的观点译介和影响最大。萧乾曾经将印象派比喻为“女性的印象派的批评”②，他认为女性感受细腻、反应敏锐，比起男性更加愿意领会作品的精神价值，这与印象派以欣赏代替死板规律、以想象和机智代替宣读判词的主张大有暗合之处。同时萧乾还将印象派与浪漫派、唯美派进行了归类，将其统称为侧重主观欣赏体验的派别，其中包括了“法国的法朗士，英国的王尔德，裴特（即佩特）、美国的斯宾葛恩”③。萧乾引述了印象主义的理论家法朗士有关批评主观性的观点：“客观的文学批评和客观的艺术一样没有存在的余地。妄信不把自己的人格放到他们著作里边的人简直是自欺，简直是受欺于最虚妄的人。我们永远不能把自己抛开。这是真理，这是我们最大的不幸的事之一。……我们认为我们的知道事物只不过是由于事物给我们的印象。就事论事，现象与事实是一样的东西。我们在这世界上欢乐与受苦，只要影像就够了，完全没有证明客观性的必要。”④在印象

① 朱光潜：《谈书评》，《大公报·文艺》1936年8月2日。

② 萧乾：《书评研究》，商务印书馆1935年版，此处为转引自《萧乾文集》第8卷，浙江文艺出版社1998年版，第48页。

③ 萧乾：《书评研究》，商务印书馆1935年版，此处为转引自《萧乾文集》第8卷，浙江文艺出版社1998年版，第48页。

④ ［法］法朗士：《人生与文学》，转引自萧乾：《萧乾文集》第8卷，浙江文艺出版社1998年版，第49页。

主义的观点看来,人类心灵感知到的主观世界的影像才是可信的世界真实性的基础,在归纳和演绎成为文学评论的主流时,“批评是灵魂的冒险等攻击客观的形式的批评的理论的应运而生是当然的事。”①

印象主义具体到书评中给文艺批评家主观生发带来了强劲的动力。此时,书评家对文本的独立解读不但成为一种可能,而且具有了充分的合理性。文艺批评家在触摸到文本时也不急于找寻文字背后的思想意义和蕴含,而是从文字本身传达的影像开始,作为灵魂与杰作相遇的起点。印象主义批评一个突出的表现就是尊重作者对文本的第一手关系,在书评者、文本与作者之间建立和谐、公正的关系,“一个书评家如果想把自己的话当作‘权威’去压服别人,去范围别人的趣味;一个读者如果把一篇书评当作‘权威’恭顺地任它范围自己的趣味;或者一个创作家如果希望别人对于自己的著作的见解一定和自己的意见相同;那末,他们都是一丘之貉,都应该冠上一个共同的形容词——愚蠢!”②在充分尊重作者的先期创作之后,缴械投降,“综合自己所有的观察和体会,”③进入到文本中,以书评家的人生感受解读作品、解读作品与作者之间隐蔽的精神联系,进而将这种关系传递给读者。

由此我们可以发现李健吾在接受印象派批评的理论资源时,视野是非常广泛的:一方面他接受了法朗士崇尚批评主观性、相对性,主张批评是灵魂探险的理论;同时他也很警醒地意识到无边夸大批评主观性所具有的不可逃避的漏洞和缺失,于是另一位印象主义理论家勒麦特的观点也进入了其文学批评的视野。勒麦特认为在批评中固然要重视批评者的主观情感,但同样要将这种主观性放置在一个合理的限度之内,他说,“一个批评家用心的范围越广,同情的能力越大,则其对于一个有心要确立他的人格和描摹他的人格的人所表现的个人的特征必越少”④,一个批评家在进行批评之时,务必要“公道”和“审慎”,“大概不可开头便指摘他们的毛病,因为这样的批评往往觉得过于流于容易,而且最容易流于空虚”⑤。法朗士和勒麦特的双重影响使李健吾等京派书评家既保持了批评者的主观性,能够从自身丰富的人生感受出发,同时保持了批评者应该具有的公道和审慎,“从扫除一切成见入手,从对于我们批评的作品加以一种同情的研读入手,以期能够

① 常风:《逝水集》,辽宁教育出版社 1995 年版,第 237 页。
② 朱光潜:《谈书评》,《大公报·文艺》1936 年 8 月 2 日。
③ 李健吾:《咀华集·咀华二集》,复旦大学出版社 2005 年版,第 24 页。
④ [美]琉威松:《近世文学批评》,傅东华译,商务印书馆 1928 年版,第 39 页。
⑤ [美]琉威松:《近世文学批评》,傅东华译,商务印书馆 1928 年版,第 34 页。

发见其中为作者所独具的创作的元素"①。在进入到研读文本之后，不是刀砍斧凿，而是从作品中呈现的大量意象开始触摸作品，从批评者的第一阅读感受出发，在获得了一些具有主观色彩的作品印象之后进行提纯，"把我们从作品中接受到的印象加以一番分析，其次，应该尝试着去体会那些作品的读者，去描摹他的气度，刻画他的气度，查究出世界对于他是何意义，他在世界上有何取舍，他对于人生的感想如何，他的感觉力强弱的程度如何，以至于他的心理如何组织等等"②。

在具体评论中，李健吾很少使用过于艰涩的理论词汇，而是尽量使用鲜活、具体、感性、生动的语言将作者和作品背后的情感和思想传达出来，以李健吾对《爱情的三部曲》书评为例，作者在进入到具体的批评之前，首先打出了金字招牌"批评是一种富丽的人性的存在"，"然后找准他（作者）的态度迎上去"。李健吾扣准了巴金这个小说作家在情感和思想上的最大特征，"巴金不是一个热情的艺术家，而是一个热情的战士"，并把这作为确定巴金小说情绪节奏的重要参照。在评论中，李健吾甚至使用了类似巴金式的语言和情绪流进行评论，可以说这种灵魂的探险使评论家和作者之间的距离逐渐缩短。在此书评中，李健吾一面从巴金的创作体会中摘取有效的信息，另一面将其与西方作家中的左拉和乔治·桑进行横向对比，进而得出了他对巴金写作的认识，"巴金先生是有悲哀的，他的人物有的是悲哀，但是光明亮在他们的眼前，火把燃在他们的心底，他们从不绝望。他们和我们同样是人，然而到了牺牲的时节，他们没有一个会是弱者。不是弱者，他们却那样易于感动。感动到了极点，他们忘掉自己，不顾利害，抢先作那视死如归的勇士。……但是他们禁不住胜利的要求；他们得活着，活着完成人类的使命；他们得爱着，爱着满足本能的冲动。活要有意义；爱要不妨害正义。此外统是多余的，虚伪、世俗，换句话，羁缚。从《雾》到《雨》，从《雨》到《电》，正是由皮而肉，由肉而核，一步一步剥进作者思想的中心。《雾》的对象是迟疑，《雨》的对象是矛盾，《电》的对象是行动"③。

批评中的理性精神也是京派书评家一直秉持的。京派作家的正规学院教育不但打开了他们对中、西方文学理论的视窗，使其具有专业的文学批评知识，而且更为重要地培养了他们对文学批评写作的科学精神和科学态度。中、西方文学理论的视野和文学、社会学、历史学的完备知识结构作为京派

① ［美］琉威松：《近世文学批评》，傅东华译，商务印书馆 1928 年版，第 35 页。
② ［美］琉威松：《近世文学批评》，傅东华译，商务印书馆 1928 年版，第 39 页。
③ 李健吾：《咀华集·咀华二集》，复旦大学出版社 2005 年版，第 7 页。

批评家进入书评写作之前的重要背景，为他们在一个中、西文学历史的坐标系中确立、评价对象的文学意义和价值提供了有益的参照系，同时也赋予了他们很好的视野和鉴别力，使其能够在新文学良莠杂陈的作品中选取特定的篇章进行分析、解读和评价，从而以文本为媒介，阐述其对新文学发展的具体看法。在这个角度上说，正规的学院教育为京派批评家提供了科学分析文本文学意义和文学史意义的知识储备和相关能力。

朱光潜在《雨天的书》中力图阐释的是中国新文学发生以来语言欧化的问题，在进入到具体的文本分析之前，朱光潜首先引述了一段圣伯夫评《罗马帝国衰亡史》中吉本文字受法国影响的例证，以英法语言构造相似尚不能借鉴太深，而中、西方语言之殊异，更不能轻言欧化或欧化分量过重，之后作者方引出周作人的语言尤其小品文语言在现代文学史和语言发展中的地位，这种以宏观的构架来论述具体文本的方法有利于导引读者对所评价作品做出相对客观的评价。

李健吾的《雷雨——曹禺先生作》也体现了这一点。李健吾和曹禺均是清华大学外文系毕业，他们大学期间在王文显教授的西方戏剧史课程中就曾经对西方戏剧进行过系统的学习，后来李健吾曾留学法国，对福楼拜等法国文学家进行了更加深入的学习和研读。在对曹禺的《雷雨》进行细读的过程中，李健吾首先将《雷雨》故事的外壳与西方戏剧联系起来，他说道："作者隐隐中有没有受到两出戏的暗示？一个是希腊欧里庇得斯，一个是法国的拉辛，二者用的全是同一的故事；后母爱上前妻的儿子"①。这种对《雷雨》影响关系的揭示对读者从相关联想中更加深刻地理解繁漪的性格悲剧具有关键性的提示意义。同一篇文章中，李健吾还将曹禺笔下的周冲与法国18世纪戏剧家博马舍的《费加罗的婚姻》中的薛侣班进行对比，然后对作者在戏剧冲突中淡化周冲的位置进行了评论，"同样的性格，作者将周冲写失败了……而博马舍就把薛侣班写活了"②。话剧作为中国现代文学中的一个舶来品，其观念、结构、写作方法无不深深受到以古希腊为代表的西方戏剧传统的影响，要给予作品合理、公正的评价，要使读者对戏剧作品中的人物有清晰的了解，这种中、西比较的视野是不可缺少的。现代文学是在西方文学观念的催发下发生、发展起来的，对于刚刚出现十几年的新文学进行分析和判断，拥有西方文学的素养和完备的文学史修养是不可缺少

① 李健吾：《雷雨——曹禺先生作》，《咀华集·咀华二集》，复旦大学出版社2005年版，第55页。

② 李健吾：《雷雨——曹禺先生作》，《咀华集·咀华二集》，复旦大学出版社2005年版，第55页。

的，这双重资源的吸收和使用也是京派文学学院品格的具体表现。

除却专业的学术背景之外，专业的、科学的批评精神和态度也是京派书评家非常看重的。文学批评作为一门专业之学，一个重要的部分就是以自身的理论体系、以学术的眼光和标准对作品进行分析和判断，任何附加的商业和意识形态的标准都会妨害正确估量和判断文本的艺术价值，京派书评家与商业书评家和意识形态下的书评家最大的不同就是科学的批评精神和批评态度。一个专业的书评家偏见是在所难免的，但关键的是偏见形成的背后原因，是否是文学批评之外的因素干预的结果，“难免的是无意识的偏见——一个竭力改正自己而仍持那样的观点，不该宽容的是有意识的偏见，因为那即是不公正。”①科学精神的确立并非是对作品艺术性的抹杀。此处所言的科学精神是科学性和艺术性的结合，单纯的艺术评价容易使书评沦为作品的简单阅读感受，而忽略了对作品背后的社会意义、思想意义甚至是文学史意义的探求；单纯以科学理性分析的标准解剖作品，则使作品成为了社会学、历史学的辅助说明，对作品本身的文学性和审美价值都是极大的漠视。

综合而谈，兼为作家和学者的京派批评家是科学精神和艺术品格的统一，是重欣赏的印象派与重诠释的科学派的统一，因为“缺乏了审美的欣赏，没有评者能够得出美满的结论。同样，只有鉴赏，只有漂亮的文字，没有理智的分析，批评的工作也未能全部做到。好的批评需要冷静的裁判，但也同样需要动人的文字和独创的思想”②。在具体的批评过程中，京派书评家还为书评家设立以“美”“艺术与道德”“流行与不朽”的标准，旨在确立科学的批评态度和精神。在其视野里，理想的批评家就是“公正、同情和其他一切美德。不嫉妒，没偏见，只有一颗清澄热烈的心。不马虎也不拘守固定的标准，不诋毁也不胡捧。对自己有信心，而又永远不视自己的批评为终审判决。随时抱着探索尝试的精神”。这种标准的确立不但对于当时的书评环境具有警示作用，并且对当代书评乃至文艺界也有深刻的启示。

① 萧乾：《萧乾文集》第8卷，浙江文艺出版社1998年版，第20页。
② 萧乾：《萧乾文集》第8卷，浙江文艺出版社1998年版，第54页。

结语:京派学院品格的分化和延续

对 1928—1937 年北平的高等教育与京派文学学院品格之间的内在关联进行梳理之后,我们可以发现这种关联在 20 世纪中国文学与高等教育的关系链条中承担了一个重要的历史角色,一方面京派文人承接了五四文学与大学之间的传统,同时他们又将文学与大学的关系引入了新的空间,使得现代大学成为人文知识分子构建主体世界的重要环节,进而赋予了自我一种人格化的文化生存方式。正是在这个意义上京派文学与高等教育的关系才具有超时空的典范意义,至此我们可以这样归结京派作家与北平高等教育的关系:知识分子退出了纷扰的政治、商业圈,回到了真正属于自我的大学院墙之内,在这里他们和现代大学血脉交融,在 20 世纪 30 年代国民党文学、左翼文学和海派文学甚嚣尘上之时,甘守在寂寞的北平大学中,以退守和默默耕耘为生存方式,在知识与文学的世界中达到一种自足。

北平的城市背景和高等教育环境对进入此地的作家影响最为鲜明的例证就是京派作家群体的出现。1928—1937 年的北平经历了文人离去复又归来的过程,前期的文坛被称作如同沙漠的"骆驼草"时期,1933 年经过喜峰口战役后,北平成为了边城,政治气氛的宽松和文化空气的浓厚开始吸引一些新的作家客居至此,由此从 1933—1937 年,北平的文坛开启一段与大学协奏的交响曲。北平的城市状态是京派能够产生的大背景,在大学和研究机关云集的北平,文化事业是这里的生命线,知识分子和文化人在北平的生活又没有在上海那么艰难,小康的生活状态能够让他们以一种从容的心态进行大学教育和文学研究,这种文化资源的聚集和生活水平的优越是北平退为二线城市,却仍保持着高度的文化聚合力的一个重要原因。

具体的大学教育尤其是文学系的教育方式对京派文学圈的形成也有很大的影响。首先是大学的教育观念和教育政策,"大师论"和"重研究"的指导观念为北平的大学有可能吸引高水平的教员提供了政策上的保障,而通才教育的观念又赋予了学生广阔的知识视野和开阔的文化胸襟。其次与文学最为关联的是大学文学院文学系的教育环节,在京派新生代作家中绝大多数都是从文化古城时期北平大学文学系生长出来的,那么他们在校所受的文学教育与其后的创作就具有不可分割的联系。京派作家身兼学者和作家的文化身份,对文学发展的敏感使其能够在新文学诞生不久就将其引介到文学系的课堂中，并且在课程环节设置有关新文学的习作课，这些新文学发展和写作内容的渗透潜移默化地影响着青年学生作家的文学观念，使其对新文学的写作和发展有一种亲近感，进而给之后的新文学写作提供良好的心态。

京派作家圈尽管没有严密的组织、特定的规则和统一的文学宣言，但却以一种更为自觉的文化选择聚合在一起，没有了意识形态和商业利益，京派文人的聚合还表现出了学院文人特有的形态，例如沙龙和读诗会。在这些具有很高文化含量的文学活动中，思想的火花碰撞和迸射出来，有关纯文学和文化的讨论摒除了杂质，为现代文学的文学性探索提供了宝贵的讯息。京派作家对文体的高度关注在以往的现代文学流派中也是不多见的，与一些流派强调文学的功利性功能不同，京派作家更多的向内转，以文学的本体建设为重，在小说、散文、诗歌等文体中均有严肃的探求，在中、西方资源的浸润中，切实地从理论倡导和写作实验两个向度完成了他们对现代文学文体建设的贡献。

1937 年北平沦陷之后，北平的高等教育与京派文学的关联并没有完全结束，这体现在：北平地缘文化和残留的高等教育环境影响下的文学发展。北平沦陷之后，大部分大学或南迁、或西迁，离开了北平地缘文化的母体，伴随着学者作家和学生作家寄居的载体大学的南撤，此时文学的主体内容已经开始远离京派的文化主张，北平的文学与高等教育之间的链条开始松动，随着华北形势的恶化，北平的文学性质逐渐转变为与民族救亡有关，可以这样说，与 1937 年之前京派文学的主体地位不同，北平此时的文坛主要是救亡主题的写作，北平的文学创作汇入了沦陷区文学的大潮。

卢沟桥事变是北平大学发展中兴期的转折点。1937 年 8 月 6 日，伪北平市政府成立，同时北宁铁路通车，平津的学生大规模撤离北方，作为中国北方重要的高等教育中心北平在政治上降为沦陷区，而在文化上也失去了往昔的荣光。在清华大学、北京大学、北平师范大学撤出北平之后，只有燕京大学、辅仁大学、协和大学、中国大学等几所大学没有撤出北平。1941 年太平洋战争爆发后，日本接管了燕京大学和协和医学院，而辅仁大学因其德国“圣言会”的关系得以幸免，中国大学也因为当时的校长极力争取而得以保存，所以从 1938 年至抗战结束，贯穿北平的大学只有辅仁大学和中国大学两所，燕京只占了一半的时间。留居在北平的知名作家和学者，除了后来担任伪职的周作人之外，还包括马裕藻和顾随等人，留守的学者延续了北平文学教育的余脉，培养了放弃南下而在北平求学的学生，保存了北平文学的一丝生机。沦陷区的北平文学和高等教育意义深远，她不但以持续的写作抵制了日本“大东亚文学”的形态侵袭,保存了汉语写作和汉语阅读的群体,同时坚持了文学写作中民族精神的主体性存在。

京派文学与北平高等教育的余响更为重要的是南迁作家在昆明与大学重新会合后的文学活动,以西南联合大学为主体的校园文学活动与1928—1937年的北平京派文学活动有着至深的血脉联系,并且成为1945年复校之后北平文坛新文学高潮的重要准备期。七七事变后,迁出北平的大学在西南和陕西分别建立了临时大学,在抗战近十年期间,汇集在这些大学的京派作家依旧秉持了学院文人的传统,在相对封闭的大学院墙内,他们将新文学更加系统地带入了大学讲堂,使学生对新文学的感知更加全面具体,同时接续京派文学的因子,并将京派作家开放的文学视野和现代性追求保持下去,最终绽放出中国现代主义诗潮绚烂的花朵。

1937年之后,京派作家群体出现了分化。林徽因离开北平前往山西开始了中国古建筑的调研;何其芳随战事起毅然前往了延安,与京派文学越走越远;李健吾、芦焚等人也是南下辗转迁移;朱自清、沈从文、杨振声、叶公超、卞之琳、冯至、李广田、孙毓棠等人随大学最终落脚到昆明,在西南联合大学讲授文学课程,综合看来京派文学圈的主体力量还是迁移到了大学院墙内,这种选择本身就说明了他们对京派文学学院品格的坚持。1938年11月,南迁的北京大学、清华大学、南开大学在辗转数地后最终选址昆明,并且在这里酿造了中国战时最浓厚的学院风气和文学传统。当战事声起,大多数作家失去了优裕从容的创作心境而投身到民族救亡的洪流中去,而只有在相对安定的西南角落里,京派作家才略带几分不合时宜地将自由主义的文学传统留存下来,并在1945年之后的北平力图实现京派文学的复兴。

在西南联合大学的近十年时间里,大学与文学的关系得以保持和深化,在大学院墙内,纯文学的追求依旧在进行,甚至可以这样说,北平大学烘焙出来的京派作家的学院风气在西南角落里得以继续保持:首先是延续了对西方文学及理论的开放气度。西南联合大学邀请了剑桥大学的知名学者燕卜逊来华讲学,并且亲自给联大学生开设了《莎士比亚》和《英国诗》两门课程,杨振声也在1945年开设了《世界文学名著选读及试译》课,而冯至、卞之琳等人也在讲坛上将具有深厚传统的德国文学等引介给学生,其次是继续推进新文学在大学文学课程中的比重。1939年杨振声开设了《现代文学讨论及习作课》,继而开设了《现代中国文学》课,之后沈从文、李广田等人又先后开设了《各体文习作》和《创作实习》课程。

这些课程的设置一方面打开了学生对西方文学的视野,使他们能够及时吸收到世界文学最新鲜的营养，并将其视为本国文学发展的有效资源，另一方面又使学生及时接触到现代中国文学发展的动态，在大学中文系的讲坛上进一步确立现代文学的合理性地位，进而引导学生写作时自觉使用现代白话文。在这样的教育观念和课程配置下，京派作家自身在写作中也有了新变和渐进，如沈从文后期写作中现代主义元素的渐深、李广田对戏剧领域的开拓、冯至在诗歌领域的推进，等等。京派作家还哺育了一批新的学生作家群体，其中最为突出的就是汪曾祺和九叶诗派：汪曾祺不但继承了京派作家的衣钵，并且在数十年后将这种光华绽放出来，为新时期的写作提供了示范，这对于京派文学的辐射力和影响力非常具有说服力；九叶诗派深得北平时期京派诗歌写作的内核，同时吸收了英美新批评的有关资源，将现代中国的诗歌写作推向一个制高点，这种文学发展高潮的形成与京派作家影响及文学教育实践是很难分割的。

在 1937 年之后，北平高等教育环境的春天遭遇了春寒，北平沦陷，京派作家栖身的大学开始离析，此后北平的大学在流离颠簸之后，在西南建立了联合大学，西南联合大学在历史意义上说是北方高等教育人员和观念的南移，由于人事和制度上的承续性，那里还是吸引了大部分京派作家讲学论道，并将文学的自由品格和审美价值秉持下去，最终长出了京派文学的后续之根。1937 年之后西南联大的文学发展对现代文学的贡献又从另一个侧面印证了之前的北平高等教育与京派文学学院品格之间的确定性关联，从这个意义上说，1937 年并不是一个结尾，而是京派星散之后仍旧能够发生现实影响力的印证。

北平光复后，伴随着诸所大学的回迁，一批原来的京派作家也移居北平，彼时，他们曾经力图重新擦亮京派的招牌，重新操办《文学杂志》，但历史瞬息万变，文化古城时期的诸多要素已然风逝，《文学杂志》1947 年 6 月复刊，1948 年 11 月即宣告终刊，京派作家重造历史的期望因其历史境遇的不可复得而终归破灭，在此我们仿佛对 1928—1937 年北平的高等教育与京派文学品格形成之间看似隐约、实则确凿的内在关系更加笃定，正是在这样气候适宜的环境中才培育出了京派文学的根苗，并且能够健康、茁壮地生长，而一旦撤换了土壤和环境，改换了时间，文学的种子很难发芽，俗语所云的“天时、地利、人和”在这里成为了最不可撼动的现实力量。

京派文学写作群体的再度涌起是在“文化大革命”结束之后。20 世纪 80 年代前后，具有文学革命精神的知识分子在“五四”文学革命传统的旗帜之下，反思“人”的文学，他们向现代文学的诸种文学写作形态寻找反思和重建民族的力量，意图开辟一个新的文化空间和文学空间。此时，“京派文学”的文学潮流,京派作家的影响不论在理论界、创作界,还是在其文学接受群体中间,都逐渐开始扩大影响,京派作家群体的写作价值不断被重估,京派作家的文学作品在文学史、文化史、思想史中的地位不断提升。

文化古城时期中形成的京派文学无论在20世纪中国文学史还是教育史上都是一个值得关注的现象,现代大学的产生为中国知识分子提供了一个文化上独立生存的可能,在这种场域中学院作家有可能形成一种高蹈独立的文学写作观念、价值体系和美学主张,京派作家对这种文学性的高度关注在20世纪30年代中国文学的整体语境中处于边缘化的位置,但却在另一个向度昭示了一种超越时代意义的文学品格,在历史的非常时期之后,这种文学品格和作家的人格化生存便具有超越时空的恒久意义和价值。可以这样说,京派文学品格的形成是诸种条件多重影响、作用的结果,而其一旦形成后对中国文学发展的影响和辐射绵绵不绝,余音震撼。

参 考 文 献

1.《第一次中国教育年鉴》,民国二十三年,台湾传记文学出版社 1981 年影印版。

2.《中华民国史档案资料汇编》,江苏古籍出版社 1994 年版。

3. 费正清:《剑桥中华民国史》第二部,中国社会科学出版社 1994 年版。

4. 汤志钧、陈祖恩编:《中国近代教育史资料汇编》,上海教育出版社 1986 年版。

5.《中华民国教育法规选编》,江苏教育出版社 1990 年版。

6.《中国新文学大系》,上海良友图书印刷有限公司 1935 年版。

7. 北京大学历史系《北京史》编写组:《北京史》,北京出版社 2003 年版。

8. 史玄:《旧京遗事》,北京古籍出版社 1986 年版。

9. 夏仁虎:《旧京琐忆》,北京古籍出版社 1986 年版。

10. 侯仁之主编:《北京历史地理》,北京燕山出版社 2000 年版。

11. 罗哲文等:《北京历史文化》,北京大学出版社 2005 年版。

12. 北平图书馆协会:《北平学术机关指南》,1933 年。

13. 赵家璧:《中国大学图鉴》,上海良友图书印刷有限公司 1933 年版。

14. 吴惠龄主编:《北京高等教育史料》,北京师范学院出版社 1992 年版。

15.《中国现代出版史料乙编》,中华书局 1957 年版。

16. 姚公鹤:《上海闲话》,商务印书馆 1917 年版。

17. 新中华杂志社编辑部:《上海的将来》,上海中华书局 1934 年版。

18. 萧超然:《北京大学校史》,北京大学出版社 1988 年版。

19. 马越:《北京大学中文系简史》,北京大学出版社 1998 年版。

20. 梁柱:《蔡元培与北京大学》,北京大学出版社 1996 年版。

21. 陈平原、夏晓虹编:《北大旧事》,生活・读书・新知三联书店 1998 年版。

22. 黄延复:《二三十年代清华校园文化》,广西师范大学出版社 2000 年版。

23. 徐葆耕:《清华学术精神》,清华大学出版社 2004 年版。

24. 黄延复:《清华传统精神》,清华大学出版社 2006 年版。

25. 清华大学校史研究室编:《清华大学史料选编》第 2 卷,清华大学出版社 1991 年版。

26.《清华人文学科年谱》,清华大学出版社 1999 年版。

27. 张玲霞:《清华校园文学论稿》,清华大学出版社 2002 年版。

28. 苏云峰:《从清华学堂到清华大学》,生活・读书・新知三联书店 2001 年版。

29. 北京师范大学校史编写组编:《北京师范大学校史》(1902—1982),北京师范大学出版社 1984 年版。

30.《学府纪闻》,台湾"南京出版有限公司"1982 年版。

31. 罗义贤:《司徒雷登与燕京大学》,贵州人民出版社 2005 年版。

32. 刘述礼:《梅贻琦教育论著选》,人民教育出版社 1993 年版。

33. 许纪霖等:《近代中国知识分子的公共交往(1895—1949)》,上海人民出版社 2008 年版。

34. 姜纬堂:《北京城市生活史》,开明出版社 1997 年版。

35. 隗瀛涛:《中国近代不同类型城市综合研究》,四川大学出版社 1998 年版。

36. 齐大芝、任安泰:《北京商业纪事》,北京出版社 2000 年版。

37.《旧京人物与风情》,北京燕山出版社 1998 年版。

38. 钟叔河、朱纯编:《过去的学校》,湖南教育出版社 1982 年版。

39. 姜德明:《北京乎》,生活 · 读书 · 新知三联书店 1997 年版。

40. 费孝通:《乡土中国　生育制度》,北京大学出版社 2005 年版。

41. 邓云乡:《燕京乡土记》(上,下),河北教育出版社 2004 年版。

42. 邓云乡:《鲁迅与北京风土》,河北教育出版社 2004 年版。

43. 邓云乡:《文化古城旧事》,河北教育出版社 2004 年版。

44. 林语堂:《大城北京》,陕西师范大学出版社 2008 年版。

45. 刘叶秋、金云臻:《回忆旧北京》,北京燕山出版社 1996 年版。

46. 杨东平:《城市季风——北京和上海的文化精神》,新星出版社 2006 年版。

47. 许慧琦:《故都新貌——迁都后到抗战前的北平城市消费(1928—1937)》,台湾学生书局 2008 年版。

48. 张钦楠:《阅读城市》,生活 · 读书 · 新知三联书店 2005 年版。

49. 李欧梵:《上海摩登——一种新都市文化在中国》,北京大学出版社 2002 年版。

50. [美]罗兹 · 墨菲:《上海——现代中国的钥匙》,上海社会科学历史研究所编译,上海人民出版社 1986 年版。

51. 严家炎:《中国现代小说流派史》,人民文学出版社 1989 年版。

52. 陈万雄:《五四新文化的源流》,生活 · 读书 · 新知三联书店 1997 年版。

53. 丁帆:《中国乡土小说史》,北京大学出版社 2007 年版。

54. 高利克:《中国现代文学批评发生史》,社会科学文献出版社 1997 年版。

55. 商金林:《朱光潜与中国现代文学》,安徽教育出版社 1995 年版。

56. 吴福辉:《京派小说选》,人民文学出版社 1990 年版。

57. 许道明:《京派文学的世界》,复旦大学出版社 1994 年版。

58. 高恒文:《京派文人:学院派的风采》,上海教育出版社 2000 年版。

59. 杨义:《京派海派综论》,中国社会科学出版社 2003 年版。

60. 黄键:《京派文学批评研究》,上海三联书店 2002 年版。

61. 俞元桂:《中国现代散文理论》,广西人民出版社 1983 年版。

62. 杜素娟:《沈从文与〈大公报〉》,山东画报出版社 2006 年版。

63. 江弱水:《卞之琳诗艺研究》,安徽教育出版社 2000 年版。

64. 陈明远:《文化人的经济生活》,文汇出版社 2005 年版。

65. 马学新:《上海文化源流词典》,上海社会科学院出版社 1992 年版。

66. [法]克里斯托夫 · 普罗夏松:《巴黎 1900——历史文化散论》,王殿忠译,广西师范大学出版社 2005 年版。

67. [德]韦伯:《学术与政治》,钱永祥译,广西师范大学出版社 2004 年版。

68. [美]欧文 · 白璧德:《文学与美国的大学》,张沛、张源译,北京大学出版社 2004 年版。

69. [美]亚伯拉罕 · 弗莱克斯纳:《现代大学论——英美德大学研究》,徐辉、陈晓菲译,浙江教育出版社 2001 年版。

70. [美]弗 · 兹纳涅茨基:《知识人的社会角色》,郏斌祥译,译林出版社 2000 年版。

71. [法]布尔迪厄:《国家精英——名牌大学与群体精神》,杨亚平译,商务印书馆 2005 年版。

72. [美]戴维 · 格伦斯基:《社会分层》,王俊译,华夏出版社 2006 年版。

73. [美]萨义德:《知识分子论》,单德兴译,生活 · 读书 · 新知三联书店 2002 年版。

74. [美]萨义德:《人文主义与民主批评》,朱生坚译,新星出版社 2006 年版。

75. [英]雷蒙 · 威廉斯:《关键词——文化与社会的词汇》,刘建基译,生活 · 读书 · 新知三联书店 2005 年版。

76. 罗钢、刘象愚:《文化研究读本》,中国社会科学出版社 2000 年版。

77. 凌宇:《沈从文传》,北京十月文艺出版社 1988 年版。

78. 金介甫:《沈从文传》,国际文化出版公司 2005 年版。

79. 韩石山:《李健吾传》,山西人民出版社 2006 年版。

80. 陈丙莹:《卞之琳评传》,重庆出版社 1998 年版。

81. 严在勤:《何其芳评传》,四川人民出版社 1980 年版。

82. 郭济舫:《梦的真实与美——废名》,花山文艺出版社 1992 年版。

83. 李岫编:《李广田研究资料》,宁夏人民出版社 1985 年版。

84. 常风:《逝水集》,辽宁教育出版社 1995 年版。

85. 季羡林:《清华园日记 1932—1934》,辽宁美术出版社 2002 年版。

86. [美]琉威松:《近世文学批评》,傅东华译,商务印书馆 1928 年版。

87.《柯灵文集》第 3 卷,文汇出版社 2001 年版。

88. [英]莎士比亚:《莎士比亚悲剧》,朱生豪译,译林出版社 2013 年版。

89.《鲁迅全集》,人民文学出版社 1981 年版。

90.《朱光潜全集》,安徽教育出版社 1996 年版。

91.《卞之琳文集》,安徽教育出版社 2002 年版。

92.《沈从文文集》,花城出版社 1982 年版。

93.《萧乾文集》,浙江文艺出版社 1998 年版。
94.《王文显剧作选》,人民文学出版社 1983 年版。
95.《李健吾全集》,北岳文艺出版社 2016 年版。
96.《胡适往来书信选》,中华书局 1979 年版。
97.［美］乔治·贝克:《戏剧技巧》,余上沅译,中国戏剧出版社 2004 年版。
98.《李长之书评》,河北教育出版社 2006 年版。
99. 张菊香编:《周作人年谱》,天津人民出版社 2000 年版。
100. 废名:《新诗十二讲——废名的老北大讲义》,辽宁教育出版社 2006 年版。
101. 李健吾:《咀华集·咀华二集》,复旦大学出版社 2005 年版。
102.《叶公超批评文集》,珠海出版社 1998 年版。
103.《梁宗岱文集》,中央编译出版社 2003 年版。
104.《林徽因》,人民文学出版社 1992 年版。
105. 齐家莹编:《清华人文学科年谱》,清华大学出版社 1999 年版。
106. 陈东原:《中国妇女生活史》,商务印书馆 1928 年版。

责任编辑:周文婷
封面设计:毛　淳　徐　晖
版式设计:姚　菲

图书在版编目(CIP)数据

京派作家论:北平精神与京派作家的学院品格/李蕾 著. —北京:人民出版社,
2023.9
(国家社科基金后期资助项目)
ISBN 978－7－01－024455－6

Ⅰ. ①京…　Ⅱ. ①李…　Ⅲ. ①京派-文学研究　Ⅳ. ①I209.91

中国版本图书馆 CIP 数据核字(2022)第 013343 号

京派作家论
JINGPAI ZUOJIA LUN
——北平精神与京派作家的学院品格

李　蕾　著

人民出版社 出版发行
(100706　北京市东城区隆福寺街 99 号)

北京九州迅驰传媒文化有限公司印刷　新华书店经销

2023 年 9 月第 1 版　2023 年 9 月北京第 1 次印刷
开本:710 毫米×1000 毫米 1/16　印张:11.75
字数:200 千字

ISBN 978－7－01－024455－6　定价:52.00 元

邮购地址 100706　北京市东城区隆福寺街 99 号
人民东方图书销售中心　电话 (010)65250042　65289539